五维赏能

诗词美文伴赏能

王立宏 编著

暨南大學出版社
JINAN UNIVERSITY PRESS

中国·广州

图书在版编目（CIP）数据

诗词美文伴赏能／王立宏编著．—广州：暨南大学出版社，2018.9（2023.9重印）
ISBN 978－7－5668－2467－7

Ⅰ．①诗…　①王…　Ⅲ．①中国文学—古典文学—文学欣赏—青少年读物　Ⅳ．①I206.2－49

中国版本图书馆 CIP 数据核字（2018）第 218870 号

诗词美文伴赏能
SHICI MEIWEN BAN SHANGNENG
编著者：王立宏

…………………………………………………………………………

出 版 人： 张晋升
策划编辑： 杜小陆
责任编辑： 杜小陆　许婷丽
责任校对： 黄晓佳
责任印制： 周一丹　郑玉婷

出版发行： 暨南大学出版社（511443）
电　　话： 总编室（8620）37332601
营销部（8620）37332680　37332681　37332682　37332683
传　　真：（8620）37332660（办公室）　37332684（营销部）
网　　址： http://www.jnupress.com
排　　版： 广州良弓广告有限公司
印　　刷： 佛山市浩文彩色印刷有限公司
开　　本： 787mm×1092mm　1/16
印　　张： 20
字　　数： 380 千
版　　次： 2018 年 9 月第 1 版
印　　次： 2023 年 9 月第 4 次
定　　价： 58.00 元

总 序

“教”是自上而下对知识的传授，“学”是自下而上对知识的接纳，“育”是相伴共生的引导成长。

教育的最高境界是不教。在良好的环境中，孩子自会在轻松愉快中达到优秀和卓越，一切顺其自然、水到渠自成。简单一点理解，教育是陪伴成长的过程，也是陪伴中协助孩子修正成长航向的过程。

人生原本就是不断解决问题的过程的集合。各种问题都只能自己去面对，别人代替不了。孩子成长过程中的问题，只能由孩子自己去解决。家长替孩子包揽的越多，越体贴入微，孩子的成长之路就越曲折，因为你替他做过的每件事情，他必须要亲自重做一遍，才能完成成长。

因缘际会，我步入了青少年成长教育的研究领域，做了八年的教育实验，这个过程有点长。我曾回想过，若一开始就知道要持续八年，是否仍要起步，推演下来，发现我还会走这条路，还会坚持。

这心无旁骛的八年里，我几乎每天都在思考某个孩子和某类孩子的成长。因有十六年高校学生管理岗位的工作经历，熟悉不同类型大学生的生活与学习状况，我常推演身边某个孩子若按当前的轨迹成长，进入大学后将会类似于我熟悉的哪个学生的样子。如果不希望这个孩子成长为大学生 B，我认为他能成长为更优秀的大学生 A，就在当下对这个孩子的成长过程进行干预和纠偏。实践证明，干预有效。赏能教育的头几批实验对象已进入高中和大学，他们或成绩优异，或才干出众，或醉心探索新领域，完成了在各自核心素养基础上的飞跃。这些年的实验过程，一言蔽之：着眼未来，修正现在。

数年的青少年成长教育实践，我形成了以下几点认识：

学习是愉快成长的过程。不管是针对课本的狭义学习，还是广义的学习，它首先是一个过程，且是一个轻松愉快的过程。青少年天生对探索未知领域有很大的热情，之所以有的孩子对学习失去了兴趣，是因为有人把学习过程教条化和程式化，把原本应顺势而为的学习过程变成不得不为的对教条和框架的填空，这种人为的条块分割使学习成了不再鲜活的流水线操作。

学习在生活中，生活在学习中。这和“吃饭是为了身体健康，想身体健康就要吃饭”是一个道理，可是很多人把学习的目标定位为考出高分，于是刷题押题死记硬背大行其道。这种以给他人表演和与他人攀比的学习目标已偏离了学习本意，无助于自我成长，越早回到探索研究的学习航道，学习才有意义，也才更容易考出高分。

教育者的核心素养基本决定了被教育者的人生高度。素养是通过训练和实践获得的一种道德修养。核心素养决定着每个人的视野所能达到的广度和高度。也就是说，每个人所看见的都只是自己想看见和能看见的。教育者总是希望把被教育者引向自己设定的美好远方。每个人都在按自认为正确的方式调整孩子的成长方向，希望把孩子培养成自己能看到的高度上的“优秀”，幼小的孩子只能被动接受这个过程。这就是刚出生时并无二致的孩子后来分布在了不同高度的根本原因所在。

教育者对孩子真正的爱和培养，是自己养成了善良包容的品性和乐读奋进的淡定的生活方式与习惯。《道德经》赞扬水德：“上善若水，水善利万物而不争。夫唯不争，故无尤。”这种对待人生的态度，也适合教育成长，因为孩子的学习成长就在生活中，家长和老师的学习成长也在生活中。

数年来，我欣赏着不少孩子走向辉煌的道路，也见证了很多孩子留下坎坷的成长轨迹，接触了诸多不同类型的家长和老师，还耳闻目睹了一些扬汤止沸、隔靴搔痒、本末倒置，甚至焚琴煮鹤的教育过程，我迫切地想把这八年的观察、记录与思考公开出来，希望这些文字能为家长愉快地自我成长助一点力，也希望能协助一些孩子从樊篱中解放出探索与学习的兴趣，为青少年全面优秀成长提供一条切实可行的参考之道。

伟大的发明家尼古拉·特斯拉说，当天生的爱好发展成为一个强烈的愿望时，一个人会以惊人的速度向着他的目标大跨步地奔去。

我以这句话与诸君共勉。

王立宏

2018 年 6 月 10 日

目　录

第二卷　赏能小作家二级（天马）背诵篇目

第三卷　赏能小作家三级（凤凰）背诵篇目

第四卷　赏能小作家四级（天使）背诵篇目

第六卷　赏能小作家优秀作品赏析

第一卷

贤能小作家一级（青蛙）背诵篇目

1.01 咏鹅

【唐】骆宾王

鹅，鹅，鹅，曲项向天歌。
白毛浮绿水，红掌拨清波。

1.02 静夜思

【唐】李白

床前明月光，疑是地上霜。
举头望明月，低头思故乡。

1.03 池上

【唐】白居易

小娃撑小艇，偷采白莲回。
不解藏踪迹，浮萍一道开。

1.04　春晓

【唐】孟浩然

春眠不觉晓，处处闻啼鸟。
夜来风雨声，花落知多少。

1.05　登鹳雀楼[①]

【唐】王之涣

白日依山尽，黄河入海流。
欲穷千里目，更上一层楼。

1.06　江雪

【唐】柳宗元

千山鸟飞绝，万径人踪灭。
孤舟蓑笠翁，独钓寒江雪。

① 鹳（guàn）雀楼：又名鹳鹊楼，位于山西省永济市蒲州古城西面的黄河东岸。

1.07 相思

【唐】王维

红豆生南国，春来发几枝。
愿君多采撷，此物最相思。

1.08 鹿柴[①]

【唐】王维

空山不见人，但闻人语响。
返景入深林，复照青苔上。

1.09 寻隐者不遇

【唐】贾岛

松下问童子，言师采药去。
只在此山中，云深不知处。

① 鹿柴（zhài）：“柴”同“寨”，栅栏。此为地名。

1.10 风

【唐】李峤

解落三秋叶，能开二月花。
过江千尺浪，入竹万竿斜[①]。

1.11 绝句

【唐】杜甫

两个黄鹂鸣翠柳，一行白鹭上青天。
窗含西岭千秋雪，门泊东吴万里船。

1.12 泊船瓜洲

【北宋】王安石

京口瓜洲一水间，钟山只隔数重山。
春风又绿江南岸，明月何时照我还。

① 斜（xiá）：“斜”在古代读“xiá”，所以现在的古体诗词以“斜”作韵脚时都念“xiá”，如：远上寒山石径斜。

1.13 悯农

【唐】李绅

（其一）

锄禾日当午，汗滴禾下土。
谁知盘中餐，粒粒皆辛苦。

（其二）

春种一粒粟①，秋收万颗子。
四海无闲田，农夫犹饿死。

1.14 所见

【清】袁枚

牧童骑黄牛，歌声振林樾②。
意欲捕鸣蝉，忽然闭口立。

---

① 粟（sù）：泛指谷类。
② 林樾（yuè）：林间隙地。

1.15 江上渔者

【北宋】范仲淹

江上往来人，但爱鲈鱼美。
君看一叶舟，出没风波里。

1.16 苔

【清】袁枚

白日不到处，青春恰自来。
苔花如米小，也学牡丹开。

1.17 清明

【唐】杜牧

清明时节雨纷纷，路上行人欲断魂。
借问酒家何处有？牧童遥指杏花村。

1.18 黄鹤楼送孟浩然之广陵

【唐】李白

故人西辞黄鹤楼，烟花三月下扬州。
孤帆远影碧空尽，唯见长江天际流。

1.19 回乡偶书

【唐】贺知章

少小离家老大回，乡音无改鬓毛衰①。
儿童相见不相识，笑问客从何处来。

① “衰”读音有争议，从押韵的角度，赏能小作家建议读“shuāi”。

1.20 江畔独步寻花

【唐】杜甫

(其五)

黄师塔前江水东，春光懒困倚微风。
桃花一簇开无主，可爱深红爱浅红？

(其六)

黄四娘家花满蹊，千朵万朵压枝低。
留连戏蝶时时舞，自在娇莺恰恰啼。

1.21 山行

【唐】杜牧

远上寒山石径斜①，白云生处有人家。
停车坐爱枫林晚，霜叶红于二月花。

① 斜（xiá）：“斜”在古代读“xiá”，所以现在的古体诗词以“斜”作韵脚时都念“xiá”，如：入竹万竿斜。

1.22 绝句

【南宋】释志南

古木阴中系短篷，杖藜扶我过桥东。
沾衣欲湿杏花雨，吹面不寒杨柳风。

1.23 题西林壁

【北宋】苏轼

横看成岭侧成峰，远近高低各不同。
不识庐山真面目，只缘身在此山中。

1.24 枫桥夜泊

【唐】张继

月落乌啼霜满天，江枫渔火对愁眠。
姑苏城外寒山寺，夜半钟声到客船。

1.25 望庐山瀑布

【唐】李白

日照香炉生紫烟，遥看瀑布挂前川。
飞流直下三千尺，疑是银河落九天。

1.26 望天门山

【唐】李白

天门中断楚江开，碧水东流至此回。
两岸青山相对出，孤帆一片日边来。

1.27 小池

【南宋】杨万里

泉眼无声惜细流，树阴照水爱晴柔。
小荷才露尖尖角，早有蜻蜓立上头。

1.28 小儿垂钓

【唐】胡令能

蓬头稚子学垂纶，侧坐莓苔草映身。
路人借问遥招手，怕得鱼惊不应人。

1.29 春夜喜雨

【唐】杜甫

好雨知时节，当春乃发生。
随风潜入夜，润物细无声。
野径云俱黑，江船火独明。
晓看红湿处，花重锦官城。

1.30 二十四节气歌

春雨惊春清谷天，夏满芒夏暑相连。
秋处露秋寒霜降，冬雪雪冬小大寒。

二十四节气依次为：**立春**、雨水、**惊蛰**、春分、**清明**、谷雨，**立夏**、小满、**芒种**、夏至、**小暑**、大暑，**立秋**、处暑、**白露**、秋分、**寒露**、霜降，**立冬**、小雪、**大雪**、冬至、**小寒**、大寒。

二十四节气是指中国农历中表示季节变迁的 24 个特定节令，是根据地球在黄道（即地球绕太阳公转的轨道）上的位置变化而制定的，每一个节气分别对应地球在黄道上每运动 15°所到达的一定位置。二十四节气又分为 12 节令（黑体部分）和 12 中气（楷体部分），它们一一相间，今天我们统称节气。

二十四节气反映了太阳的周年视运动，所以在公历中它们的日期是基本固定的，上半年的节令在6 日，中气在21 日，下半年的节令在8 日，中气在23 日，二者前后不差一二日。

二十四节气是中国历法的独特创造，几千年来对推动中国农牧业发展起了重要作用。节气的名称最早出现在殷商时代，到西汉二十四节气便已完备了。随着中国历法的外传，二十四节气流传到世界各地。

2016 年 11 月 30 日，二十四节气被正式列入联合国教科文组织 人类非物质文化遗产代表作名录。在国际气象界，二十四节气被誉为“中国的第五大发明”。

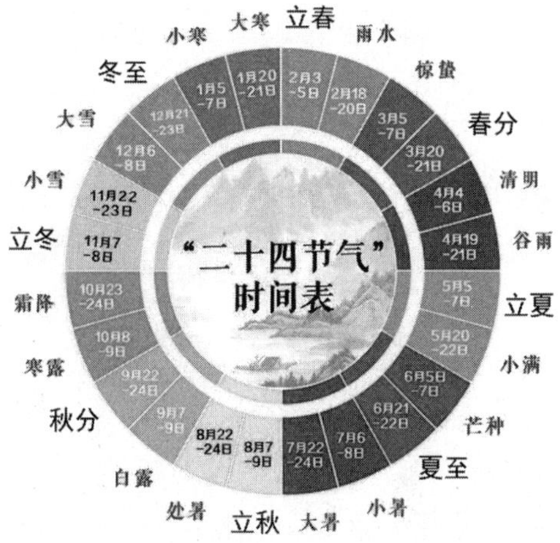

第二卷

觉能小作家二级（天马）
背诵篇目

2.01 夜宿山寺

【唐】李白

危楼高百尺，手可摘星辰。
不敢高声语，恐惊天上人。

2.02 春怨[①]

【唐】金昌绪

打起黄莺儿，莫教枝上啼。
啼时惊妾梦，不得到辽西。

2.03 游子吟

【唐】孟郊

慈母手中线，游子身上衣。
临行密密缝，意恐迟迟归。
谁言寸草心，报得三春晖。

① 又名《伊州歌》。

2.04 燕子矶

【明】朱元璋

燕子矶兮一秤砣，长虹作杆又如何？
天边弯月是挂钩，称我江山有几多！

2.05 晓出净慈寺送林子方

【南宋】杨万里

毕竟西湖六月中，风光不与四时同。
接天莲叶无穷碧，映日荷花别样红。

2.06 饮湖上初晴后雨

【北宋】苏轼

水光潋滟[1]晴方好，山色空蒙雨亦奇。
欲把西湖比西子，淡妆浓抹总相宜。

① 潋滟（liàn yàn）：形容水波荡漾。

2.07　咏柳

【唐】贺知章

碧玉妆成一树高，万条垂下绿丝绦[1]。
不知细叶谁裁出，二月春风似剪刀。

2.08　元日

【北宋】王安石

爆竹声中一岁除，春风送暖入屠苏。
千门万户曈曈日，总把新桃换旧符。

2.09　早春呈水部张十八员外

【唐】韩愈

天街小雨润如酥，草色遥看近却无。
最是一年春好处，绝胜烟柳满皇都。

① 丝绦（tāo）：丝编的带子或绳子，通常搭配道袍、围裙等衣物。

2.10 早发白帝城

【唐】李白

朝辞白帝彩云间，千里江陵一日还。
两岸猿声啼不住，轻舟已过万重山。

2.11 赠汪伦

【唐】李白

李白乘舟将欲行，忽闻岸上踏歌声。
桃花潭水深千尺，不及汪伦送我情。

2.12 竹石

【清】郑燮①

咬定青山不放松，立根原在破岩中。
千磨万击还坚劲，任尔东西南北风。

① 郑燮（xiè）：即郑板桥，人称板桥先生，江苏兴化人，祖籍苏州。郑燮是清康熙年间秀才，雍正年间举人，做过县令，政绩显著。后客居扬州，以卖画为生，为“扬州八怪”代表人物之一。

2.13 村居

【清】高鼎

草长莺飞二月天，拂堤杨柳醉春烟。
儿童散学归来早，忙趁东风放纸鸢[1]。

2.14 出塞

【唐】王昌龄

秦时明月汉时关，万里长征人未还。
但使龙城飞将在，不教胡马度阴山。

2.15 蜂

【唐】罗隐

不论平地与山尖，无限风光尽被占。
采得百花成蜜后，为谁辛苦为谁甜。

① 纸鸢（yuān）：风筝。

2.16 芙蓉楼送辛渐

【唐】王昌龄

寒雨连江夜入吴，平明送客楚山孤。
洛阳亲友如相问，一片冰心在玉壶。

2.17 观书有感

【南宋】朱熹

半亩方塘一鉴开，天光云影共徘徊①。
问渠那得清如许，为有源头活水来。

2.18 惠崇春江晓景

【北宋】苏轼

竹外桃花三两枝，春江水暖鸭先知。
蒌蒿②满地芦芽短，正是河豚欲上时。

---

① 徘徊（pái huái）：在一个地方来来回回地走。
② 蒌蒿（lóu hāo）：菊科蒿属，多年生草本植物，根茎可食。

2.19 己亥杂诗

【清】龚自珍

九州生气恃风雷，万马齐喑①究可哀。
我劝天公重抖擞，不拘一格降人才。

2.20 江南春

【唐】杜牧

千里莺啼绿映红，水村山郭酒旗风。
南朝四百八十寺，多少楼台烟雨中。

2.21 金缕衣

【唐】佚名

劝君莫惜金缕衣，劝君惜取少年时。
花开堪折直须折，莫待无花空折枝。

① 喑（yīn）：不能说话或者保持缄默不说话。

2.22 滁州西涧

【唐】韦应物

独怜幽草涧边生，上有黄鹂深树鸣。
春潮带雨晚来急，野渡无人舟自横。

2.23 游园不值

【南宋】叶绍翁

应怜屐齿印苍苔，小扣柴扉久不开。
春色满园关不住，一枝红杏出墙来。

2.24 凉州词

【唐】王之涣

黄河远上白云间，一片孤城万仞山。
羌笛何须怨杨柳，春风不度玉门关。

2.25 墨梅

【元】王冕

吾家洗砚池头树，个个花开淡墨痕。
不要人夸好颜色，只留清气满乾坤。

2.26 三衢道中

【南宋】曾几

梅子黄时日日晴，小溪泛尽却山行。
绿阴不减来时路，添得黄鹂四五声。

2.27 石灰吟

【明】于谦

千锤万凿出深山，烈火焚烧若等闲。
粉身碎骨全不怕，要留清白在人间。

2.28 别董大

【唐】高适

千里黄云白日曛，北风吹雁雪纷纷。
莫愁前路无知己，天下谁人不识君？

2.29 九月九日忆山东兄弟

【唐】王维

独在异乡为异客，每逢佳节倍思亲。
遥知兄弟登高处，遍插茱萸①少一人。

2.30 送元二使安西

【唐】王维

渭城朝雨浥轻尘，客舍青青柳色新。
劝君更尽一杯酒，西出阳关无故人。

① 茱萸（zhū yú）：一种落叶小乔木。旧时民俗，重阳节采茱萸插戴头上可驱邪治病。

2.31 示儿

【南宋】陆游

死去元知万事空，但悲不见九州同。
王师北定中原日，家祭无忘告乃翁。

2.32 西施

【唐】罗隐

家国兴亡自有时，吴人何苦怨西施。
西施若解倾吴国，越国亡来又是谁。

2.33 渔父·收却纶竿落照红

【清】纳兰性德

收却纶竿[1]落照红，秋风宁为剪芙蓉。
人淡淡，水蒙蒙，吹入芦花短笛中。

① 纶（lún）竿：钓竿。

2.34　夏日田园杂兴

【南宋】范成大

昼出耘田夜绩麻，村庄儿女各当家。
童孙未解供耕织，也傍桑阴学种瓜。

2.35　题都城南庄

【唐】崔护

去年今日此门中，人面桃花相映红。
人面不知何处去，桃花依旧笑春风。

2.36　题临安邸

【南宋】林升

山外青山楼外楼，西湖歌舞几时休？
暖风熏得游人醉，直把杭州作汴州。

2.37 秋夜将晓出篱门迎凉有感

【南宋】陆游

三万里河东入海，五千仞岳上摩天。
遗民泪尽胡尘里，南望王师又一年。

2.38 乌衣巷

【唐】刘禹锡

朱雀桥边野草花，乌衣巷口夕阳斜①。
旧时王谢堂前燕，飞入寻常百姓家。

2.39 乡村四月

【南宋】翁卷

绿遍山原白满川，子规声里雨如烟。
乡村四月闲人少，才了蚕桑又插田。

---

① 斜（xiá）：“斜”在古代读“xiá”，所以现在的古体诗词以“斜”作韵脚时都念“xiá”，如：远上寒山石径斜。

2.40　敕勒歌

【南北朝】佚名

敕勒川，阴山下。天似穹庐，笼盖四野①。
天苍苍，野茫茫，风吹草低见②牛羊。

2.41　渔歌子·西塞山前白鹭飞

【唐】张志和

西塞山前白鹭飞，桃花流水鳜鱼③肥。
青箬笠，绿蓑衣，斜风细雨不须归。

2.42　江南

【两汉】乐府

江南可采莲，莲叶何田田，鱼戏莲叶间。
鱼戏莲叶东，鱼戏莲叶西，
鱼戏莲叶南，鱼戏莲叶北。

---

① 四野（yě）：四方的原野。亦泛指四方，四处。
② 见（xiàn）：同“现”，显露。
③ 鳜（guì）鱼：淡水鱼，江南又称桂鱼，肉质鲜美。

2.43 前出塞（其六）

【唐】杜甫

挽弓当挽强，用箭当用长。
射人先射马，擒贼先擒王。
杀人亦有限，列国自有疆。
苟能制侵陵，岂在多杀伤。

2.44 使至塞上

【唐】王维

单车欲问边，属国过居延。
征蓬出汉塞，归雁入胡天。
大漠孤烟直，长河落日圆。
萧关逢候骑，都护在燕然。

2.45 古朗月行

【唐】李白

小时不识月，呼作白玉盘。
又疑瑶台镜，飞在青云端。
仙人垂两足，桂树何团团。
白兔捣药成，问言与谁餐？
蟾蜍蚀圆影，大明夜已残。
羿昔落九乌，天人清且安。
阴精此沦惑，去去不足观。
忧来其如何，凄怆[①]摧心肝。

2.46 赋得古原草送别

【唐】白居易

离离原上草，一岁一枯荣。
野火烧不尽，春风吹又生。
远芳侵古道，晴翠接荒城。
又送王孙去，萋萋满别情。

① 凄怆（chuàng）：凄惨和悲伤。

2.47 忆江南（三首）

【唐】白居易

（一）

江南好，风景旧曾谙[1]。
日出江花红胜火，
春来江水绿如蓝，
能不忆江南？

（二）

江南忆，最忆是杭州。
山寺月中寻桂子，
郡亭枕上看潮头，
何日更重游！

（三）

江南忆，其次忆吴宫。
吴酒一杯春竹叶，
吴娃双舞醉芙蓉，
早晚复相逢！

① 谙（ān）：熟悉。

2.48 天净沙·秋思

【元】马致远

枯藤老树昏鸦，
小桥流水人家，
古道西风瘦马。
夕阳西下，
断肠人在天涯。

2.49 生查子·元夕

【北宋】欧阳修

去年元夜时，花市灯如昼。
月上柳梢头，人约黄昏后。
今年元夜时，月与灯依旧。
不见去年人，泪湿春衫袖。

2.50 木兰诗

【南北朝】佚名

唧唧复唧唧，木兰当户织。不闻机杼[1]声，惟闻女叹息。

问女何所思，问女何所忆。女亦无所思，女亦无所忆。昨夜见军帖，可汗大点兵，军书十二卷，卷卷有爷名。阿爷无大儿，木兰无长兄，愿为市鞍马，从此替爷征。

东市买骏马，西市买鞍鞯[2]，南市买辔头[3]，北市买长鞭。旦辞爷娘去，暮宿黄河边，不闻爷娘唤女声，但闻黄河流水鸣溅溅。旦辞黄河去，暮至黑山头，不闻爷娘唤女声，但闻燕山胡骑鸣啾啾。

万里赴戎机，关山度若飞。朔气传金柝[4]，寒光照铁衣。将军百战死，壮士十年归。

归来见天子，天子坐明堂。策勋十二转，赏赐百千强。可汗问所欲，木兰不用尚书郎，愿驰千里足，送儿还故乡。

爷娘闻女来，出郭相扶将；阿姊闻妹来，当户理红妆；小弟闻姊来，磨刀霍霍向猪羊。开我东阁门，坐我西阁床。脱我战时袍，著我旧时裳。当窗理云鬓，对镜帖花黄。出门看火伴，火伴皆惊忙：同行十二年，不知木兰是女郎。

雄兔脚扑朔，雌兔眼迷离；双兔傍地走，安能辨我是雄雌？

---

① 杼（zhù）：织布梭子。

② 鞍鞯（ān jiān）：指马鞍和马鞍下的垫子。

③ 辔（pèi）头：又称马勒，是为了驾驭马、牛等牲口而套在其颈上的器具，一般由嚼子和缰绳组成。

④ 金柝（tuò）：即刁斗。古代军中白天用以烧饭，夜晚用以打更的器具。

2.51 陋室铭

【唐】刘禹锡

山不在高，有仙则名。
水不在深，有龙则灵。
斯是陋室，惟吾德馨。
苔痕上阶绿，草色入帘青。
谈笑有鸿儒，往来无白丁。
可以调素琴，阅金经。
无丝竹之乱耳，无案牍[①]之劳形。
南阳诸葛庐，西蜀子云亭。
孔子云：何陋之有？

2.52 中国历史朝代歌

三皇五帝始，尧舜禹相传。
夏商与西周，东周分两段。
春秋和战国，一统秦两汉。
三分魏蜀吴，二晋前后沿。
南北朝并立，隋唐五代传。
宋元明清后，皇朝至此完。

① 牍（dú）：古代写字用的狭长木板，此外指公文。

2.53 中国地理行政区划口诀

京津沪渝直辖市，
蒙宁新藏桂自治。
一国两制台港澳，
东北三省黑吉辽。
湘鄂豫，在华中，
华南还有粤闽琼。
冀晋鲁，归华北，
苏浙皖赣在华东。
川滇黔，是西南，
西北还有陕甘青。

2.54 中国地形区特点记忆口诀

青藏高原有雪山，远看是山近成川。
内蒙高原第二大，一望无际地面坦。
黄土高原黄土松，支离破碎多沟坎。
云贵高原峰岭众，岩溶坝子到处看。
塔里准噶柴达木，盆地内部戈壁滩，
四川盆地山岭环，内有成都像把扇。
三大平原北向南，东北华北长江岸。
东北海拔两百米，人民常把黑土翻。
华北又称黄淮海，海拔五十地势坦。
河汉交织湖泊多，水乡遍布长江岸。

2.55 初识希腊字母

序号	大写	小写	英语音标注音	英文	汉字注音	常用指代意义
1	A	α	/ˈælfə/	alpha	阿尔法	角度，系数，角加速度，第一个
2	B	β	/ˈbiːtə/或 /ˈbetə/	beta	贝塔/毕塔	磁通系数，角度，系数
3	Γ	γ	/ˈgæmə/	gamma	伽马/玛	电导系数，角度，比热容比
4	Δ	δ	/ˈdeltə/	delta	得尔塔/岱欧塔	变化量，化学反应中的加热，屈光度，一元二次方程中的判别式
5	E	ε	/epˈsailən/	epsilon	埃普西龙	对数之基数，介电常数
6	z	ζ	/ˈziːtə/	zeta	泽塔	系数，方位角，阻抗，相对黏度
7	H	η	/ˈiːtə/	eta	伊塔/诶塔	迟滞系数，效率
8	Θ	θ	/ˈθiːtə/	theta	西塔	温度，角度
9	I	ι	/arˈəʊtə/	iota	埃欧塔	微小，一点
10	K	κ	/ˈkæpə/	kappa	堪帕	介质常数，绝热指数
11	Λ	λ	/ˈlæmdə/	lambda	兰姆达	波长，体积，导热系数
12	M	μ	/mjuː/	mu	谬/穆	磁导系数，微，动摩擦系（因）数，流体动力黏度
13	N	ν	/njuː/	nu	拗/奴	磁阻系数，流体运动粘度，光子频率，化学计量数
14	Ξ	ξ	希腊/ksai/ 英美/ˈzaɪ/ 或/ˈsaɪ/	xi	可西赛	随机变量，（小）区间内的一个未知特定值
15	O	o	/euˈmaikrən/ 或/ˈamɪ，kran/	omicron	欧（阿－）米可荣	高阶无穷小函数

(续上表)

序号	大写	小写	英语音标注音	英文	汉字注音	常用指代意义
16	Π	π	/paɪ/	pi	派	圆周率，π（n）表示不大于n的质数个数
17	Ρ	ρ	/rəʊ/	rho	柔/若;	电阻系数，柱坐标和极坐标中的极径，密度
18	Σ	σ	/ˈsɪgmə/	sigma	西格玛	总和，表面密度，跨导，正应力
19	Τ	τ	/tɔː/或/taʊ/	tau	套驼	时间常数，切应力，2π（两倍圆周率）
20	Υ	υ	/ˈipsɪlon/或/ˈʌpsɪlon/	upsilon	宇（阿-）普西龙	位移
21	Φ	φ	/faɪ/	phi	弗爱/弗忆	磁通，角，透镜焦度，热流量
22	Χ	χ	/kaɪ/	chi	凯/柯义	统计学中有卡方（χ^2）分布
23	Ψ	ψ	/psaɪ/	psi	赛/普赛/普西	角速，介质电通量，ψ函数
24	Ω	ω	/ˈəʊmɪgə/或/oʊˈmegə/	omega	欧米伽/欧枚嘎	欧姆，角速度，交流电的电角度，化学中的质量分数

2.56 三十六计记忆口诀

天围人劳打击中，暗火藏李手惊还。
虎欲抛贼底鱼脱，关攻伐偷骂不抽。
开主美城反苦连，上德下厚安万年。

第一套：胜战计
第一计：瞒天过海　第二计：围魏救赵　第三计：借刀杀人
第四计：以逸待劳　第五计：趁火打劫　第六计：声东击西

第二套：敌战计
第七计：无中生有　第八计：暗度陈仓　第九计：隔岸观火
第十计：笑里藏刀　第十一计：李代桃僵　第十二计：顺手牵羊

第三套：攻战计
第十三计：打草惊蛇　第十四计：借尸还魂　第十五计：调虎离山
第十六计：欲擒故纵　第十七计：抛砖引玉　第十八计：擒贼擒王

第四套：混战计
第十九计：釜底抽薪　第二十计：浑水摸鱼　第二十一计：金蝉脱壳
第二十二计：关门捉贼　第二十三计：远交近攻　第二十四计：假途伐虢

第五套：并战计
第二十五计：偷梁换柱　第二十六计：指桑骂槐　第二十七计：假痴不癫
第二十八计：上屋抽梯　第二十九计：树上开花　第三十计：反客为主

第六套：败战计
第三十一计：美人计　第三十二计：空城计　第三十三计：反间计
第三十四计：苦肉计　第三十五计：连环计　第三十六计：走为上

2.57 先秦诸子名录

我国春秋战国时期，在社会大变革的动荡中，学术界一时呈现出“百家争鸣”的空前盛况。该盛况自先秦一直延续到汉初，余波方歇。此阶段出现的众多学派，统称“诸子百家”。“诸子”指各派代表人物，“百家”即指各学派。东汉班固在《诸子略》中把各学派分为儒、道、阴阳、法、名、墨、纵横、杂、农、小说十家。前九家又称“九流”，此即所谓“九流十家”。“百家争鸣”中各学派代表人物及与之相关的代表作名称简录如下：

儒：孔丘（论语）、颜渊、曾参（大学）、孔汲（中庸）、孟轲（孟子）、荀卿（荀子）、董仲舒（春秋繁露）、程颐（二程集）、朱熹（四书章句集注）、王守仁（传习录）。孔子（至圣）和颜子（复圣）、曾子（宗圣）、子思（述圣）、孟子（亚圣）并称“儒家五圣”。孔子（儒学创始人）、孟子（儒学集大成者）、朱熹（理学集大成者）和王守仁（心学集大成者）并称为“孔孟朱王”。

道：杨朱、老聃（老子）、庄周（庄子）、列御寇（列子）

兵：孙武（孙子兵法）、司马穰苴（司马穰苴兵法）、吴起（吴子兵法）、孙膑（孙膑兵法）、尉缭（尉缭子）

法：韩非（韩非子）、管仲（管子）、子产、李悝（法经）、商鞅（商君书）、尸佼（尸子）、慎到（慎子）、吴起（吴子兵法）、申不害（申子）

墨：墨子（墨子）

阴阳：邹衍（邹子）

农：许行（神农）

名：尹文（尹文子）、公孙龙（公孙龙子）、惠施（惠子）

纵横：鬼谷子（鬼谷子）、苏秦（苏子）、张仪（张子）、公孙衍、甘茂、乐毅、范雎、蔡泽、邹忌、毛遂、丽食其、蒯通，《战国策》记录了纵横家诸多活动轨迹。

杂：尸佼（尸子）、吕不韦（吕氏春秋）、刘安（淮南子）

小说：虞初（虞初周说）

2.58 《声律启蒙》（节选）

【清】车万育

一东

云对雨，雪对风，晚照对晴空。来鸿对去燕，宿鸟对鸣虫。
三尺剑，六钧弓，岭北对江东。人间清暑殿，天上广寒宫。
两岸晓烟杨柳绿，一园春雨杏花红。
两鬓风霜，途次早行之客；一蓑烟雨，溪边晚钓之翁。

沿对革，异对同，白叟对黄童。江风对海雾，牧子对渔翁。
颜巷陋，阮途穷，冀北对辽东。池中濯足水，门外打头风。
梁帝讲经同泰寺，汉皇置酒未央宫。
尘虑萦心，懒抚七弦绿绮；霜华满鬓，羞看百炼青铜。

贫对富，塞对通，野叟对溪童。鬓皤对眉绿，齿皓对唇红。
天浩浩，日融融，佩剑对弯弓。半溪流水绿，千树落花红。
野渡燕穿杨柳雨，芳池鱼戏芰荷风。
女子眉纤，额下现一弯新月；男儿气壮，胸中吐万丈长虹。

二冬

春对夏，秋对冬，暮鼓对晨钟。观山对玩水，绿竹对苍松。
冯妇虎，叶公龙，舞蝶对鸣蛩。衔泥双紫燕，课蜜几黄蜂。
春日园中莺恰恰，秋天塞外雁雍雍。
秦岭云横，迢递八千远路；巫山雨洗，嵯峨十二危峰。

明对暗，淡对浓，上智对中庸。镜奁对衣笥，野杵对村舂。
花灼烁，草蒙茸，九夏对三冬。台高名戏马，斋小号蟠龙。
手擘蟹螯从毕卓，身披鹤氅自王恭。
五老峰高，秀插云霄如玉笔；三姑石大，响传风雨若金镛。

仁对义，让对恭，禹舜对羲农。雪花对云叶，芍药对芙蓉。

陈后主，汉中宗，绣虎对雕龙。柳塘风淡淡，花圃月浓浓。
春日正宜朝看蝶，秋风那更夜闻蛩。
战士邀功，必借干戈成勇武；逸民适志，须凭诗酒养疏慵。

三江

楼对阁，户对窗，巨海对长江。蓉裳对蕙帐，玉斝对银釭。
青布幔，碧油幢，宝剑对金缸。忠心安社稷，利口覆家邦。
世祖中兴延马武，桀王失道杀龙逄。
秋雨潇潇，漫烂黄花都满径；春风袅袅，扶疏绿竹正盈窗。

旌对旆，盖对幢，故国对他邦。千山对万水，九泽对三江。
山岌岌，水淙淙，鼓振对钟撞。清风生酒舍，皓月照书窗。
阵上倒戈辛纣战，道旁系剑子婴降。
夏日池塘，出没浴波鸥对对；春风帘幕，往来营垒燕双双。

铢对两，只对双，华岳对湘江。朝车对禁鼓，宿火对寒缸。
青琐闼，碧纱窗，汉社对周邦。笙箫鸣细细，钟鼓响摐摐。
主簿栖鸾名有览，治中展骥姓惟庞。
苏武牧羊，雪屡餐于北海；庄周活鲋，水必决于西江。

第三卷

贵能小作家三级（凤凰）背诵篇目

3.01 登幽州台歌

【唐】陈子昂

前不见古人，后不见来者。
念天地之悠悠，独怆然[1]而涕下！

3.02 闻王昌龄左迁龙标遥有此寄

【唐】李白

杨花落尽子规啼，闻道龙标过五溪。
我寄愁心与明月，随风直到夜郎西。

3.03 夜雨寄北

【唐】李商隐

君问归期未有期，巴山夜雨涨秋池。
何当共剪西窗烛，却话巴山夜雨时。

① 怆（chuàng）然：悲伤的样子。

3.04 泊秦淮

【唐】杜牧

烟笼寒水月笼沙，夜泊秦淮近酒家。
商女不知亡国恨，隔江犹唱后庭花。

3.05 秋词

【唐】刘禹锡

自古逢秋悲寂寥，我言秋日胜春朝。
晴空一鹤排云上，便引诗情到碧霄。

3.06 赤壁

【唐】杜牧

折戟沉沙铁未销，自将磨洗认前朝。
东风不与周郎便，铜雀春深锁二乔。

3.07 登飞来峰

【北宋】王安石

飞来山上千寻塔，闻说鸡鸣见日升。
不畏浮云遮望眼，自缘身在最高层。

3.08 过松源晨炊漆公店

【南宋】杨万里

莫言下岭便无难，赚得行人错喜欢。
正入万山圈子里，一山放过一山拦。

3.09 峨眉山月歌

【唐】李白

峨眉山月半轮秋，影入平羌江水流。
夜发清溪向三峡，思君不见下渝州。

3.10 论诗

【清】赵翼

李杜诗篇万口传，至今已觉不新鲜。
江山代有才人出，各领风骚数百年。

3.11 清平调（其一）

【唐】李白

云想衣裳①花想容，春风拂槛②露华浓。
若非群玉山头见，会向瑶台月下逢。

3.12 江南逢李龟年

【唐】杜甫

岐王宅里寻常见，崔九堂前几度闻。
正是江南好风景，落花时节又逢君。

---

① 衣裳（cháng）：古时上衣曰“衣”，下衣曰“裳”。
② 槛（jiàn）：栏杆。

3.13 约客

【南宋】赵师秀

黄梅时节家家雨，青草池塘处处蛙。
有约不来过夜半，闲敲棋子落灯花。

3.14 十一月四日风雨大作（其二）

【南宋】陆游

僵卧孤村不自哀，尚思为国戍轮台[1]。
夜阑卧听风吹雨，铁马冰河入梦来。

3.15 春日

【南宋】朱熹

胜日寻芳泗水滨，无边光景一时新。
等闲识得东风面，万紫千红总是春。

① 戍（shù）轮台：守卫边疆。

3.16 大风歌

【西汉】刘邦

大风起兮云飞扬，
威加海内兮归故乡，
安得猛士兮守四方！

3.17 竹枝词

【唐】刘禹锡

杨柳青青江水平，闻郎江上踏歌声。
东边日出西边雨，道是无晴却有晴。

3.18 题破山寺后禅院

【唐】常建

清晨入古寺，初日照高林。
曲径通幽处，禅房花木深。
山光悦鸟性，潭影空人心。
万籁此都寂，但余钟磬音。

3.19 送杜少府之任蜀州

【唐】王勃

城阙辅三秦，风烟望五津。
与君离别意，同是宦游人。
海内存知己，天涯若比邻。
无为在歧路，儿女共沾巾。

3.20 归园田居（其三）

【东晋】陶渊明

种豆南山下，草盛豆苗稀。
晨兴理荒秽，带月荷锄归。
道狭草木长，夕露沾我衣。
衣沾不足惜，但使愿无违。

3.21 次北固山下

【唐】王湾

客路青山外，行舟绿水前。
潮平两岸阔，风正一帆悬。
海日生残夜，江春入旧年。
乡书何处达？归雁洛阳边。

3.22 过故人庄

【唐】孟浩然

故人具鸡黍，邀我至田家。
绿树村边合，青山郭外斜。
开轩面场圃，把酒话桑麻。
待到重阳日，还来就菊花。

3.23 七步诗

【三国】曹植

煮豆持作羹，漉菽以为汁①。
萁②在釜下燃，豆在釜中泣。
本自同根生，相煎何太急？

3.24 春望

【唐】杜甫

国破山河在，城春草木深。
感时花溅泪，恨别鸟惊心。
烽火连三月，家书抵万金。
白头搔更短，浑欲不胜簪③。

① 漉（lù）菽（shū）：漉，滤。菽，豆类的总称。豉（chǐ）：用熟黄豆发酵后制成的食品。本句有争议，上海辞书出版社2016年版《汉魏六朝诗鉴赏辞典》为“漉豉以为汁”，人教版小学六年级语文课本作“漉菽以为汁”，本书从小学课本。

② 萁（qí）：豆类植物脱粒后剩下的茎。

③ 簪（zān）：一种别住发髻的长条状首饰。

3.25 饮酒（其五）

【东晋】陶渊明

结庐在人境，而无车马喧。
问君何能尔？心远地自偏。
采菊东篱下，悠然见南山。
山气日夕佳，飞鸟相与还。
此中有真意，欲辨已忘言。

3.26 望岳

【唐】杜甫

岱宗夫如何？齐鲁青未了。
造化钟神秀，阴阳割昏晓。
荡胸生曾云，决眦[1]入归鸟。
会当凌绝顶，一览众山小。

① 眦（zì）：眼角。

3.27 渡荆门送别

【唐】李白

渡远荆门外，来从楚国游。
山随平野尽，江入大荒流。
月下飞天镜，云生结海楼。
仍怜故乡水，万里送行舟。

3.28 长歌行

【汉】佚名（乐府）

青青园中葵，朝露待日晞。
阳春布德泽，万物生光辉。
常恐秋节至，焜黄华叶衰。
百川东到海，何时复西归？
少壮不努力，老大徒伤悲。

3.29　望洞庭湖赠张丞相

【唐】孟浩然

八月湖水平，涵虚混太清。
气蒸云梦泽，波撼岳阳城。
欲济无舟楫，端居耻圣明。
坐观垂钓者，徒有羡鱼情。

3.30　钱塘湖春行

【唐】白居易

孤山寺北贾亭西，水面初平云脚低。
几处早莺争暖树，谁家新燕啄春泥。
乱花渐欲迷人眼，浅草才能没马蹄。
最爱湖东行不足，绿杨阴里白沙堤。

3.31 锦瑟

【唐】李商隐

锦瑟无端五十弦，一弦一柱思华年。
庄生晓梦迷蝴蝶，望帝春心托杜鹃。
沧海月明珠有泪，蓝田日暖玉生烟。
此情可待成追忆，只是当时已惘然。

3.32 无题

【唐】李商隐

相见时难别亦难，东风无力百花残。
春蚕到死丝方尽，蜡炬成灰泪始干。
晓镜但愁云鬓改，夜吟应觉月光寒。
蓬山此去无多路，青鸟殷勤为探看。

3.33 黄鹤楼

【唐】崔颢

昔人已乘黄鹤去，此地空余黄鹤楼。
黄鹤一去不复返，白云千载空悠悠。
晴川历历汉阳树，芳草萋萋鹦鹉洲。
日暮乡关何处是，烟波江上使人愁。

3.34 酬乐天扬州初逢席上见赠

【唐】刘禹锡

巴山楚水凄凉地，二十三年弃置身。
怀旧空吟闻笛赋，到乡翻似烂柯人。
沉舟侧畔千帆过，病树前头万木春。
今日听君歌一曲，暂凭杯酒长精神。

3.35 过零丁洋

【南宋】文天祥

辛苦遭逢起一经，干戈寥落四周星。
山河破碎风飘絮，身世浮沉雨打萍。
惶恐滩头说惶恐，零丁洋里叹零丁。
人生自古谁无死，留取丹心照汗青。

3.36 游山西村

【南宋】陆游

莫笑农家腊酒浑，丰年留客足鸡豚。
山重水复疑无路，柳暗花明又一村。
箫鼓追随春社近，衣冠简朴古风存。
从今若许闲乘月，拄杖无时夜叩门。

3.37　观沧海

【东汉】曹操

东临碣石，以观沧海。水何澹澹，山岛竦峙。
树木丛生，百草丰茂。秋风萧瑟，洪波涌起。
日月之行，若出其中；星汉灿烂，若出其里。
幸甚至哉，歌以咏志。

3.38　龟虽寿

【东汉】曹操

神龟虽寿，犹有竟时。螣蛇[1]乘雾，终为土灰。
老骥伏枥，志在千里。烈士暮年，壮心不已。
盈缩之期，不但在天；养怡之福，可得永年。
幸甚至哉，歌以咏志。

① 螣（téng）蛇：传说中一种能腾云驾雾的神蛇。本句有的版本作“腾蛇”。

3.39 山坡羊·潼关怀古

【元】张养浩

峰峦如聚，波涛如怒，山河表里潼关路。
望西都，意踌躇。
伤心秦汉经行处，宫阙万间都做了土。
兴，百姓苦；亡，百姓苦。

3.40 相见欢（二首）

【南唐】李煜

（一）

无言独上西楼，月如钩。寂寞梧桐深院锁清秋。
剪不断，理还乱，是离愁。别是一般滋味在心头。

（二）

林花谢了春红，太匆匆。无奈朝来寒雨晚来风。
胭脂泪，相留醉①，几时重②。自是人生长恨水长东。

---

① 上海辞书出版社 2016 年版《唐宋词鉴赏辞典》作“留人醉”，岳麓书社 1995 年版《词综》为“相留醉”。“相留醉”较通用，本书选取通用版本。

② 重（chóng）：重逢。

3.41 浣溪沙·一曲新词酒一杯

【北宋】晏殊

一曲新词酒一杯，去年天气旧亭台。夕阳西下几时回？
无可奈何花落去，似曾相识燕归来。小园香径独徘徊。

3.42 如梦令·常记溪亭日暮

【南宋】李清照

常记溪亭日暮，沉醉不知归路。
兴尽晚回舟，误入藕花深处。
争渡，争渡，惊起一滩鸥鹭。

3.43 虞美人·春花秋月何时了

【南唐】李煜

春花秋月何时了？往事知多少。
小楼昨夜又东风，故国不堪回首月明中。
雕栏玉砌应犹在，只是朱颜改。
问君能有几多愁？恰似一江春水向东流。

3.44 清平乐·六盘山

毛泽东

天高云淡，望断南飞雁。
不到长城非好汉，屈指行程二万。
六盘山上高峰，红旗漫卷西风。
今日长缨在手，何时缚住苍龙？

3.45 临江仙·滚滚长江东逝水[①]

【明】杨慎

滚滚长江东逝水，浪花淘尽英雄。
是非成败转头空。青山依旧在，几度夕阳红。
白发渔樵江渚上，惯看秋月春风。
一壶浊酒喜相逢。古今多少事，都付笑谈中。

① 该词是明代文学家杨慎所作《廿一史弹词》第三段《说秦汉》的开场词，后毛宗岗父子评刻《三国演义》时将其放在卷首。1994 年版电视剧《三国演义》将其作为主题歌歌词。

3.46 水调歌头·明月几时有

【北宋】苏轼

丙辰中秋，欢饮达旦，大醉，作此篇，兼怀子由。

明月几时有？把酒问青天。不知天上宫阙，今夕是何年。我欲乘风归去，又恐琼楼玉宇，高处不胜寒。起舞弄清影，何似在人间。

转朱阁，低绮户①，照无眠。不应有恨，何事长向别时圆？人有悲欢离合，月有阴晴圆缺，此事古难全。但愿人长久，千里共婵娟。

3.47 将进酒②

【唐】李白

君不见，黄河之水天上来，奔流到海不复回。
君不见，高堂明镜悲白发，朝如青丝暮成雪。
人生得意须尽欢，莫使金樽空对月。
天生我材必有用，千金散尽还复来。
烹羊宰牛且为乐，会须一饮三百杯。
岑夫子，丹丘生，将进酒，杯莫停。
与君歌一曲，请君为我倾耳听。
钟鼓馔玉不足贵，但愿长醉不复醒。
古来圣贤皆寂寞，惟有饮者留其名。
陈王昔时宴平乐，斗酒十千恣欢谑。
主人何为言少钱，径须沽取对君酌。
五花马，千金裘，呼儿将出换美酒，与尔同销万古愁。

① 低绮（qǐ）户：这里指月光低低地挂在雕花的窗户上。
② 将（qiāng）：愿，请。《将进酒》原是汉乐府曲调，本诗题目意译为“劝酒歌”。

3.48 梦游天姥吟留别

【唐】李白

海客谈瀛[①]洲，烟涛微茫信难求；越人语天姥[②]，云霞明灭或可睹。
天姥连天向天横，势拔五岳掩赤城。天台四万八千丈，对此欲倒东南倾。
我欲因之梦吴越，一夜飞度镜湖月。湖月照我影，送我至剡溪。
谢公宿处今尚在，渌水荡漾清猿啼。脚著谢公屐[③]，身登青云梯。
半壁见海日，空中闻天鸡。千岩万转路不定，迷花倚石忽已暝。
熊咆龙吟殷岩泉，栗深林兮惊层巅。云青青兮欲雨，水澹澹兮生烟。
列缺霹雳，丘峦崩摧。洞天石扉，訇然[④]中开。
青冥浩荡不见底，日月照耀金银台。
霓为衣兮风为马，云之君兮纷纷而来下。
虎鼓瑟兮鸾回车，仙之人兮列如麻。忽魂悸以魄动，恍惊起而长嗟[⑤]。
惟觉时之枕席，失向来之烟霞。
世间行乐亦如此，古来万事东流水。
别君去兮何时还？且放白鹿青崖间。须行即骑访名山。
安能摧眉折腰事权贵，使我不得开心颜？

---

① 瀛（yíng）洲：传说中的东海仙山，与蓬莱、方丈一同被称为渤海中的三座神山。

② 天姥（mǔ）：指天姥山，在浙江省嵊（shèng）县与新昌县之间。

③ 谢公屐（jī）：谢灵运（穿的那种）木屐。谢灵运游山时穿的一种特制木鞋，鞋底下安着活动的锯齿，上山时抽去前齿，下山时抽去后齿。

④ 訇（hōng）然：形容声音很大。

⑤ 长嗟（jiē）：长叹。

3.49　爱莲说

【宋】周敦颐

水陆草木之花，可爱者甚蕃[①]。晋陶渊明独爱菊。自李唐来，世人盛爱牡丹。予独爱莲之出淤泥而不染，濯[②]清涟而不妖，中通外直，不蔓不枝[③]，香远益清，亭亭净植，可远观而不可亵[④]玩焉。

予谓菊，花之隐逸者也；牡丹，花之富贵者也；莲，花之君子者也。噫！菊之爱，陶后鲜有闻。莲之爱，同予者何人？牡丹之爱，宜乎众矣。

【译文】水上和陆地上草本木本的花中，值得喜爱的有很多。晋代陶渊明唯独喜爱菊花。自从唐朝以来，世人很喜爱牡丹。我唯独喜欢莲花，它从淤泥中生长出来，却不受淤泥的沾染；它经过清水的洗涤后，却不显得妖媚。它的茎中间是贯通的，外形是笔直的，不横生藤蔓，不旁生枝茎。香气传播得越远越显清幽，它笔直洁净地立在那里，可以远远地观赏，却不可靠近去玩弄它。

我认为，菊花是花中的隐士；牡丹是花中的富贵者；莲花是花中的君子。唉！对于菊花的喜爱，在陶渊明之后就很少听说了。对于莲花的喜爱，像我一样的还有什么人呢？对于牡丹的喜爱，该是有很多人了。

---

① 蕃（fān）：多。

② 濯（zhuó）：洗涤。

③ 不蔓（màn）不枝：不横生藤蔓，不旁生枝茎。“蔓”“枝”，都是名词活用作动词。“蔓”字一直有“wàn”和“màn”两个读音之争，赏能小作家请按语文课本（2016年版人教版七年级）读“màn”。

④ 亵（xiè）玩：玩弄。

3.50 《论语》（节选）

子曰："学而时习之，不亦说[1]乎？有朋自远方来，不亦乐乎？人不知而不愠[2]，不亦君子乎？"（《学而》）

曾子曰："吾日三省吾身：为人谋而不忠乎？与朋友交而不信乎？传不习乎[3]？"（《学而》）

子曰："吾十有五而志于学，三十而立，四十而不惑，五十而知天命，六十而耳顺，七十而从心所欲，不逾矩。"（《为政》）

子曰："温故而知新，可以为师矣。"（《为政》）

子曰："学而不思则罔，思而不学则殆。"（《为政》）

子曰："知之者不如好之者，好之者不如乐之者。"（《雍也》）

子曰："三人行，必有我师焉。择其善者而从之，其不善者而改之。"（《述而》）

① 说（yuè）：通"悦"，指高兴、喜悦。
② 愠（yùn）：生气。
③ 传不习乎：对老师传授的学业是否认真复习了。

3.51 《礼记》二则

（一）虽有嘉肴[①]

虽有嘉肴，弗食，不知其旨也。虽有至道，弗学，不知其善也。是故学然后知不足，教然后知困。知不足，然后能自反也；知困，然后能自强也。故曰：教学相长也。《兑命》曰："学学半[②]。"其此之谓乎？

【译文】即使有美味佳肴，不去品尝，就不知道它味道的甘美；即使有最好的道理，不去学习，就不知道它的好处。所以学习之后才知道不足，教人之后才知道自己有理解不了的地方。知道不足，然后才能反省自己；知道自己有理解不了的地方，然后才能自我勉励。所以说：教和学互相促进，教别人，也能增长自己的学问。《兑命》中说："教人是学习的一半。"大概说的就是这个道理吧！

（二）大道之行也[③]

大道之行也，天下为公，选贤与能，讲信修睦。故人不独亲其亲，不独子其子，使老有所终，壮有所用，幼有所长，矜寡孤独废疾者皆有所养，男有分，女有归。货恶其弃于地也，不必藏于己；力恶其不出于身也，不必为己。是故谋闭而不兴，盗窃乱贼而不作，故外户而不闭，是谓大同。

【译文】在大道施行的时候，天下是人们所共有的，把品德高尚的人、能干的人选拔出来，讲求诚信，培养和睦（气氛）。所以人们不单奉养自己的父母，不单抚育自己的子女，使老年人能终其天年，中年人能为社会效力，幼童能顺利地成长，使老而无妻的人、老而无夫的人、幼年丧父的孩子、老而无子的人、残疾人都能得到供养，男子有职务，女子有归宿。对于财货，人们憎恨把它扔在地上的行为，却不一定要自己私藏；人们都愿意为公众之事竭尽全力，而不一定为自己谋私利。因此奸邪之谋不会兴起，盗窃、造反和害人的事情不发生，所以大门都不用关上了，这叫作理想社会。

---

① 选自《礼记·学记》第十八篇。

② 学学半（xiào xué bàn）：第一个"学"是动词，第二个"学"是名词。第一个指教人，第二个指学习。这里是指"教学相长"这条教学原则。

③ 选自《礼记·礼运》第九篇。

3.52 《中庸》（节选）

天命之谓性，率性之谓道，修道之谓教。道也者，不可须臾离也，可离非道也。是故君子戒慎乎其所不睹，恐惧乎其所不闻。莫见乎隐，莫显乎微，故君子慎其独也。喜怒哀乐之未发，谓之中；发而皆中节，谓之和。中也者，天下之大本也；和也者，天下之达道也。致中和，天地位焉，万物育焉。

【译文】上天赋予人的就是本性，遵循本性而行动就是“道”，把道德修明，并在众人中推广就是“教”。“道”是片刻都不能离开的，可离开的就不是“道”。因此，君子在无人看见的地方也要小心谨慎，在无人听得到的地方也要有所戒畏。幽暗之中，细微之事，虽无踪迹显现，但动机已成，别人虽不知，自己却很清楚，天下的事没有比这个更明显、更容易显露的了。因此君子在独处时也要慎重。喜怒哀乐的情绪没有表露出来，这叫作“中”；表露出来但合乎法度，这叫作“和”。“中”是天下最为根本的，“和”是天下共同遵循的原则。达到了中和，天地便各归其位，万物便生长发育了。

3.53 五行生克知识

五行生克是五行学说的一种观点。五行学说是古代中国人民创造的一种哲学思想，以日常生活的金、水、木、火、土五种物质元素，作为构成宇宙万物及各种自然现象变化的基础。宇宙中各种事物和现象的发展、变化都是这五种不同属性的物质不断运动和相互作用的结果。

五行生克关系简单称为：**顺相生，间相克**。意即五种元素按下图箭头顺序依次相生，由其他元素间隔开的两个元素则形成相克关系。

五行生克关系图

3.54 阴阳八卦知识

八卦是中国道家文化的深奥哲学概念，八卦的形成源于河图和洛书。所谓八卦就是八个不同的卦相，八卦图是太昊伏羲氏所画制。

太极八卦即是阐明宇宙从无极而太极，以至于万物化生的过程。其中的太极即为天地未开、混沌未分阴阳之前的状态。两仪即为太极的阴、阳二仪。《系辞》又说："两仪生四象，四象生八卦。"其意指浩瀚宇宙间的一切事物和现象都包含着阴和阳以及表与里的两面。而它们之间既相互对立又相互依存，这是物质世界的一般规律，是众多事物的纲领和由来，也是事物产生与毁灭的根由所在。

先天太极八卦图

太极八卦相生关系为：

无极生太极，太极生两仪，两仪生四象，四象生八卦。

【无极】是指空性圆满，出自《道德经》，也指一种古代哲学思想，指称道的终极性的概念。无边际，无穷尽，无限，无终。

【太极】是指天地未开、混沌未分阴阳之前的状态。

【两仪】有七种说法：一说为阴阳，一说为天地，一说为奇偶，一说为刚柔，一说为玄黄，一说为乾坤，一说为春秋。但通常是指阴阳。

【四象】即太阳、太阴、少阴、少阳。又有各种说法如下：

从方位角度论四象为：东、南、西、北。

从一年季节论四象为：春、夏、秋、冬。

从飞禽走兽论四象为：青龙、朱雀、白虎、玄武。

【八卦】是指八种卦象，其名称及对应的自然环境与现象如下：

乾（天）、坤（地）、震（雷）、巽（xùn）（风）、

坎（水）、离（火）、艮（gèn）（山）、兑（泽）。

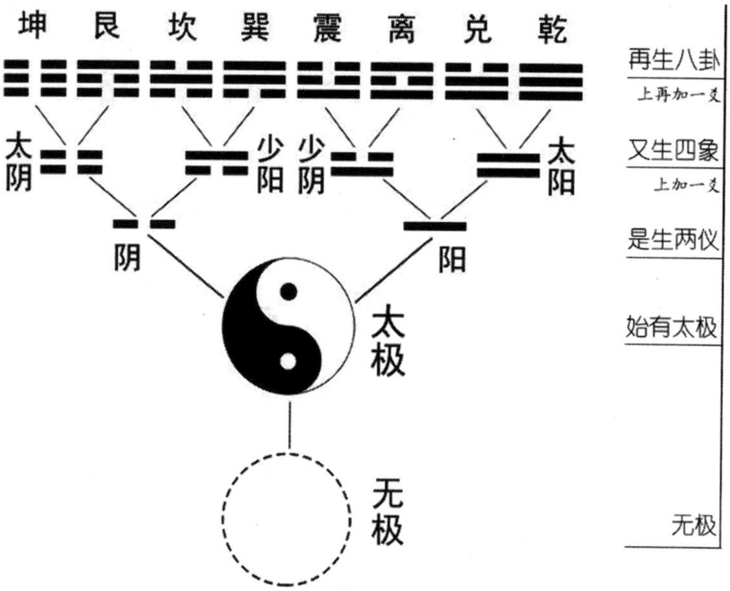

无极生太极　太极生两仪　两仪生四象　四象生八卦

3.55 天干地支知识

天干地支，简称为干支，源自远古时代对天象的观测。

十天干：甲、乙、丙、丁、戊、己、庚、辛、壬、癸[①]。

十二地支：子、丑、寅、卯、辰、巳、午、未、申、酉、戌[②]、亥。

十二地支对应十二生肖：

子/鼠，丑/牛，寅/虎，卯/兔，辰/龙，巳/蛇，
午/马，未/羊，申/猴，酉/鸡，戌/狗，亥/猪。

司马光在《资治通鉴》中采用了中国古代的太岁纪年法，它与“干支纪年法”的对应关系如下：

困敦（子）、赤奋若（丑）、摄提格（寅）、单阏（卯）、
执徐（辰）、大荒落（巳）、敦牂（午）、协洽（未）、
涒滩（申）、作噩（酉）、淹茂（戌）、大渊献（亥）。

天干之《尔雅·释天》和《资治通鉴》的写法：
阏逢（甲）、旃蒙（乙）、柔兆（丙）、强圉（丁）、著雍（戊）、
屠维（己）、上章（庚）、重光（辛）、玄黓（壬）、昭阳（癸）。

天干之《史记》写法：
焉逢（甲）、端蒙（乙）、游兆（丙）、强梧（丁）、徒维（戊）、
祝犁（己）、商横（庚）、昭阳（辛）、横艾（壬）、尚章（癸）。

---

① 癸（guǐ）：天干的第十位，用于作顺序第十的代称。
② 戌（xū）：地支的第十一位。

第四卷

赞能小作家四级（天使）背诵篇目

4.01 送友人

【唐】李白

青山横北郭，白水绕东城。
此地一为别，孤蓬万里征。
浮云游子意，落日故人情。
挥手自兹去，萧萧班马鸣。

4.02 无题·八岁偷照镜

【唐】李商隐

八岁偷照镜，长眉已能画。
十岁去踏青，芙蓉作裙衩。
十二学弹筝，银甲不曾卸。
十四藏六亲，悬知犹未嫁。
十五泣春风，背面秋千下。

4.03　登金陵凤凰台

【唐】李白

凤凰台上凤凰游，凤去台空江自流。
吴宫花草埋幽径，晋代衣冠成古丘。
三山半落青天外，二水中分白鹭洲。
总为浮云能蔽日，长安不见使人愁。

4.04　登高

【唐】杜甫

风急天高猿啸哀，渚清沙白鸟飞回。
无边落木萧萧下，不尽长江滚滚来。
万里悲秋常作客，百年多病独登台。
艰难苦恨繁霜鬓，潦倒新停浊酒杯。

4.05 左迁至蓝关示侄孙湘

【唐】韩愈

一封朝奏九重天，夕贬潮州路八千。
欲为圣明除弊事，肯将衰朽惜残年！
云横秦岭家何在？雪拥蓝关马不前。
知汝远来应有意，好收吾骨瘴江边。

4.06 十五从军征

【汉】佚名（乐府）

十五从军征，八十始得归。
道逢乡里人："家中有阿谁？"
"遥看是君家，松柏冢累累。"
兔从狗窦入，雉从梁上飞。
中庭生旅谷，井上生旅葵。
舂谷持作饭，采葵持作羹。
羹饭一时熟，不知贻阿谁？
出门东向看，泪落沾我衣。

4.07 宣州谢朓楼[①]饯别校书叔云

【唐】李白

弃我去者，昨日之日不可留；
乱我心者，今日之日多烦忧。
长风万里送秋雁，对此可以酣高楼。
蓬莱文章建安骨，中间小谢又清发。
俱怀逸兴壮思飞，欲上青天揽明月。
抽刀断水水更流，举杯消愁愁更愁。
人生在世不称意，明朝散发弄扁舟。

4.08 行路难（其一）

【唐】李白

金樽清酒斗十千，玉盘珍羞直万钱。
停杯投箸不能食，拔剑四顾心茫然。
欲渡黄河冰塞川，将登太行雪满山。
闲来垂钓碧溪上，忽复乘舟梦日边。
行路难！行路难！多歧路，今安在？
长风破浪会有时，直挂云帆济沧海。

① 谢朓（tiǎo）楼：即谢公楼，在安徽宣城，为江南四大名楼之一。

4.09 白雪歌送武判官归京

【唐】岑参

北风卷地白草折，胡天八月即飞雪。
忽如一夜春风来，千树万树梨花开。
散入珠帘湿罗幕，狐裘不暖锦衾薄。
将军角弓不得控，都护铁衣冷难着。
瀚海阑干百丈冰，愁云惨淡万里凝。
中军置酒饮归客，胡琴琵琶与羌笛。
纷纷暮雪下辕门，风掣红旗冻不翻。
轮台东门送君去，去时雪满天山路。
山回路转不见君，雪上空留马行处。

4.10 观刈[1]麦

【唐】白居易

田家少闲月，五月人倍忙。
夜来南风起，小麦覆陇黄。
妇姑荷箪食，童稚携壶浆，
相随饷田去，丁壮在南冈。
足蒸暑土气，背灼炎天光，
力尽不知热，但惜夏日长。
复有贫妇人，抱子在其旁，
右手秉遗穗，左臂悬敝筐。
听其相顾言，闻者为悲伤。
家田输税尽，拾此充饥肠。
今我何功德？曾不事农桑。
吏禄三百石，岁晏有余粮，
念此私自愧，尽日不能忘。

① 刈（yì）：割。

4.11 卖炭翁

【唐】白居易

卖炭翁，伐薪烧炭南山中。
满面尘灰烟火色，两鬓苍苍十指黑。
卖炭得钱何所营？身上衣裳口中食。
可怜身上衣正单，心忧炭贱愿天寒。
夜来城外一尺雪，晓驾炭车辗冰辙。
牛困人饥日已高，市南门外泥中歇。
翩翩两骑[①]来是谁？黄衣使者白衫儿。
手把文书口称敕[②]，回车叱牛牵向北。
一车炭，千余斤，宫使驱将惜不得。
半匹红绡一丈绫，系向牛头充炭直。

① 翩翩两骑（jì）：两位得意忘形骑马的人。
② 敕（chì）：皇帝的诏令。

4.12 茅屋为秋风所破歌

【唐】杜甫

八月秋高风怒号，卷我屋上三重茅。
茅飞渡江洒江郊，高者挂罥长林梢①，下者飘转沉塘坳。
南村群童欺我老无力，忍能对面为盗贼。
公然抱茅入竹去，唇焦口燥呼不得，归来倚杖自叹息。
俄顷风定云墨色，秋天漠漠向昏黑。
布衾多年冷似铁，娇儿恶卧踏里裂。
床头屋漏无干处，雨脚如麻未断绝。
自经丧乱少睡眠，长夜沾湿何由彻！
安得广厦千万间，大庇天下寒士俱欢颜！风雨不动安如山。
呜呼！何时眼前突兀见此屋，吾庐独破受冻死亦足！

① 挂罥（juàn）：挂着，挂住。长（cháng）林梢：高高的树梢。

4.13 关雎[1]

关关雎鸠[2]，在河之洲。窈窕淑女，君子好逑。
参差荇[3]菜，左右流之。窈窕淑女，寤寐求之。
求之不得，寤寐思服。悠哉悠哉，辗转反侧。
参差荇菜，左右采之。窈窕淑女，琴瑟友之。
参差荇菜，左右芼[4]之。窈窕淑女，钟鼓乐[5]之。

① 选自《诗经·国风·周南》。《诗经》是我国最早的一部诗歌总集，收录了从西周到春秋时期的诗歌305篇，也称“诗三百”，这些诗歌分为“风”“雅”“颂”三个部分，“风”又叫“国风”，是各地的歌谣。

② 雎鸠（jū jiū）：一种水鸟，一般认为就是鱼鹰。

③ 荇（xìng）菜：一种可食的水草。

④ 芼（mào）：挑选。

⑤ 乐（lè）：使……快乐。

4.14　蒹葭[①]

蒹葭[②]苍苍，白露为霜。所谓伊人，在水一方。
溯洄[③]从之，道阻且长。溯游从之，宛在水中央。
蒹葭萋萋，白露未晞[④]。所谓伊人，在水之湄。
溯洄从之，道阻且跻。溯游从之，宛在水中坻。
蒹葭采采，白露未已。所谓伊人，在水之涘[⑤]。
溯洄从之，道阻且右。溯游从之，宛在水中沚[⑥]。

4.15　君子于役[⑦]

君子于役，不知其期，曷[⑧]至哉？鸡栖[⑨]于埘，日之夕矣，羊牛下来。君子于役，如之何勿思！

君子于役，不日不月，曷其有佸[⑩]？鸡栖于桀[⑪]，日之夕矣，羊牛下括。君子于役，苟无饥渴！

---

① 选自《诗经·国风·秦风》。
② 蒹葭（jiān jiā）：芦苇。
③ 溯洄（sù huí）：逆流而上。
④ 晞（xī）：干。
⑤ 涘（sì）：水边。
⑥ 沚（zhǐ）：水中的小块陆地。
⑦ 选自《诗经·国风·王风》。
⑧ 曷（hé）：何时。
⑨ 栖（qī）：栖息。
⑩ 有（yòu）佸（huó）：相会，来到。
⑪ 桀（jié）：鸡栖木。一说指用木头搭成的鸡窝。

4.16　醉花阴·薄雾浓云愁永昼

【南宋】李清照

薄雾浓云愁永昼，瑞脑销金兽。佳节又重阳，玉枕纱橱，半夜凉初透。
东篱把酒黄昏后，有暗香盈袖。莫道不消魂，帘卷西风，人比黄花瘦。

4.17　渔家傲·塞下秋来风景异

【北宋】范仲淹

塞下秋来风景异，衡阳雁去无留意。四面边声连角起，千嶂里，长烟落日孤城闭。

浊酒一杯家万里，燕然未勒归无计。羌管悠悠霜满地，人不寐，将军白发征夫泪。

4.18　渔家傲·天接云涛连晓雾

【南宋】李清照

天接云涛连晓雾，星河欲转千帆舞。仿佛梦魂归帝所，闻天语，殷勤问我归何处。

我报路长嗟日暮，学诗谩有惊人句。九万里风鹏正举，风休住，篷舟吹取三山去！

4.19 卜算子·咏梅（外一首）

【北宋】陆游

驿外断桥边，寂寞开无主。已是黄昏独自愁，更著风和雨。
无意苦争春，一任群芳妒。零落成泥碾[1]作尘，只有香如故。

卜算子·咏梅

毛泽东

风雨送春归，飞雪迎春到。已是悬崖百丈冰，犹有花枝俏。
俏也不争春，只把春来报。待到山花烂漫时，她在丛中笑。

4.20 南乡子·登京口北固亭有怀

【南宋】辛弃疾

何处望神州？满眼风光北固楼。千古兴亡多少事？悠悠。不尽长江滚滚流。

年少万兜鍪[2]，坐断东南战未休。天下英雄谁敌手？曹刘。生子当如孙仲谋。

---

① 碾（niǎn）：轧烂，压碎。

② 兜鍪（dōu móu）：指千军万马。原指古士兵战时头盔，这里指士兵。

4.21 破阵子·为陈同甫赋壮词以寄之

【南宋】辛弃疾

醉里挑灯看剑，梦回吹角连营。八百里分麾下炙，五十弦翻塞外声。沙场秋点兵。

马作的卢①飞快，弓如霹雳弦惊。了却君王天下事，赢得生前身后名。可怜白发生！

4.22 破阵子·春景

【北宋】晏殊

燕子来时新社，梨花落后清明。池上碧苔三四点，叶底黄鹂一两声。日长飞絮轻。

巧笑东邻女伴，采桑径里逢迎。疑怪昨宵春梦好，元是今朝斗草赢。笑从双脸生。

---

① 的（dí）卢：良马名，一种烈性快马。

4.23 江城子·密州出猎

【北宋】苏轼

老夫聊发少年狂，左牵黄，右擎苍，锦帽貂裘，千骑卷平冈。为报倾城随太守，亲射虎，看孙郎。

酒酣胸胆尚开张，鬓微霜，又何妨！持节云中，何日遣冯唐？会挽雕弓如满月，西北望，射天狼。

4.24 木兰花令·拟古决绝词柬友

【清】纳兰性德

人生若只如初见，何事秋风悲画扇？
等闲变却故人心，却道故人心易变。
骊山语罢清宵半，泪雨霖铃终不怨。
何如薄幸锦衣郎，比翼连枝当日愿。

4.25 长相思·山一程

【清】纳兰性德

山一程，水一程，身向榆关那畔行，夜深千帐灯。
风一更，雪一更，聒碎乡心梦不成，故园无此声。

4.26 声声慢·寻寻觅觅

【南宋】李清照

寻寻觅觅，冷冷清清，凄凄惨惨戚戚。乍暖还寒时候，最难将息。三杯两盏淡酒，怎敌他晚来风急[①]！雁过也，正伤心，却是旧时相识。

满地黄花堆积，憔悴损，如今有谁堪摘？守着窗儿独自，怎生得黑！梧桐更兼细雨，到黄昏点点滴滴。这次第，怎一个愁字了得！

4.27 雨霖铃·寒蝉凄切

【北宋】柳永

寒蝉凄切，对长亭晚，骤雨初歇。都门帐饮无绪，留恋处，兰舟催发。执手相看泪眼，竟无语凝噎。念去去，千里烟波，暮霭沉沉楚天阔。

多情自古伤离别，更那堪，冷落清秋节！今宵酒醒何处？杨柳岸，晓风残月。此去经年，应是良辰好景虚设。便纵有千种风情，更与何人说？

---

① 此句学术界有争议。上海辞书出版社2016年1月第一版《唐宋词鉴赏辞典》为“怎敌他晓来风急？”江苏凤凰教育出版社2014年6月第五版普通高中教科书《语文（必修四）》为“怎敌他晚来风急！”此亦为各通行版本所采用。为便于小作家学习，虽然本书作者偏向“晓来风急”，但本书仍按语文教材选用“晚来风急”。

4.28 浪淘沙令·帘外雨潺潺

【南唐】李煜

帘外雨潺潺，春意阑珊，罗衾不耐五更寒。
梦里不知身是客，一晌贪欢。

独自莫凭栏，无限江山，别时容易见时难。
流水落花春去也，天上人间。

4.29 浪淘沙·把酒祝东风

【北宋】欧阳修

把酒祝东风，且共从容。
垂杨紫陌洛城东。
总是当时携手处，游遍芳丛。

聚散苦匆匆，此恨无穷。
今年花胜去年红。
可惜明年花更好，知与谁同？

4.30 满江红·写怀

【南宋】岳飞

怒发冲冠，凭栏处，潇潇雨歇。抬望眼，仰天长啸，壮怀激烈。三十功名尘与土，八千里路云和月。莫等闲，白了少年头，空悲切！

靖康耻，犹未雪。臣子恨，何时灭！驾长车，踏破贺兰山缺。壮志饥餐胡虏肉，笑谈渴饮匈奴血。待从头，收拾旧山河，朝天阙。

4.31 永遇乐·京口北固亭怀古

【南宋】辛弃疾

千古江山，英雄无觅，孙仲谋处。舞榭歌台，风流总被，雨打风吹去。斜阳草树，寻常巷陌，人道寄奴曾住。想当年，金戈铁马，气吞万里如虎。

元嘉草草，封狼居胥，赢得仓皇北顾。四十三年，望中犹记，烽火扬州路。可堪回首，佛狸祠下，一片神鸦社鼓。凭谁问，廉颇老矣，尚能饭否？

4.32 扬州慢·淮左名都

【南宋】姜夔①

淳熙丙申至日，予过维扬。夜雪初霁，荠麦弥望。入其城，则四顾萧条，寒水自碧，暮色渐起，戍角悲吟。予怀怆然，感慨今昔，因自度此曲。千岩老人以为有《黍离》之悲也。

淮左名都，竹西佳处，解鞍少驻初程。过春风十里，尽荠麦青青。自胡马窥江去后，废池乔木，犹厌言兵。渐黄昏，清角吹寒，都在空城。

杜郎俊赏，算而今重到须惊。纵豆蔻词工，青楼梦好，难赋深情。二十四桥仍在，波心荡，冷月无声。念桥边红药，年年知为谁生？

4.33 念奴娇·赤壁怀古

【北宋】苏轼

大江东去，浪淘尽，千古风流人物。故垒西边，人道是，三国周郎赤壁。乱石穿空，惊涛拍岸，卷起千堆雪。江山如画，一时多少豪杰。

遥想公瑾当年，小乔初嫁了，雄姿英发。羽扇纶巾②，谈笑间，樯橹灰飞烟灭。故国神游，多情应笑我，早生华发。人生如梦，一尊还酹③江月。

---

① 姜夔（kuí）：字尧章，号白石道人，南宋文学家、音乐家。
② 纶（guān）巾：古时头巾名，以丝带编成，一般为青色。
③ 酹（lèi）：把酒浇在地上祭奠。

4.34 沁园春·雪

毛泽东

北国风光，千里冰封，万里雪飘。望长城内外，惟余莽莽；大河上下，顿失滔滔。山舞银蛇，原驰蜡象，欲与天公试比高。须晴日，看红装素裹，分外妖娆。

江山如此多娇，引无数英雄竞折腰。惜秦皇汉武，略输文采；唐宗宋祖，稍逊风骚。一代天骄，成吉思汗，只识弯弓射大雕。俱往矣，数风流人物，还看今朝。

4.35 春江花月夜

【唐】张若虚

春江潮水连海平，海上明月共潮生。
滟滟随波千万里，何处春江无月明！
江流宛转绕芳甸，月照花林皆似霰①；
空里流霜不觉飞，汀②上白沙看不见。
江天一色无纤③尘，皎皎空中孤月轮。
江畔何人初见月？江月何年初照人？
人生代代无穷已，江月年年只相似。
不知江月待何人，但见长江送流水。
白云一片去悠悠，青枫浦上不胜愁。
谁家今夜扁④舟子？何处相思明月楼？
可怜楼上月徘徊，应照离人妆镜台。
玉户帘中卷不去，捣衣砧⑤上拂还来。
此时相望不相闻，愿逐月华流照君。
鸿雁长飞光不度，鱼龙潜跃水成文。
昨夜闲潭梦落花，可怜春半不还家。
江水流春去欲尽，江潭落月复西斜。
斜月沉沉藏海雾，碣石潇湘⑥无限路。
不知乘月几人归，落月摇情满江树。

---

① 霰（xiàn）：雪珠，又称雪丸或软雹。

② 汀（tīng）：水边平地。

③ 纤（xiān）：细小。

④ 扁（piān）：小。

⑤ 捣衣砧（zhēn）：古时洗衣服时用来放在衣服下面供捶打的石头。

⑥ 碣（jié）石潇湘：碣石山，一说为山东无棣县碣石山，一说为河北昌黎县碣石山。潇湘，指湘江与潇水。碣石潇湘在这里泛指天南地北距离遥远。

4.36 陌上桑

【汉】佚名（乐府）

日出东南隅①，照我秦氏楼。秦氏有好女，自名为罗敷。罗敷喜蚕桑，采桑城南隅。青丝为笼系，桂枝为笼钩。头上倭堕髻，耳中明月珠。缃绮为下裙，紫绮为上襦。行者见罗敷，下担捋②髭须。少年见罗敷，脱帽著帩头③。耕者忘其犁，锄者忘其锄。来归相怨怒，但坐观罗敷。

使君从南来，五马立踟蹰。使君遣吏往，问是谁家姝④？“秦氏有好女，自名为罗敷。”“罗敷年几何？”“二十尚不足，十五颇有余”。使君谢罗敷：“宁可共载不？”罗敷前致辞：“使君一何愚！使君自有妇，罗敷自有夫！”

“东方千余骑，夫婿居上头。何用识夫婿？白马从骊驹，青丝系马尾，黄金络马头；腰中鹿卢剑，可值千万余。十五府小吏，二十朝大夫，三十侍中郎，四十专城居。为人洁白晰，鬑⑤鬑颇有须。盈盈公府步，冉冉府中趋。坐中数千人，皆言夫婿殊。”

---

① 隅（yú）：方位，角落。
② 捋（lǚ）：用手指顺着抹过去，使物体顺溜或干净。
③ 帩（qiào）头：古代男子包头发的纱巾。
④ 姝（shū）：美丽的女子。
⑤ 鬑（lián）：（须发）稀疏。

4.37　长恨歌

【唐】白居易

汉皇重色思倾国，御宇多年求不得。杨家有女初长成，养在深闺人未识。天生丽质难自弃，一朝选在君王侧。回眸一笑百媚生，六宫粉黛无颜色。春寒赐浴华清池，温泉水滑洗凝脂。侍儿扶起娇无力，始是新承恩泽时。云鬓花颜金步摇，芙蓉帐暖度春宵。春宵苦短日高起，从此君王不早朝。承欢侍宴无闲暇，春从春游夜专夜。后宫佳丽三千人，三千宠爱在一身。金屋妆成娇侍夜，玉楼宴罢醉和春。姊妹弟兄皆列土，可怜光彩生门户。遂令天下父母心，不重生男重生女。骊宫高处入青云，仙乐风飘处处闻。缓歌慢舞凝丝竹，尽日君王看不足。渔阳鼙鼓动地来，惊破霓裳①羽衣曲。

九重城阙烟尘生，千乘万骑西南行。翠华摇摇行复止，西出都门百余里。六军不发无奈何，宛转蛾眉马前死。花钿②委地无人收，翠翘金雀玉搔头。

君王掩面救不得，回看血泪相和流。黄埃散漫风萧索，云栈萦纡③登剑阁。

峨嵋山下少人行，旌旗无光日色薄。蜀江水碧蜀山青，圣主朝朝暮暮情。行宫见月伤心色，夜雨闻铃肠断声。天旋地转回龙驭④，到此踌躇不能去。

马嵬坡⑤下泥土中，不见玉颜空死处。君臣相顾尽沾衣，东望都门信马归。

归来池苑皆依旧，太液芙蓉未央柳。芙蓉如面柳如眉，对此如何不泪垂。春风桃李花开日，秋雨梧桐叶落时。西宫南内多秋草，落叶满阶红不扫。梨园弟子白发新，椒房阿监青娥老。夕殿萤飞思悄然，孤灯挑尽未成眠。迟迟钟鼓初长夜，耿耿星河欲曙天。鸳鸯瓦冷霜华重，翡翠衾⑥寒谁与共。

---

① 霓裳（ní cháng）羽衣：形容女子美丽的装束。古人以上衣为衣，下衣为裳（cháng）。"裳"读（shang 轻音）时，则是衣服之意。

② 花钿（diàn）：用金翠珠宝制成的花形首饰。

③ 云栈（zhàn）萦纡（yíngyū）：云栈，指悬于半空之中的栈道。萦纡，形容道路盘旋弯曲。

④ 龙驭（yù）：亦作龙御，指天子车驾。

⑤ 马嵬（wéi）坡：马嵬驿的通称。在今陕西省兴平市西，是杨贵妃墓所在地。

⑥ 衾（qīn）：被子。

悠悠生死别经年，魂魄不曾来入梦。临邛①道士鸿都客，能以精诚致魂魄。

为感君王辗转思，遂教方士殷勤觅。排空驭气奔如电，升天入地求之遍。

上穷碧落下黄泉，两处茫茫皆不见。忽闻海上有仙山，山在虚无缥渺间。

楼阁玲珑五云起，其中绰约②多仙子。中有一人字太真，雪肤花貌参差是。

金阙西厢叩玉扃③，转教小玉报双成。闻道汉家天子使，九华帐里梦魂惊。

揽衣推枕起徘徊，珠箔银屏迤逦④开。云鬓半偏新睡觉，花冠不整下堂来。

风吹仙袂⑤飘飘举，犹似霓裳羽衣舞。玉容寂寞泪阑干，梨花一枝春带雨。

含情凝睇⑥谢君王，一别音容两渺茫。昭阳殿里恩爱绝，蓬莱宫中日月长。

回头下望人寰⑦处，不见长安见尘雾。惟将旧物表深情，钿合金钗寄将去。

钗留一股合一扇，钗擘⑧黄金合分钿。但教心似金钿坚，天上人间会相见。

临别殷勤重寄词，词中有誓两心知。七月七日长生殿，夜半无人私语时。

在天愿作比翼鸟，在地愿为连理枝。天长地久有时尽，此恨绵绵无绝期。

---

① 临邛（qióng）：古地名，在今四川邛崃市。

② 绰（chuò）约：形容女子姿态柔美的样子，也作“婥约”。

③ 玉扃（jiōng）：指玉饰的门户。

④ 迤逦（yǐ lǐ）：形容圆转曲折连绵不绝，也作“迤里”或“地逦”。

⑤ 袂（mèi）：指衣袖，袖口。

⑥ 凝睇（dì）：意思为凝视，注视，目不斜视。

⑦ 人寰（huán）：人间，人世。

⑧ 擘（bò）：意思为剖开，劈开。

4.38　记承天寺夜游

【北宋】苏轼

元丰六年十月十二日夜，解衣欲睡，月色入户，欣然起行。念无与为乐者，遂至承天寺寻张怀民。怀民亦未寝，相与步于中庭。庭下如积水空明，水中藻、荇①交横，盖竹柏影也。何夜无月？何处无竹柏？但少闲人如吾两人者耳。

【译文】元丰六年十月十二日夜晚，我脱下衣服准备睡觉时，恰好看见月光透过窗户洒入屋内，于是我高兴地起床出门散步。想到没有可以与我共同游乐的人，于是我前往承天寺寻找张怀民。张怀民也没有睡，我们便一同在庭院中散步。庭院中充满月光，像积水充满院落，清澈透明，水中的水藻、荇菜交横错杂，原来是竹子和柏树的影子。哪一个夜晚没有月光？又有哪个地方没有竹子、柏树呢？只是缺少像我们两个这样不汲汲于名利而又能从容流连光景的清闲人罢了。

① 荇（xìng）：一种多年生水草，叶子像心脏形，面绿背紫，夏季开黄花。

4.39 诫子书

【三国】诸葛亮

夫君子之行，静以修身，俭以养德。非淡泊无以明志，非宁静无以致远。夫学须静也，才须学也，非学无以广才，非志无以成学。淫慢则不能励精，险躁则不能冶性。年与时驰，意与日去，遂成枯落，多不接世，悲守穷庐，将复何及！

【译文】品德高尚、德才兼备的人，是依靠内心安静、精力集中来修养身心的，是依靠俭朴的作风来培养品德的。不看清世俗的名利就不能明确自己的志向，不身心宁静就不能实现远大的理想。学习必须专心致志，增长才干必须刻苦学习。不努力学习就不能增长才智，不明确志向就不能在学习上获得成就。过度享乐和怠惰散漫就不能奋发向上，轻浮急躁就不能陶冶性情。年华随光阴流逝，意志随着岁月消磨，最后就会像衰老的树叶般凋落成灰，大多不能够融入社会，只能够悲伤地困守在自己那穷困的屋舍中，等到那时再后悔已来不及了！

4.40　答长孙无忌请诛段志冲手诏

【唐】李世民

朕闻以德下人者昌，以贵高人者亡。是以五岳凌霄，四海亘地，纳污藏疾，无损高深。志冲欲以匹夫解位天子，朕若有罪，是其直也；若当无罪，是其狂也。譬尺雾障天，不亏于大；寸云遮日，何损于明。今卿等皆欲致以极刑，意所不忍，可更详议，任流远方。

【译文】我听说以谦卑之德待人就会兴旺，以娇贵之态待人就会导致灭亡。所以五岳超过霄汉，四海连接着大地，虽藏污纳垢，却无损于山高水深。志冲想以普通百姓的身份来让我这个做天子的退位，我如果有罪，那是他正直，如果我没有罪，那就是他狂妄了。好像尺雾挡住天空，不会减小天空的阔大；片云遮日，如何能减弱太阳的光明。现在你们都认为要对他处以极刑，我觉得于心不忍，你们再详议，听凭把他流放到边远之地也就罢了。

4.41 德才论[1]

【北宋】司马光

夫才与德异，而世俗莫之能辨，通谓之贤，此其所以失人也。夫聪察强毅之谓才，正直中和之谓德。才者，德之资也；德者，才之帅也。云梦之竹，天下之劲也，然而不矫揉[2]，不羽括，则不能以入坚；棠溪之金，天下之利也，然而不熔范，不砥砺[3]，则不能以击强。是故才德全尽谓之圣人，才德兼亡谓之愚人，德胜才谓之君子，才胜德谓之小人。凡取人之术，苟不得圣人、君子而与之，与其得小人，不若得愚人。何则？君子挟[4]才以为善，小人挟才以为恶。挟才以为善者，善无不至矣；挟才以为恶者，恶亦无不至矣。愚者虽欲为不善，智不能周，力不能胜，譬如[5]乳狗搏人，人得而制之。小人智足以遂其奸，勇足以决其暴，是虎而翼者也，其为害岂不多哉！

【译文】 才与德是两回事，而世俗之人往往分不清，一概而论都叫做贤明，于是就把人看错了。所谓才，是指聪明、明察、坚强、果毅；所谓德，是指正直、公道、平和待人。才，是德的辅助；德，是才的统帅。云梦这个地方的竹子，天下都称为刚劲，然而如果不矫正其不直的地方，不配上羽毛，就不能作为利箭穿透坚物。棠这个地方出产的铜材，天下都称为精利，然而如果不经熔烧铸造，不锻打出锋刃，就不能作为兵器击穿硬甲。所以，德才兼备称之为圣人；无德无才称之为愚人；德胜过才称之为君子；才胜过德称之为小人。挑选人才的方法是，如果找不到圣人和君子来委以重任，与其得到小人，不如得到愚人。为什么这么说呢？因为君子会用他的才干行善；而小人会用他的才干作恶。用才干行善，就能处处行善；用才干作恶，就会无恶不作。愚人就算是想作恶，但因为智慧不足，勇敢和力量也不足，这就好比很小的狗扑过来咬人，人能够制住它。（但是）小人既有足够的阴谋诡计来发挥邪恶，又有足够的力量来逞凶施暴，这却像是恶虎生了翅膀，他的危害难道不够大吗！

---

① 节选自《资治通鉴·周纪一》。

② 矫揉（jiǎo róu）：矫正或整饬的意思。矫，使曲的变直。揉，使直的变曲。

③ 砥砺（dǐ lì）：1. 磨刀石；2. 磨炼；3. 勉励。这里指磨炼。

④ 挟（xié）：心里怀着（怨恨）或依仗着（才能）。

⑤ 譬（pì）如：1. 比如；2. 与其。这里指比如。

4.42　为学一首示子侄

【清】彭端淑

天下事有难易乎？为之，则难者亦易矣；不为，则易者亦难矣。人之为学有难易乎？学之，则难者亦易矣；不学，则易者亦难矣。

吾资之昏，不逮人也；吾材之庸，不逮人也。旦旦而学之，久而不怠焉，迄乎成，而亦不知其昏与庸也。吾资之聪，倍人也；吾材之敏，倍人也。屏弃而不用，其与昏与庸无以异也。圣人之道，卒于鲁也传之。然则昏庸聪敏之用，岂有常哉？

蜀之鄙有二僧：其一贫，其一富。贫者语于富者曰："吾欲之南海，何如？"富者曰："子何恃而往？"曰："吾一瓶一钵足矣。"富者曰："吾数年来欲买舟而下，犹未能也。子何恃而往！"越明年，贫者自南海还，以告富者，富者有惭色。

西蜀之去南海，不知几千里也，僧富者不能至而贫者至焉。人之立志，顾不如蜀鄙之僧哉？是故聪与敏，可恃而不可恃也；自恃其聪与敏而不学者，自败者也。昏与庸，可限而不可限也；不自限其昏与庸，而力学不倦者，自力者也。

【译文】天下的事情有困难和容易的区别吗？只要肯做，那么困难的事情也变得容易了；如果不做，那么容易的事情也变得困难了。人们做学问有困难和容易的区别吗？只要肯学，那么困难的学问也变得容易了；如果不学，那么容易的学问也变得困难了。

我天资愚笨，赶不上别人；我才能平庸，赶不上别人。我每天持之以恒地提高自己，（也可翻译为：每天不停地学习）等到学成了，也就不知道自己愚笨与平庸了。我天资聪明，超过别人；能力也超过别人，却不努力去发挥，与愚笨、平庸的人无异。孔子的学问最终是靠不怎么聪明的曾参传下来的。如此看来，聪明愚笨难道是一成不变的吗？

四川边界有两个和尚，其中一个贫穷，另一个富裕。穷和尚对有钱的和尚说："我想要到南海去，你看怎么样？"富和尚说："你凭借什么去呢？"穷和尚说："我只需要一个盛水的水瓶和一个盛饭的钵盂就足够了。"富和尚说："我几年来想要雇船沿着长江下游而去（南海），尚且没有成功。你凭借着什么去呢？"到了第二年，穷和尚从南海回来了，把到过南海这件事告诉富和尚。富和尚的脸上露出了惭愧的神情。

四川距离南海，不知道有几千里路，富和尚不能到达可是穷和尚到达了。一个人立志求学，难道还不如四川的那个穷和尚吗？因此，聪明与敏捷，可以依靠但也不可以依靠；依靠着自己的聪明与敏捷而不努力学习的人，是自己毁了自己。愚笨和平庸，可以限制又不可以限制；不被自己的愚笨平庸所局限而努力不倦地学习的人，是靠自己努力学成的。

4.43 马说

【唐】韩愈

世有伯乐，然后有千里马。千里马常有，而伯乐不常有。故虽有名马，祇[①]辱于奴隶人之手，骈[②]死于槽枥[③]之间，不以千里称也。

马之千里者，一食[④]或尽粟一石[⑤]。食[⑥]马者不知其能千里而食也。是马也，虽有千里之能，食不饱，力不足，才美不外见[⑦]，且欲与常马等不可得，安求其能千里也？

策之不以其道，食之不能尽其材，鸣之而不能通其意，执策而临之，曰："天下无马！"呜呼！其真无马邪[⑧]？其真不知马也！

【译文】世上先有伯乐，然后有千里马。千里马经常有，但是伯乐不常有。所以即使有名贵的马，只是辱没在仆役的手中，跟普通的马一同死在槽枥之间，不以千里马著称。

日行千里的马，吃一顿有时能吃完一石粮食。喂马的人不知道它能日行千里而像普通的马一样来喂养它。这样的马，虽然有日行千里的能力，但吃不饱，力气不足，才能和美好的素质不能显现出来，想要和普通的马一样尚且做不到，怎么能够要求它日行千里呢？

不按照驱使千里马的正确方法来鞭打它，喂养它却不能竭尽它的才能，听千里马嘶鸣，却不能通晓它的意思，拿着鞭子面对它，说："天下没有千里马！"唉！难道真的没有千里马吗？大概是真的不认识千里马吧！

---

① 祇（zhī）：只是，恰好。
② 骈（pián）：两马并驾。
③ 槽枥（cáo lì）：喂牲口用的槽。
④ 一食（shí）：吃一顿。
⑤ 石（dàn）：容量单位，十斗为一石，一石约等于一百二十斤。
⑥ 食（sì）：通"饲"，喂。
⑦ 见（xiàn）：通"现"，表现，显现。
⑧ 邪（yé）：通"耶"，表示疑问的语气词，意为"吗"。

4.44 师说

【唐】韩愈

古之学者必有师。师者，所以传道受业解惑也。人非生而知之者，孰能无惑？惑而不从师，其为惑也，终不解矣。生乎吾前，其闻道也固先乎吾，吾从而师之；生乎吾后，其闻道也亦先乎吾，吾从而师之。吾师道也，夫庸知其年之先后生于吾乎？是故无贵无贱，无长无少，道之所存，师之所存也。

嗟乎！师道之不传也久矣！欲人之无惑也难矣！古之圣人，其出人也远矣，犹且从师而问焉；今之众人，其下圣人也亦远矣，而耻学于师。是故圣益圣，愚益愚。圣人之所以为圣，愚人之所以为愚，其皆出于此乎？爱其子，择师而教之；于其身也，则耻师焉，惑矣。彼童子之师，授之书而习其句读①者，非吾所谓传其道解其惑者也。句读之不知，惑之不解，或师焉，或不焉，小学而大遗，吾未见其明也。巫医乐师百工之人，不耻相师。士大夫之族，曰师曰弟子云者，则群聚而笑之。问之，则曰："彼与彼年相若也，道相似也。位卑则足羞，官盛则近谀。"呜呼！师道之不复可知矣。巫医乐师百工之人，君子不齿，今其智乃反不能及，其可怪也欤！

圣人无常师。孔子师郯②子、苌弘、师襄、老聃③。郯子之徒，其贤不及孔子。孔子曰：三人行，则必有我师。是故弟子不必不如师，师不必贤于弟子，闻道有先后，术业有专攻，如是而已。

李氏子蟠，年十七，好古文，六艺经传皆通习之，不拘于时，学于余。余嘉其能行古道，作师说以贻之。

【译文】古代求学的人一定有老师。老师，是传授道理、教授学业、解答疑难问题的人。人不是生下来就懂得道理的，谁能没有疑惑呢？有了疑惑，如果不跟从老师学习，那些成为疑难问题的，就始终不能理解了。生在我前面，他懂得道理本来就早于我，我（应该）跟从（他）把他当作老师；生在我后面，（如果）他懂得的道理也早于我，我（也应该）跟从（他）把他当作老师。我是向他学习道理啊，哪管他的生年比我早还是比我晚呢？因此，无论身份贵贱，无论年纪大小，道理存在的地方，就是老师存在的地方。

唉，（古代）从师学习的风尚不流传已经很久了，想要人没有疑惑是很难

① 句读（dòu）：古人指文辞休止和停顿处。文辞语意已尽处为句，未尽而须停顿的地方为读。
② 郯（tán）子：春秋时郯国（今山东郯城一带）的国君，孔子曾向他请教官职的名称。
③ 老聃（dān）：即老子，春秋时楚国人，思想家，道家学派创始人。孔子曾向他请教礼仪。

的啊！古代的圣人，他们的才智超出一般人，尚且跟从老师而请教；现在的一般人，他们的才智远低于圣人，却以向老师学习为耻。因此圣人就更加圣明，愚人就更加愚昧。圣人之所以能成为圣人，愚人之所以能成为愚人，大概都出于这个缘故吧？（人们）爱他们的孩子，就选择老师来教他，（但是）对于他自己呢，却以跟从老师（学习）为耻，真是糊涂啊！那些孩子们的老师，是教他们读书，（帮助他们）学习断句的，不是我所说的能传授道理，解答疑难问题的人。一方面不通晓句读，另一方面不能解决疑惑，有的句读向老师学习，有的疑惑却不向老师学习；小的方面倒要学习，大的方面反而放弃不学，我没看出那种人是明智的。巫医乐师和各种工匠之类的人，不以互相学习为耻。士大夫这类人，（听到）称"老师"称"弟子"的，就成群聚在一起讥笑人家。问他们（为什么讥笑），就说："他和他年龄差不多，道德学问也差不多，（以）地位低（的人为师），就觉得羞耻，（以）官职高（的人为师），就近乎谄媚了。"唉！（古代那种）跟从老师学习的风尚不能恢复，从这些话里就可以明白了。巫医乐师和各种工匠这些人，君子们不屑一提，现在他们的见识竟反而赶不上这些人，真是令人奇怪啊！

圣人没有固定的老师。孔子曾以郯子、苌弘、师襄、老聃为师。郯子这些人，他们的贤能都比不上孔子。孔子说："几个人一起走，其中一定有可以当我的老师的人。"因此学生不一定不如老师，老师不一定比学生贤能，听到的道理有早有晚，学问技艺各有专长，只是这样罢了。

李家的孩子蟠，十七岁，喜欢古文，六经的经文和传文都普遍地学习了，不受时俗的拘束，向我学习。我赞许他能够遵行古人（从师）的道理，写这篇《师说》送给他。

4.45 归去来兮辞

【东晋】陶渊明

余家贫，耕植不足以自给。幼稚盈室，瓶无储粟，生生所资，未见其术。亲故多劝余为长吏，脱然有怀，求之靡途。会有四方之事，诸侯以惠爱为德，家叔以余贫苦，遂见用于小邑。于时风波未静，心惮远役，彭泽去家百里，公田之利，足以为酒。故便求之。及少日，眷①然有归欤之情。何则？质性自然，非矫厉所得。饥冻虽切，违己交病。尝从人事，皆口腹自役。于是怅然慷慨，深愧平生之志。犹望一稔②，当敛裳宵逝。寻程氏妹丧于武昌，情在骏奔，自免去职。仲秋至冬，在官八十余日。因事顺心，命篇曰《归去来兮》。乙巳岁十一月也。

归去来兮，田园将芜胡不归？既自以心为形役，奚惆怅而独悲？悟已往之不谏，知来者之可追。实迷途其未远，觉今是而昨非。舟遥遥以轻飏③，风飘飘而吹衣。问征夫以前路，恨晨光之熹微。

乃瞻衡宇，载欣载奔。僮仆欢迎，稚子候门。三径就荒，松菊犹存。携幼入室，有酒盈樽。引壶觞④以自酌，眄⑤庭柯以怡颜。倚南窗以寄傲，审容膝之易安。园日涉以成趣，门虽设而常关。策扶老以流憩⑥，时矫首而遐观。云无心以出岫⑦，鸟倦飞而知还。景翳翳以将入，抚孤松而盘桓。

归去来兮，请息交以绝游。世与我而相违，复驾言兮焉求？悦亲戚之情话，乐琴书以消忧。农人告余以春及，将有事于西畴。或命巾车，或棹⑧孤舟。既窈窕以寻壑，亦崎岖而经丘。木欣欣以向荣，泉涓涓而始流。善万物之得时，感吾生之行休。

已矣乎！寓形宇内复几时？曷⑨不委心任去留？胡为乎遑遑欲何之？富贵非吾愿，帝乡不可期。怀良辰以孤往，或植杖而耘耔。登东皋以舒啸，临清流而赋诗。聊乘化以归尽，乐夫天命复奚疑！

---

① 眷（juàn）：留恋，怀念。
② 稔（rěn）：一年。
③ 飏（yáng）：飞扬。形容船行驶轻快。
④ 觞（shāng）：古代酒器。
⑤ 眄（miǎn）：斜看。这里是“随便看看”的意思。
⑥ 流憩（qì）：散步或休息。
⑦ 出岫（xiù）：从山中或山洞中出来。
⑧ 棹（zhào）：原意是船桨，这里作动词，用桨划。
⑨ 曷（hé）：何。为什么。

【译文】 我家贫穷，种田不能够自给。孩子很多，米缸里没有存粮，维持生活所需的一切，没有办法解决。亲友大都劝我去做官，我心里也有这个念头，可是求官缺少门路。正赶上有奉使外出的官职，地方大吏以爱惜人才为美德，叔父也因为我家境贫苦（替我设法），我就被委任到小县做官。那时社会上动荡不安，我心里惧怕到远地当官。彭泽县离家一百里，公田收获的粮食，足够造酒饮用，所以（我）就请求去那里。等到过了一些日子，便产生了留恋故园的怀乡感情。那是为什么？本性任其自然，这是勉强不得的；饥寒虽然来得急迫，但是违背本意去做官，身心都感到痛苦。过去为官做事，都是为了吃饭而役使自己。于是惆怅感慨，深觉有愧于平生的志愿。仍然希望任职一年，便收拾行装连夜离去。不久，嫁到程家的妹妹在武昌去世，去吊丧的心情像骏马奔驰一样急迫，（于是我）自己请求免去官职。自立秋第二个月到冬天，在职共八十多天。因辞官而顺遂了心愿，写了一篇文章，题目叫《归去来兮》。这时候是乙巳年十一月。

回家去吧！田园快要荒芜了，为什么不回去呢？既然自己的心灵为形体所役使，为什么如此失意而独自伤悲？我悔悟过去的错误不可挽救，但坚信未来的岁月中可以补追。实际上我入迷途还不算远，已觉悟到回家是正确的而做官是错误的。船在水上轻轻飘荡，微风吹拂着衣裳。我向行人打听前面的路，只觉得遗憾晨光朦胧天不亮。

终于看到自己简陋的家门，我高兴地向前飞奔。家僮欢快地迎接，幼儿们守候在门庭。院里的小路长满了荒草，松和菊还是原样；带着幼儿们进了屋，美酒已经盛满酒樽。我端起酒壶酒杯自斟自饮，观赏着庭树使我开心；倚着南窗寄托我的傲世之情，更觉得这狭小之地容易使我心安。每天独自在园中散步兴味无穷，小园的门经常地关闭着；拄着拐杖走走歇歇，时时抬头望着远方。白云自然而然地从山穴里飘浮而出，倦飞的小鸟也知道飞回巢中；日光暗淡，即将落山，我流连不忍离去，手抚着孤松徘徊不已。

回来呀！我要跟世俗之人断绝交游。他们的一切都跟我的志趣不合，再驾车出去又有何求？跟乡里故人谈心何等快乐，弹琴读书能使我忘记忧愁；农夫告诉我春天到了，将要去西边的田地耕作。有时驾着有布篷的小车，有时划着孤舟，既要探寻那幽深的沟壑，又要走过那高低不平的山丘。树木欣欣向荣，泉水缓缓流动，我羡慕万物各得其时，感叹自己一生行将告终。

算了吧！寄身世上还有多少时光，为什么不按照自己心意决定去留？为什么心神不定还想去什么地方？富贵不是我所求，升入仙界也没有希望。爱惜那良辰美景我独自去欣赏，要不就扶杖除草助苗长；登上东边山坡我放声长啸，傍着清清的溪流把诗歌吟唱；姑且顺应造化了结一生，以天命为乐，还有什么可犹豫彷徨！

4.46 答谢中书书

【南北朝】陶弘景

山川之美，古来共谈。高峰入云，清流见底。两岸石壁，五色交辉。青林翠竹，四时俱备。晓雾将歇，猿鸟乱鸣；夕日欲颓，沉鳞竞跃。实是欲界之仙都。自康乐以来，未复有能与其奇者。

【译文】山川景色的美丽，自古以来就是文人雅士共同欣赏赞叹的。巍峨的山峰耸入云端，澄净的溪流清澈见底。两岸的石壁色彩斑斓，交相辉映。青葱的林木，翠绿的竹丛，四季常存。清晨的薄雾将要消散的时候，传来猿、鸟此起彼伏的鸣叫声；夕阳快要落山的时候，潜游在水中的鱼儿争相跳出水面。这里实在是人间的仙境啊。自从南朝的谢灵运以来，就再也没有人能够欣赏这种奇丽的景色了。

4.47　与朱元思书

【南北朝】吴均

风烟俱净，天山共色。从流飘荡，任意东西。自富阳至桐庐一百许里，奇山异水，天下独绝。

水皆缥碧，千丈见底。游鱼细石，直视无碍。急湍①甚箭，猛浪若奔。

夹岸高山，皆生寒树，负势竞上，互相轩邈，争高直指，千百成峰。泉水激石，泠②泠作响；好鸟相鸣，嘤嘤成韵。蝉则千转不穷，猿则百叫无绝。鸢飞戾天③者，望峰息心；经纶④世务者，窥谷忘反。横柯上蔽，在昼犹昏；疏条交映，有时见日。

【译文】风和烟都散尽了，天和山是一样的颜色。（我的小船）随着江流飘荡，时而偏东，时而偏西。从富阳到桐庐一百来里的水路，奇异的山水，独一无二。

江水都是青白色，千丈深的地方都能看得清楚。游动的鱼儿和细碎的沙石，也可以看得清清楚楚，毫无障碍。湍急的水流比箭还快，迅猛的浪涛像飞奔的骏马。

江两岸的高山上，全都生长着使人看了有寒意的树；山峦凭借着（高峻的）地势，争着向上，仿佛都在相互争着往高处和远处伸展，笔直地向上，直插云天，形成了无数的山峰。（山间的）泉水冲击着岩石，发出泠泠的响声；美丽的百鸟互相和鸣，鸣声嘤嘤，和谐动听。蝉儿和猿猴也长时间地叫个不停。极力追求名利的人，看到（这些雄奇的）高峰，就会平息热衷于功名利禄的心；治理政务的人，看到（这些幽美的）山谷，就会流连忘返。横斜的树枝在上面遮蔽着，即使是在白天也像黄昏时那样昏暗；稀疏的枝条交相掩映，有时还可以（从枝叶的空隙中）见到阳光。

---

① 急湍（tuān）：湍急的流水。

② 泠（líng）泠作响：泠泠地发出声响。泠泠，拟声词，形容水声的清越。

③ 鸢（yuān）飞戾（lì）天：老鹰高飞入天，这里比喻追求名利极力攀高的人。鸢，俗称老鹰，善高飞。戾，至。

④ 经纶（lún）：整理丝缕和编丝成绳，统称经纶。古时引申为筹划治理国家大事。

4.48 三峡

【南北朝】郦道元

自三峡七百里中，两岸连山，略无阙处。重岩叠嶂，隐天蔽日。自非亭午夜分，不见曦月。

至于夏水襄陵，沿溯阻绝。或王命急宣，有时朝发白帝，暮到江陵，其间千二百里，虽乘奔御风，不以疾也。

春冬之时，则素湍绿潭，回清倒影。绝𪩘[①]多生怪柏，悬泉瀑布，飞漱[②]其间，清荣峻茂，良多趣味。

每至晴初霜旦，林寒涧肃，常有高猿长啸，属引凄异，空谷传响，哀转久绝。故渔者歌曰："巴东三峡巫峡长，猿鸣三声泪沾裳。"

【译文】在三峡七百里之间，两岸都是连绵的高山，完全没有中断的地方；重重叠叠的悬崖峭壁，遮挡了天空和太阳。若不是在正午或半夜的时候，连太阳和月亮都看不见。

等到夏天水涨，江水漫上小山丘的时候，下行或上行的船只都被阻挡了，不能通航。有时候皇帝的命令要紧急传达，这时只要早晨从白帝城出发，傍晚就到了江陵，这中间有一千二百里，即使骑上飞奔的马，驾着疾风，也不如船速度快。

等到春天和冬天的时候，就可以看见白色的急流，回旋的清波。碧绿的潭水倒映着各种景物的影子。极高的山峰上生长着许多奇形怪状的柏树，山峰之间有悬泉瀑布飞流冲荡。水清、树荣、山高、草盛，确实趣味无穷。

在秋天，每到初晴的时候或下霜的早晨，树林和山涧显出一片清凉和寂静，经常有高处的猿猴拉长声音鸣叫，声音持续不断，非常凄凉怪异，空荡的山谷里传来猿叫的回声，悲哀婉转，很久才消失。所以三峡中渔民的歌谣唱道："巴东三峡巫峡长，猿鸣三声泪沾裳。"

---

① 绝𪩘（yǎn）：极高的山峰。𪩘：山峰。

② 飞漱（shù）：飞流冲荡。

4.49 湖心亭看雪

【明】张岱

崇祯五年十二月，余住西湖。大雪三日，湖中人鸟声俱绝。是日更定矣，余拏一小舟，拥毳衣①炉火，独往湖心亭看雪。雾凇沆砀②，天与云与山与水，上下一白。湖上影子，惟长堤一痕、湖心亭一点、与余舟一芥、舟中人两三粒而已。

到亭上，有两人铺毡对坐，一童子烧酒炉正沸。见余，大喜曰："湖中焉得更有此人？"拉余同饮。余强饮三大白而别。问其姓氏，是金陵人，客此。及下船，舟子喃喃曰："莫说相公痴，更有痴似相公者！"

【译文】崇祯五年十二月，我住在西湖边。大雪接连下了多天，湖中的行人、飞鸟的声音都消失了。这一天晚上初更以后，我撑着一叶小舟，穿着毛皮衣，带着火炉，独自前往湖心亭看雪。（湖面上）冰花一片弥漫，天和云和山和水，全是白皑皑的。湖上的影子，只有一道长堤的痕迹，一点湖心亭的轮廓，和我的一叶小舟，舟中的两三个人影罢了。

到了湖心亭上，看见有两个人铺好毡子，相对而坐，一个小孩正把酒炉（里的酒）烧得滚沸。（他们）看见我，非常高兴地说："想不到在湖中还会有您这样的人！"（他们）拉着我一同饮酒。我尽力喝了三大杯酒，然后和他们道别。（我）问他们的姓氏，（得知他们）是南京人，在此地客居。等到了下船的时候，船夫喃喃地说："不要说相公您痴，还有像相公您一样痴的人啊！"

---

① 毳（cuì）衣：用毛虎制成的衣服。毳：鸟兽的细毛。

② 沆砀（hàng dàng）：白气弥漫的样子。

4.50　黄生借书说

【清】袁枚

黄生允修借书，随园主人授以书，而告之曰：

书非借不能读也。子不闻藏书者乎？七略、四库，天子之书，然天子读书者有几？汗牛塞屋，富贵家之书，然富贵人读书者有几？其他祖父积，子孙弃者无论焉。非读书为然，天下物皆然。非夫人之物而强假焉，必虑人逼取，而惴惴焉摩玩之不已，曰："今日存，明日去，吾不得而见之矣。"若业为吾所有，必高束焉，庋[①]藏焉，曰"姑俟[②]异日观"云尔。

余幼好书，家贫难致。有张氏藏书甚富，往借，不与，归而形诸梦，其切如是，故有所览辄省记。通籍后，俸去书来，落落大满，素蟫[③]灰丝时蒙卷轴，然后叹借者之用心专，而少时之岁月为可惜也！

今黄生贫类予，其借书亦类予；惟予之公书与张氏之吝书若不相类。然则予固不幸而遇张乎，生固幸而遇予乎？知幸与不幸，则其读书也必专，而其归书也必速。

为一说，使与书俱。

【译文】读书人黄允修来（向我）借书，我把书交授给他并且告诉他说：

书不是借来的就不能（认认真真地）去读。你没听说过那些藏书的人（是怎样读书）吗？《七略》[④]《四库》[⑤]，是天子的藏书，然而天子中（认真）读书的人有几个呢？那些搬运起来使牛累得流汗，放在家里塞满了屋子的，是富贵人家的书，然而富贵人中（认真）读书的有几个呢？其余那些祖辈和父辈收藏（的书籍），子辈孙辈随便丢弃的就不用说了。不只读书是这样，天下的事物（也）都是这样。不是那人自己的东西却勉强向别人借来，（他）一定担心别人催着要还，因而就显出忧惧的样子，抚摸玩赏那东西久久不能停止，心想："今天存放（在我这里），明天（就要给人）拿回去，我不能再看到它

① 庋（guǐ）：放东西的架子。

② 俟（sì）：等待。

③ 蟫（yín）：即"衣鱼"，一种昆虫，体长而扁，有银灰色细鳞，常在衣服和书里，吃上面的糨糊和胶质物。亦称"蠹鱼"。

④ 《七略》：我国最早的图书目录分类著作，分为《辑略》《六艺略》《诸子略》《诗赋略》《兵书略》《术数略》《方技略》七部。

⑤ 《四库》：唐朝京师长安和东都洛阳的藏书，有《经》《史》《子》《集》四库。这里《七略》《四库》都指内府藏书。

了。”如果（这东西）已经被我所拥有，（我）一定会（把它）捆扎好放在高处，保存起来，说一声“姑且等到另外的日子再看”罢了。

我小时候爱好读书，但是家里贫穷，很难得到书读。有个姓张的人藏书很多，（我）到他家去借，（他）不借给我，回来以后我在梦中还出现向他借书的情形，我那种迫切（求书的心情就）像这样，所以（只要）有看过的书就记在心里。（我）做了官以后，薪俸花出去了，书籍买来了，屋里到处都堆放满了，蠹虫丝迹时常覆盖书册，这样以后我（才）感慨借书读的人是（那么）用心专一，而自己少年时候的时光是（多么）值得珍惜的啊！

如今姓黄的年轻人像我（从前一样）贫穷，他借书（苦读）也像我（从前一样）；只不过我把书慷慨出借和姓张的吝惜书籍，（不肯出借，）似乎并不相同。那么这样看来，是我实在不幸遇到了姓张的，而姓黄的年轻人实在幸运遇到我吧？（黄生）懂得了（借到书的）幸运和（借不到书的）不幸运，那么他读书一定会专心，而且他还书也一定会很快。

（我）写下这篇说，把它和书一起交给黄生。

4.51 河中石兽

【清】纪昀

沧州南一寺临河干，山门圮[1]于河，二石兽并沉焉。阅十余岁，僧募金重修，求石兽于水中，竟不可得。以为顺流下矣，棹[2]数小舟，曳铁钯，寻十余里，无迹。

一讲学家设帐寺中，闻之笑曰："尔辈不能究物理，是非木柿[3]，岂能为暴涨携之去？乃石性坚重，沙性松浮，湮于沙上，渐沉渐深耳。沿河求之，不亦颠乎？"众服为确论。

一老河兵闻之，又笑曰："凡河中失石，当求之于上流。盖石性坚重，沙性松浮，水不能冲石，其反激之力，必于石下迎水处啮沙为坎穴，渐激渐深，至石之半，石必倒掷坎穴中。如是再啮，石又再转。转转不已，遂反溯流逆上矣。求之下流，固颠；求之地中，不更颠乎？"如其言，果得于数里外。

然则天下之事，但知其一，不知其二者多矣，可据理臆断欤？

【译文】沧州的南面有一座寺庙靠近河岸，庙门倒塌在了河里，两只石兽一起沉没于此。经过十多年，僧人们募集金钱重修（寺庙），便在河中寻找石兽，最后也没找到。僧人们认为石兽顺着水流流到下游了。于是划着几只小船，拖着铁钯，（向下游）寻找了十多里，没有找到石兽的踪迹。

一位讲学家在寺庙中教书，听说了这件事笑着说："你们这些人不能推究事物的道理。这（石兽）不是木片，怎么能被暴涨的洪水带走呢？石头的性质坚硬沉重，泥沙的性质松软浮动，石兽埋没在沙上，越沉越深罢了。顺着河流寻找石兽，不是颠倒错乱了吗？"大家信服地认为（这话）是精当确切的言论。

一位老河兵听说了讲学家的观点，又笑着说："凡是落入河中的石头，都应当在河的上游寻找它。正因为石头的性质坚硬沉重，沙的性质松软轻浮，水流不能冲走石头，水流反冲的力量，一定在石头下面迎水的地方侵蚀沙子形成坑洞。越激越深，当坑洞延伸到石头底部的一半时，石头必定倾倒在坑洞中。像这样再冲刷，石头又会再次转动，像这样不停地转动，于是逆流到上游去了。到河的下游寻找石兽，本来就颠倒错乱了；在石兽沉没的地方寻找它们，

---

① 圮（pǐ）：倒塌。
② 棹（zhào）：划船。
③ 柿（fèi）：削下来的木片。

不是更颠倒错乱了吗?”结果依照他的话去寻找，果然在上游的几里外寻到了石兽。

既然这样，那么天下的事，只知道表面现象，不知道根本道理的情况有很多，难道可以根据某个道理就主观判断吗?

4.52 狼三则

【清】蒲松龄

（其一）

有屠人货肉归，日已暮，欻[①]一狼来，瞰[②]担上肉，似甚垂涎[③]，随尾行数里。屠惧，示之以刃，少却；及走，又从之。屠无计，思狼所欲者肉，不如姑悬诸树而早取之。遂钩肉，翘足挂树间，示以空担。狼乃止。屠归。昧爽，往取肉，遥望树上悬巨物，似人缢死状。大骇，逡巡[④]近视之，则死狼也。仰首细审，见狼口中含肉，钩刺狼腭，如鱼吞饵。时狼皮价昂，直十余金，屠小裕焉。缘木求鱼，狼则罹[⑤]之，是可笑也。

【译文】一个屠夫卖完肉回家，天色已经晚了。（这时）忽然出现了一匹狼。狼窥视着屠夫担子上的肉，嘴里的口水似乎都快要流出来了，（就这样）尾随着屠夫走了好几里路。屠夫感到（很）害怕，于是就拿着屠刀来（比画着）给狼看，狼稍稍退缩了几步，（可是）等到屠夫继续朝前走的时候，狼又跟了上来。屠夫没办法了，于是他在心里想，狼想要的是肉，不如把肉挂在树上（这样狼够不着），等明天早上（狼走了）再来取肉。于是（屠夫）就把肉挂在钩子上，踮起脚（把带肉的钩子）挂在树上，然后把空担子拿给狼看了看。狼才停下来（不再跟着屠夫了）。屠夫就（安全地）回家了。第二天拂晓，屠夫前去（昨天挂肉的地方）取肉，远远地就看见树上挂着一个巨大的东西，就好像有个人在树上吊死的样子，（屠夫）大吃一惊。（他）小心地（在四周）徘徊着向树靠近，等走近一看，原来（树上悬挂着的）是一条死狼。（屠夫）抬起头来仔细观察发现，狼的嘴里含着肉，挂肉的钩子刺穿了狼的上颚，就好像鱼儿咬住了鱼饵一样。当时市场上狼皮（非常）昂贵，（这张狼皮）能值十几两银子，屠夫的生活略微宽裕了。（就像）爬上树去捉鱼一样，狼本来想吃肉，结果遭遇了祸患，这真是可笑啊！

---

① 欻（xū）：忽然。
② 瞰（kàn）：看，窥视。
③ 垂涎（xián）：因想吃而流口水，比喻看见别人的好东西想得到。
④ 逡（qūn）巡：因有所顾虑而徘徊。
⑤ 罹（lí）：遭遇祸患。

（其二）

一屠晚归，担中肉尽，止有剩骨。途中两狼，缀行甚远。屠惧，投以骨。一狼得骨止，一狼仍从。复投之，后狼止而前狼又至。骨已尽矣。而两狼之并驱如故。

屠大窘，恐前后受其敌。顾野有麦场，场主积薪其中，苫①蔽成丘。屠乃奔倚其下，弛担持刀。狼不敢前，眈眈相向。

少时，一狼径去，其一犬坐于前。久之，目似瞑，意暇甚。屠暴起，以刀劈狼首，又数刀毙之。方欲行，转视积薪后，一狼洞其中，意将隧入以攻其后也。身已半入，止露尻②尾。屠自后断其股，亦毙之。乃悟前狼假寐，盖以诱敌。

狼亦黠③矣，而顷刻两毙，禽兽之变诈几何哉？止增笑耳。

【译文】一个屠夫傍晚回家，担子里面的肉已经卖完，只有剩下的骨头。路上遇见两只狼，紧跟着屠夫走了很远。屠夫害怕了，把骨头扔给狼。一只狼得到骨头停下了，另一只狼仍然跟着他。屠夫又把骨头扔给狼，后得到骨头的狼停下了，可是先前得到骨头的狼又赶到了。骨头已经扔完了。但是两只狼还像原来一样一起追赶屠夫。

屠夫非常困窘急迫，害怕受到狼的前后攻击。他看见田野里有一个打麦场，打麦场的主人把柴草堆积在打麦场里，覆盖成小山（似的）。屠夫于是跑过去靠在柴草堆的下面，放下担子拿起屠刀。两只狼不敢上前，瞪着眼睛着着屠夫。

一会儿，一只狼径直走开了，另一只狼像狗似的蹲坐在屠夫的前面。时间长了，那只狼的眼睛好像闭上了，神情悠闲得很。屠夫突然跳起，用刀砍狼的脑袋，又连砍几刀把狼杀死。屠夫刚想要走，转身看见柴草堆的后面，另一只狼正在柴草堆里打洞，打算要钻洞进去，来攻击屠夫的背后。身子已经钻进去了一半，只露出屁股和尾巴。屠夫从狼的后面砍断了狼的大腿，也把这只狼杀死了。屠夫这才明白前面的那只狼假装睡觉，原来是用这种方式来诱惑敌方。

狼也太狡猾了，可是不一会儿两只狼都被杀死了，禽兽的欺骗手段能有多少呢？只给人们增加笑料罢了。

---

① 苫（shān）：用草编的席子。

② 尻（kāo）：屁股。

③ 黠（xiá）：狡猾。

（其三）

一屠暮行，为狼所逼。道傍有夜耕者所遗行室，奔入伏焉。狼自苫中探爪入。屠急捉之，令不可去。但思无计可以死之，唯有小刀不盈寸，遂割破狼爪下皮，以吹豕①之法吹之。极力吹移时，觉狼不甚动，方缚以带。出视，则狼胀如牛，股直不能屈，口张不得合。遂负之以归。

非屠，乌能作此谋也！三事皆出于屠；则屠人之残，杀狼亦可用也。

【译文】 有一个屠夫，傍晚走在路上，被狼紧紧地追赶着。路旁有座农民留下的临时住房，他就跑进去埋伏在里面。凶恶的狼从苫房的草帘中伸进一只爪子，于是屠夫急忙捉住狼爪，不让它离开。但是没有办法可以杀死它，只有一把不满一寸长的小刀，就用它割破爪子下面的狼皮，用吹猪的方法往里吹气。（屠夫）用力吹了一阵儿，觉得狼不怎么动了，才用绳子把狼腿捆起来。出去一看，只见狼浑身膨胀，就像一头牛。四条腿直挺挺的不能弯曲，张着嘴也无法闭上。屠夫就把它背回去了。

（如果）不是屠夫，谁有这个办法呢？三个故事都出在屠夫身上；可见屠夫的残忍，用于杀狼还是可用的。

① 豕（shǐ）：猪。

4.53 蜀道难

【唐】李白

噫吁嚱①，危乎高哉！蜀道之难，难于上青天！蚕丛及鱼凫，开国何茫然！尔来四万八千岁，不与秦塞通人烟。西当太白有鸟道，可以横绝峨眉巅。地崩山摧壮士死，然后天梯石栈相钩连。上有六龙回日之高标，下有冲波逆折之回川。黄鹤之飞尚不得过，猿猱②欲度愁攀援。青泥何盘盘，百步九折萦岩峦。扪参历井仰胁息，以手抚膺坐长叹。

问君西游何时还？畏途巉岩③不可攀。但见悲鸟号古木，雄飞雌从绕林间。又闻子规啼夜月，愁空山。蜀道之难，难于上青天，使人听此凋朱颜！连峰去天不盈尺，枯松倒挂倚绝壁。飞湍瀑流争喧豗④，砯⑤崖转石万壑雷。其险也如此，嗟尔远道之人胡为乎来哉！

剑阁峥嵘而崔嵬⑥，一夫当关，万夫莫开。所守或匪亲，化为狼与豺。朝避猛虎，夕避长蛇；磨牙吮血，杀人如麻。锦城虽云乐，不如早还家。蜀道之难，难于上青天，侧身西望长咨嗟！

【译文】 唉呀呀！多么高峻伟岸！攀登蜀道的困难，简直难于上青天。传说中蚕丛和鱼凫建立了蜀国，开国的年代实在久远无法详谈。自从那时至今约有四万八千年，秦蜀两地被秦岭所阻从不沟通往返。西边太白山有飞鸟能过的小道，从那小道走可横渡峨眉山顶端。直到山崩地裂、蜀国五壮士被压死了，两地才有天梯栈道相通连。上有挡住太阳神六龙车的山巅，下有激浪排空迂回曲折的大川。善于高飞的黄鹤尚且无法飞过，即使猿猴想要翻过也愁于攀援。青泥岭多么曲折，百步之内萦绕岩峦转许多个弯。仰头望见天上的参星、井星仿佛可以伸手触摸，令人透不过气只得坐下来抚着胸口长吁短叹。

好朋友呵，请问你西游何时回还？可怕的岩山栈道实在难以登攀！只见那悲鸟在古树上哀鸣啼叫；雄雌相随飞翔在原始森林之间。月夜听到的是杜鹃悲惨的啼声，令人愁思绵绵呵这荒荡的空山！蜀道真难走呵，简直难于上青天，

---

① 噫吁嚱（yī xū xī）：叹词，表示惊异或慨叹，无实际意义。
② 猿猱（náo）：善攀援的猴类。
③ 巉（chán）岩：高而险的山岩。
④ 喧豗（huī）：喧闹声。这里指急流和瀑布发出的巨大响声。
⑤ 砯（pīng）：水撞击岩石的声音。
⑥ 崔嵬（wéi）：形容山高大雄峻的样子。

叫人听到这些怎么不脸色突变？山峰座座相连离天还不到一尺；枯松老枝倒挂倚贴在绝壁之间。漩涡飞转瀑布飞泻争相喧闹着；水石相击转动像万壑鸣雷一般。那去处恶劣艰险到了这种地步；你这个远方而来的客人，为了什么而来到这险要的地方？

剑阁那地方崇峻巍峨高入云端，只要一人把守，千军万马难攻占。驻守的官员若不是朝廷的亲臣忠士；难免要变为豺狼踞此为非造反。清晨你要提心吊胆地躲避猛虎；傍晚你要警觉防范长蛇的侵害。豺狼虎豹磨牙吮血真叫人不安；毒蛇猛兽杀人如麻令你胆寒。锦官城虽然说是个快乐的所在；如此险恶还不如早早地把家还。蜀道太难走呵，简直难于上青天；侧身西望，令人不免感慨与长叹！

4.54 黔之驴

【唐】柳宗元

黔无驴，有好事者船载以入。至则无可用，放之山下。虎见之，庞然大物也，以为神，蔽林间窥之。稍出近之，慭慭然①，莫相知。

他日，驴一鸣，虎大骇，远遁；以为且噬己也，甚恐。然往来视之，觉无异能者；益习其声，又近出前后，终不敢搏。稍近，益狎②，荡倚冲冒。驴不胜怒，蹄之。虎因喜，计之曰：“技止此耳！”因跳踉大㘎③，断其喉，尽其肉，乃去。

噫！形之庞也类有德，声之宏也类有能。向不出其技，虎虽猛，疑畏，卒不敢取。今若是焉，悲夫！

【译文】黔地一带本来没有驴，有一个好事的人用船运来（一头驴）进入这个地方。运到后却没有什么用处，就把驴放置在山脚下。老虎看到它是个庞然大物，把它作为神（来对待），躲藏在树林里偷偷看它。（老虎）渐渐小心地出来接近它，不知道它是什么东西。

有一天，驴叫了一声，老虎十分害怕，远远地逃走，认为（驴）要咬自己，非常害怕。但是（老虎）来来回回地观察它，觉得它并没有什么特殊的本领。（老虎）渐渐地熟悉了驴的叫声，又前前后后地靠近它，但始终不与它搏斗。（老虎）渐渐地靠近驴子，态度更加亲切而不庄重，碰倚靠撞冒犯它。驴非常生气，用蹄子踢老虎。老虎于是很高兴，盘算这件事说：“驴的技艺仅仅只是这样罢了！”于是跳起来大吼了一声，咬断了驴的喉咙，吃光了它的肉，才离开。

唉！外形庞大好像有德行，声音洪亮好像有能耐，（如果说）当初看不出驴的本领，老虎即使凶猛，（但）多疑、畏惧，终究不敢猎取驴子。如今像这样的下场，可悲啊！

---

① 慭慭（yìn yìn）然：小心谨慎的样子。

② 狎（xiá）：态度亲近而不庄重。

③ 㘎（hǎn）：吼叫。

4.55 小石潭记[1]

【唐】柳宗元

从小丘西行百二十步，隔篁竹，闻水声，如鸣佩环，心乐之。伐竹取道，下见小潭，水尤清洌。全石以为底，近岸，卷[2]石底以出，为坻[3]，为屿，为嵁[4]，为岩。青树翠蔓，蒙络摇缀，参差披拂[5]。

潭中鱼可百许头，皆若空游无所依。日光下澈，影布石上，佁然不动；俶尔[6]远逝，往来翕忽[7]。似与游者相乐。

潭西南而望，斗折蛇行，明灭可见。其岸势犬牙差互[8]，不可知其源。

坐潭上，四面竹树环合，寂寥无人，凄神寒骨，悄怆幽邃[9]。以其境过清，不可久居，乃记之而去。

同游者：吴武陵，龚古，余弟宗玄。隶而从者，崔氏二小生：曰恕己，曰奉壹。

【译文】从小丘向西走一百二十多步，隔着竹林，可以听到水声，就像人身上佩带的佩环相碰击发出的声音，（我）心里感到高兴。砍倒竹子，开辟出一条道路（走过去），沿路走下去看见一个小潭，潭水格外清凉。小潭以整块石头为底，靠近岸边，石底向上弯曲，露出水面，成为水中高地、小岛、不平的岩石和石岩等各种不同的形状。青翠的树木，翠绿的藤蔓，遮掩缠绕，摇动下垂，参差不齐，随风飘拂。

潭中的鱼有一百来条，都好像在空中游动，什么依靠都没有。阳光直照（到水底），（鱼的）影子映在石上，呆呆地（停在那里）一动不动，忽然间（又）向远处游去了，来来往往，轻快敏捷，好像和游玩的人互相取乐。

---

① 选自柳宗元《永州八记》。《永州八记》是柳宗元被贬为永州司马时，借写山水游记抒胸中愤郁的八篇散文，由于写作对象都在永州城郊，故称《永州八记》，包括《始得西山宴游记》《钴鉧潭记》《钴鉧潭西小丘记》《至小丘西小石潭记》（简作《小石潭记》）《袁家渴记》《石渠记》《石涧记》《小石城山记》）。

② 卷（quán）：弯曲。

③ 坻（chí）：水中高地。

④ 嵁（kān）：不平的岩石。

⑤ 参差（cēn cī）披拂：参差不齐，随风飘拂。

⑥ 俶（chù）尔：忽然。

⑦ 翕（xī）忽：轻快敏捷的样子。

⑧ 犬牙差（cī）互：像狗牙那样参差不齐。

⑨ 悄怆（qiǎo chuàng）幽邃：幽静深远，弥漫着忧伤的气息。悄怆，忧伤的样子。

向小石潭的西南方望去，看到溪水像北斗星那样曲折，水流像蛇那样蜿蜒前行，一段明的看得见，一段暗的看不见。两岸的地势像狗的牙齿那样相互交错，不能知道溪水的源头。

我坐在潭边，四面环绕合抱着竹林和树林，寂静寥落，空无一人。使人感到心情凄凉，寒气入骨，幽静深远，弥漫着忧伤的气息。因为这里的环境太凄清，不可长久停留，于是记下了这里的情景就离开了。

一起去游玩的人有吴武陵、龚古、我的弟弟宗玄。跟着同去的有姓崔的两个年轻人。一个叫作恕己，一个叫作奉壹。

4.56 送东阳马生序

【明】宋濂

余幼时即嗜学。家贫，无从致书以观，每假借于藏书之家，手自笔录，计日以还。天大寒，砚冰坚，手指不可屈伸，弗之怠。录毕，走送之，不敢稍逾约。以是人多以书假余，余因得遍观群书。既加冠，益慕圣贤之道，又患无硕师、名人与游，尝趋百里外，从乡之先达执经叩问。先达德隆望尊，门人弟子填其室，未尝稍降辞色。余立侍左右，援疑质理，俯身倾耳以请；或遇其叱咄，色愈恭，礼愈至，不敢出一言以复；俟①其欣悦，则又请焉。故余虽愚，卒获有所闻。

当余之从师也，负箧曳屣②，行深山巨谷中，穷冬烈风，大雪深数尺，足肤皲裂③而不知。至舍，四支僵劲不能动，媵人④持汤沃灌，以衾拥覆，久而乃和。寓逆旅，主人日再食，无鲜肥滋味之享。同舍生皆被⑤绮绣，戴朱缨宝饰之帽，腰白玉之环，左佩刀，右备容臭⑥，烨然若神人；余则缊袍⑦敝衣处其间，略无慕艳意，以中有足乐者，不知口体之奉不若人也。盖余之勤且艰若此。

今虽耄老，未有所成，犹幸预君子之列，而承天子之宠光，缀公卿之后，日侍坐备顾问，四海亦谬称其氏名，况才之过于余者乎？

今诸生学于太学，县官日有廪稍⑧之供，父母岁有裘葛之遗，无冻馁之患矣；坐大厦之下而诵《诗》《书》，无奔走之劳矣；有司业、博士为之师，未有问而不告，求而不得者也；凡所宜有之书，皆集于此，不必若余之手录，假诸人而后见也。其业有不精，德有不成者，非天质之卑，则心不若余之专耳，岂他人之过哉！

东阳马生君则，在太学已二年，流辈甚称其贤。余朝京师，生以乡人子

---

① 俟（sì）：等待。

② 负箧（qiè）曳（xǐ）屣：背着书箱，拖着鞋子（表示鞋破）。

③ 皲（jūn）裂：皮肤因寒冷干燥而开裂。

④ 媵（yìng）人：这里指服侍的人。

⑤ 被（pī）：通“披”，这里是穿的意思。

⑥ 容臭（xiù）：香袋。臭：本义气味，这里指香气。

⑦ 缊（yùn）袍：以乱麻为絮的袍子。古为贫者所服。

⑧ 廪（lǐn）稍：旧指公家按时供给粮食。

谒[①]余，撰长书以为贽[②]，辞甚畅达，与之论辩，言和而色夷。自谓少时用心于学甚劳，是可谓善学者矣！其将归见其亲也，余故道为学之难以告之。谓余勉乡人以学者，余之志也；诋[③]我夸际遇之盛而骄乡人者，岂知余者哉！

【译文】我年幼时就爱学习。因为家中贫穷，无法买书来看，常向藏书的人家求借，亲手抄录，约定日期送还。天气酷寒时，砚池中的水冻成了坚冰，手指不能屈伸，我仍不懈怠。抄写完后，赶快送还人家，不敢稍稍超过约定的期限。因此人们大多肯将书借给我，我因而得以看遍许多书籍。到了成年时，愈加仰慕圣贤的学说，又担心不能与学识渊博的老师和名人交游，曾往百里之外，手拿着经书向同乡前辈求教。前辈道德高，名望大，门人学生挤满了他的房间，他的言辞和态度从未稍有委婉。我站着陪侍在他左右，提出疑难，询问道理，低身侧耳向他请教；有时遭到他的训斥，表情更为恭敬，礼貌更为周到，不敢答复一句话；等到他高兴时，就又向他请教。所以我虽然愚钝，最终还是得到不少教益。

当我寻师时，背着书箱，拖着破鞋子，行走在深山大谷之中，严冬寒风凛冽，大雪深达几尺，脚和皮肤受冻裂开都不知道。到学舍后，四肢冻僵了不能动弹，仆人给我灌下热水，用被子围盖身上，过了很久才暖和过来。住旅馆主人处，每天吃两顿饭，没有新鲜肥嫩的美味享受。同学舍的求学者都穿着锦绣衣服，戴着穿有珠穗、饰有珍宝的帽子，腰间挂着白玉环，左边佩戴着刀，右边备有香囊，光彩鲜明，如同神人；我则穿着破旧的衣袍处于他们之间，毫无羡慕的念头。因为心中有足以使自己高兴的事，并不觉得吃穿的享受不如人家。我的勤劳和艰辛就是这样。

现在我虽已年老，没有什么成就，但所幸还得以置身于君子的行列中，领受着天子的恩宠荣耀，追随在公卿之后，每天陪侍着皇上，听候询问，天底下也不适当地称颂自己的姓名，更何况才能超过我的人呢？

现在学生们在太学中学习，朝廷每天供给膳食，父母每年都赠给冬天的皮衣和夏天的葛衣，没有冻饿的忧虑了；坐在大厦之下诵读经书，没有奔走的劳苦了；有司业和博士当他们的老师，没有询问而不告诉，求教而无所收获的了；凡是所应该具备的书籍，都集中在这里，不必再像我这样用手抄录，从别人处借来然后才能看到了。他们中如果学业有所不精通，品德有所未养成的，如果不是天赋、资质低下，就是用心不如我这样专一，难道可以说是别人的过错吗！

东阳马生君则，在太学中已学习两年了，同辈人很称赞他的德行。我到京

① 谒（yè）：进见。
② 贽（zhì）：古时初次拜见尊长时所送的礼物。
③ 诋（dǐ）：诋毁。

师朝见皇帝时，马生以同乡晚辈的身份拜见我，写了一封长信作为礼物，文辞很顺畅通达，同他论辩，言语温和而态度谦恭。他自己说少年时对于学习很用心、刻苦，这可以称作善于学习者吧！他将要回家拜见父母双亲，我特地将自己治学的艰难告诉他。如果说我勉励同乡努力学习，则是我的意志；如果诋毁我夸耀自己遭遇之好而在同乡前骄傲，难道是了解我吗！

4.57 卖柑者言

【明】刘基

杭有卖果者，善藏柑，涉寒暑不溃。出之烨①然，玉质而金色。置于市，贾十倍，人争鬻②之。

予贸得其一，剖之，如有烟扑口鼻，视其中，则干若败絮。予怪而问之曰：“若所市于人者，将以实笾豆，奉祭祀，供宾客乎？将炫外以惑愚瞽也？甚矣哉，为欺也！”

卖者笑曰：“吾业是有年矣，吾赖是以食吾躯。吾售之，人取之，未尝有言，而独不足子所乎？世之为欺者不寡矣，而独我也乎？吾子未之思也。

今夫佩虎符、坐皋比者，洸洸③乎干城之具也，果能授孙、吴之略耶？峨大冠、拖长绅者，昂昂乎庙堂之器也，果能建伊、皋之业耶？盗起而不知御，民困而不知救，吏奸而不知禁，法斁④而不知理，坐糜廪粟⑤而不知耻。观其坐高堂，骑大马，醉醇醴⑥而饫⑦肥鲜者，孰不巍巍乎可畏，赫赫乎可象也？又何往而不金玉其外，败絮其中也哉？今子是之不察，而以察吾柑！”

予默默无以应。退而思其言，类东方生滑稽之流。岂其愤世疾邪者耶？而托于柑以讽耶？

【译文】杭州有个卖水果的人，擅长贮藏柑橘，经历一整年也不溃烂。拿出它们的时候还是光彩鲜明的样子，玉石一样的质地，金灿灿的颜色。放到市场上，卖（比别人的高出）十倍的价钱。人们争相购买他的柑橘。

我买到了其中的一个，切开它，像有股烟直扑口鼻，看它的内里，干枯得像破败的棉絮。我对此感到奇怪，问他说：“你卖给别人的柑橘，是打算用来装满在盛祭品的容器中，祭祀祖先、招待宾客的吗？还是要炫耀它的外表用来欺骗傻子和瞎子的吗？这样欺骗人的行为实在是太过分了。”

卖柑橘的人笑着说：“我从事这个行业已有好多年了，我依赖这个用来养活自己。我卖它，别人买它，不曾有人说过什么的，却唯独不能满足您吗？世

---

① 烨（yè）：光亮，明亮。
② 鬻（yù）：这里是买的意思。
③ 洸洸（guāng guāng）：威武的样子。
④ 斁（dù）：败坏。
⑤ 廪（lǐn）粟：国家发的俸米。
⑥ 醴（lǐ）：甜酒。
⑦ 饫（yù）：饱食。

上做欺骗的事的人不少，难道只有我一个吗？你还没有好好考虑这个问题。

那些佩戴虎形兵符、坐在虎皮上的人，威武的样子，好像是捍卫国家的将才，他们果真能拥有孙武、吴起的谋略吗？那些戴着高帽子，拖着长长带子的人，气宇轩昂地坐在朝堂之上，他们果真能够建立伊尹、皋陶①的功业吗？盗贼四起却不懂得抵御，百姓困苦却不懂得救助，官吏狡诈却不懂得禁止，法度败坏却不懂得治理，奢靡地浪费粮食却不懂得羞耻。看看那些坐在高堂上，骑着大马，喝着美酒，吃着美食的人，哪一个不是威风凛凛、令人敬畏，显赫得值得人们效仿？可是无论到哪里，他们中又有谁不是外表如金似玉、内心破败得像破棉絮呢？你看不到这些现象，却只看到我的柑橘！”

我默默地无法用话来回答。回来思考这卖柑人的话，觉得他像是像东方朔那样诙谐多讽、机智善辩的人。难道他是对世间邪恶现象激愤痛恨之人吗？因而假托柑橘用来讽刺吗？

① 皋陶（yáo）：传说中东夷族领袖，曾被舜任命为掌管刑法的官。

4.58　五柳先生传

【东晋】陶渊明

先生不知何许人也，亦不详其姓字，宅边有五柳树，因以为号焉。闲静少言，不慕荣利。好读书，不求甚解；每有会意，便欣然忘食。性嗜酒，家贫不能常得。亲旧知其如此，或置酒而招之；造饮辄①尽，期在必醉。既醉而退，曾不吝情去留。环堵萧然，不蔽风日；短褐穿结，箪②瓢屡空，晏如也。常著文章自娱，颇示己志。忘怀得失，以此自终。

赞曰：黔娄③之妻有言：“不戚戚于贫贱，不汲汲④于富贵。”其言兹若人之俦⑤乎？衔觞⑥赋诗，以乐其志，无怀氏之民欤？葛天氏之民欤？

【译文】五柳先生不知道是哪里的人，也不知道他的姓名。房子旁边种着五棵柳树，就以此为号。他安安静静的，很少说话，不羡慕荣华利禄。爱好读书，只求领会要旨，不在一字一句的解释上过分深究；每当对书中的内容有所领会的时候，就会高兴得忘了吃饭。天性喜欢喝酒，但家境贫寒而不能常喝。亲戚朋友知道他有此嗜好，有时摆了酒席来招待他；（他）去喝酒就喝个尽兴，希望一定喝醉。五柳先生（只要）喝醉了就回家去，竟没有舍不得离开。简陋的居室里空空荡荡，不能遮蔽住风和阳光；粗布短衣上打了补丁，盛饭的篮子和喝水用的瓢里经常是空的，但他依然安然自若。经常以写文章来自娱自乐，很能表达自己的志趣。他不把自己得失放在心上，就这样过完自己的一生。

赞语说：黔娄的妻子曾经说过：“不为贫贱而忧愁，不热衷于发财做官。”这话大概说的就是五柳先生一类的人吧？一边喝酒一边作诗，为自己的志向感到快乐，他大概是无怀氏或葛天氏时代的百姓吧？

---

① 辄（zhé）：就。
② 箪（dān）：古代盛饭用的圆形竹器。
③ 黔（qián）娄：战国时齐国的隐士。
④ 汲（jí）汲：心情急切的样子。
⑤ 俦（chóu）：同类，同辈。
⑥ 觞（shāng）：酒杯。

4.59 桃花源记

【东晋】陶渊明

晋太元中，武陵人捕鱼为业。缘溪行，忘路之远近。忽逢桃花林，夹岸数百步，中无杂树，芳草鲜美，落英缤纷，渔人甚异之。复前行，欲穷其林。

林尽水源，便得一山，山有小口，仿佛若有光。便舍船，从口入。初极狭，才通人。复行数十步，豁然开朗。土地平旷，屋舍俨然，有良田美池桑竹之属。阡陌①交通，鸡犬相闻。其中往来种作，男女衣着，悉如外人。黄发垂髫②，并怡然自乐。

见渔人，乃大惊，问所从来。具答之。便要还家，设酒杀鸡作食。村中闻有此人，咸来问讯。自云先世避秦时乱，率妻子邑人来此绝境，不复出焉，遂与外人间隔。问今是何世，乃不知有汉，无论魏晋。此人一一为具言所闻，皆叹惋。余人各复延至其家，皆出酒食。停数日，辞去。此中人语云："不足为外人道也。"

既出，得其船，便扶向路，处处志之。及郡下，诣太守，说如此。太守即遣人随其往，寻向所志，遂迷，不复得路。

南阳刘子骥，高尚士也，闻之，欣然规往。未果，寻病终，后遂无问津者。

【译文】东晋太元年间，武陵有个人以打鱼为生。（一天）他沿着溪水划船，忘记了路程的远近。忽然遇到一片桃林，在小溪两岸几百步之内，中间没有别的树，花草鲜嫩美丽，地上的落花繁多交杂。渔人对此感到十分诧异，便继续往前走，想要走到林子的尽头。

桃林的尽头就是溪水的源头，渔人发现了一座小山，山上有个小洞口，洞里隐隐约约有点光亮。（渔人）便舍弃了船，从洞口进去。最初，山洞很狭窄，只容一个人通过；又走了几十步，突然变得开阔明亮了。（呈现在渔人眼前的是）一片平坦宽广的土地，一排排整齐的房舍，还有肥沃的田地、美丽的池塘，有桑树、竹林这类的植物。田间小路交错相通，鸡鸣狗吠的声音此起彼伏。在田野里来来往往耕种劳作的人们，男女的穿着打扮和外面的人都一样。老人和小孩，都怡然并自得其乐。

---

① 阡陌（qiān mò）：田间小路，南北走向的叫阡，东西走向的叫陌。

② 垂髫（tiáo）：垂下来的头发，用来指小孩。

（村里的人）看见了渔人，感到非常惊讶，问他是从哪儿来的。（渔人）把自己知道的事都详细地一一做了回答。村中人就邀请渔人到自己家里去，摆了酒、杀了鸡做饭来款待他。村子里的人听说来了这么一个人，都来打听消息。他们自己说他们的祖先为了躲避秦时的战乱，领着妻子儿女和乡邻们来到这个与世人隔绝的地方，不再从这里出去，所以跟桃花源外面的人断绝了来往。（这里的人）问如今是什么朝代，他们竟然不知道有过汉朝，更不用说魏、晋两朝了。渔人把自己所知道的事一一详细地告诉了他们。听完，他们都感叹惋惜。其余的人又各自把渔人邀请到自己家中，拿出酒菜来款待他。渔人逗留了几天后，向村里人告辞。村里的人告诉他："（这里的情况）不值得对桃花源外的人说啊。"

（渔人）出来以后，找到了他的船，就顺着来时的路回去，处处都做了记号。他到了郡城，去拜见太守，说了这番经历。太守立即派人跟着他去，寻找先前所做的记号，最终迷路了，再也找不到通往桃花源的路了。

南阳有个名叫刘子骥的人，是位高尚的读书人，他听到这个消息，高兴地计划着前往桃花源。但是没有实现，他不久就病死了。后来就再也没有探访桃花源的人了。

4.60 岳阳楼记

【北宋】范仲淹

庆历四年春，滕子京谪①守巴陵郡。越明年，政通人和，百废具兴。乃重修岳阳楼，增其旧制，刻唐贤今人诗赋于其上。属②予作文以记之。

予观夫巴陵胜状，在洞庭一湖。衔远山，吞长江，浩浩汤汤③，横无际涯；朝晖夕阴，气象万千。此则岳阳楼之大观也，前人之述备矣。然则北通巫峡，南极潇湘，迁客骚人，多会于此，览物之情，得无异乎？

若夫霪雨霏霏，连月不开，阴风怒号，浊浪排空；日星隐曜④，山岳潜形；商旅不行，樯倾楫摧⑤；薄暮冥冥，虎啸猿啼。登斯楼也，则有去国怀乡，忧谗畏讥，满目萧然，感极而悲者矣。

至若春和景明，波澜不惊，上下天光，一碧万顷；沙鸥翔集，锦鳞游泳；岸芷汀兰⑥，郁郁青青。而或长烟一空，皓月千里，浮光跃金，静影沉璧，渔歌互答，此乐何极！登斯楼也，则有心旷神怡，宠辱偕忘，把酒临风，其喜洋洋者矣。

嗟夫！予尝求古仁人之心，或异二者之为，何哉？不以物喜，不以己悲；居庙堂之高则忧其民；处江湖之远则忧其君。是进亦忧，退亦忧。然则何时而乐耶？其必曰“先天下之忧而忧，后天下之乐而乐乎。”噫！微斯人，吾谁与归？

时六年九月十五日。

【译文】 庆历四年的春天，滕子京降职到岳州做太守。到了第二年，政事顺利，百姓和乐，很多长年荒废的事业又重新兴办起来了。于是他重新修建了岳阳楼，扩大它旧有的规模，还在上面刻上唐代贤人和当代人的诗赋，并嘱咐（我）写一篇文章用来记述这件事。

我看那巴陵郡的美丽景色，集中在洞庭湖上。洞庭湖连接着远处的群山，吞吐长江的江水，水波浩荡，宽阔无边。（一天里）或早或晚，时阴时晴，景

① 谪（zhé）：封建王朝官吏降职或远调。
② 属（zhǔ）：通“嘱”，嘱托的意思。
③ 浩浩汤汤（shāng shāng）：水波浩荡的样子。
④ 日星隐曜（yào）：太阳和星星隐藏起光辉。
⑤ 樯（qiáng）倾楫（jí）摧：桅杆倒下，船桨断折。
⑥ 岸芷汀（tīng）兰：岸上与小洲上的花草。

象千变万化。这就是岳阳楼的雄伟景象。前人对它的描述已经很详尽了。然而，因为这里往北面通向巫峡，南面直到潇水、湘水，被降职远调的官吏和南来北往的诗人，大多在这里聚集。（他们）看了自然景物而触发的感情，大概会有所不同吧？

如果遇上阴雨连绵繁密，有时连着整个月没有晴天，寒风怒吼，浊浪冲天，太阳和星星隐藏起光辉，山岳隐没了形体；商人和旅客无法通行，桅杆倒下，船桨折断；傍晚天色昏暗，虎在长啸，猿在哀啼。（此时）登上岳阳楼，就会产生离开国都，怀念家乡，担心（人家）说坏话，惧怕批评指责的感觉，满眼是萧条的景象，感慨悲伤到极点啊。

至于春风和煦，阳光明媚的日子，湖面风平浪静，天色湖光相接，一片碧绿，广阔无际；沙鸥时而飞翔，时而停歇，美丽的鱼儿在湖中游来游去；湖岸上的小草和沙洲上的兰花，香气浓郁，草木茂盛。而有时大片烟雾完全消散，皎洁的月光一泻千里，（月光照耀下的）水波闪耀着金光；无风时静静的月影好似沉入水中的玉璧，渔夫的歌声一唱一和，这样的乐趣哪有穷尽！（此时）登上岳阳楼，就会有心胸开阔，精神愉悦，忘却荣辱得失，举起酒杯面对和风，喜气洋洋的感觉！

唉！我曾经探求过古时品德高尚的人的思想，或许不同于（以上）这两种心情，这是为什么呢？他们不因为外物的好坏和个人的得失而或喜或悲；在朝廷做官的人为百姓担忧；不在朝廷做官的人为君王担忧。这样在朝为官也担忧，在野为民也担忧。既然这样，那么，什么时候才快乐呢？那一定要说“在天下人忧虑之前先忧虑，在天下人快乐之后再快乐”吧？唉！（如果）没有这种人，我同谁一道呢？

写于庆历六年九月十五日。

4.61 醉翁亭记

【北宋】欧阳修

环滁皆山也。其西南诸峰，林壑尤美，望之蔚然而深秀者，琅琊也。山行六七里，渐闻水声潺潺而泻出于两峰之间者，酿泉也。峰回路转，有亭翼然临于泉上者，醉翁亭也。作亭者谁？山之僧智仙也。名之者谁？太守自谓也。太守与客来饮于此，饮少辄[①]醉，而年又最高，故自号曰醉翁也。醉翁之意不在酒，在乎山水之间也。山水之乐，得之心而寓之酒也。

若夫日出而林霏开，云归而岩穴暝[②]，晦明变化者，山间之朝暮也。野芳发而幽香，佳木秀而繁阴，风霜高洁，水落而石出者，山间之四时也。朝而往，暮而归，四时之景不同，而乐亦无穷也。

至于负者歌于途，行者休于树，前者呼，后者应，伛偻[③]提携，往来而不绝者，滁人游也。临溪而渔，溪深而鱼肥。酿泉为酒，泉香而酒洌；山肴野蔌[④]，杂然而前陈者，太守宴也。宴酣之乐，非丝非竹，射者中，弈者胜，觥[⑤]筹交错，起坐而喧哗者，众宾欢也。苍颜白发，颓然乎其间者，太守醉也。

已而夕阳在山，人影散乱，太守归而宾客从也。树林阴翳[⑥]，鸣声上下，游人去而禽鸟乐也。然而禽鸟知山林之乐，而不知人之乐；人知从太守游而乐，而不知太守之乐其乐也。醉能同其乐，醒能述以文者，太守也。太守谓谁？庐陵欧阳修也。

【译文】环绕滁州的都是山。那西南的几座山峰，树林和山谷尤其优美。一眼望去树木茂盛，又幽深又秀丽的，那是琅琊山。沿着山路走六七里，渐渐听到潺潺的水声，看到流水从两座山峰之间倾泻而出的，那是酿泉。泉水沿着山峰折绕，沿着山路拐弯，有一座亭子像飞鸟展翅似地，飞架在泉上，那就是醉翁亭。建造这亭子的是谁呢？是山上的和尚智仙。给它取名的又是谁呢？是太守用自己的别号（醉翁）来命名。太守和他的宾客们来这儿饮酒，只喝一

① 辄（zhé）：就。
② 暝（míng）：昏暗。
③ 伛偻（yǔ lǚ）：腰背弯曲。
④ 蔌（sù）：菜蔬。
⑤ 觥（gōng）：酒杯。
⑥ 阴翳（yì）：遮盖。

点儿就醉了；而且年纪又最大，所以自号“醉翁”。醉翁的情趣不在于喝酒，而在欣赏山水的美景。欣赏山水美景的乐趣，领会在心里，寄托在酒上。

像那太阳出来，树林中的雾气散去，云聚拢过来，山里就昏暗了，或暗或明，变化不一，这就是山间早晚的景象。野花开了，散发出一股清幽的香味，好看的树木枝叶繁茂，形成一片浓郁的绿荫，天气高爽，霜色洁白，水面低落下去，石头裸露出来，是山中四季的景色。早晨上山，傍晚返回，四季的景色不同，那乐趣也是没有穷尽的。

至于背着东西的人在路上歌唱，走路的人在树下休息，前面的人呼喊，后面的人应答，老老小小，来来往往络绎不绝的，是滁州人在游山啊。到溪边捕鱼，溪水深鱼儿肥，用泉水酿酒，泉水香甜，酒水清澈，山中的野味野菜，杂乱地摆放在前面，这是太守在举行酒宴。宴会喝酒的乐趣，不在于音乐，投壶的人射中了目标，下棋的人得胜了，酒杯和酒筹交互错杂，时起时坐，大声喧哗的，是众位宾客欢乐的样子。脸色苍老，头发花白，醉醺醺地坐在众人中间的，是太守喝醉了。

不久太阳落到山顶，人的影子散乱一地。太守下山回家，宾客跟随着。树林茂密荫蔽，鸟儿到处鸣叫，那是因为是游人离开后鸟儿们在快乐啊。然而鸟儿只知道山林的乐趣，却不知道游人的乐趣，游人只知道跟随太守游玩的乐趣，却不知道太守以宾客的快乐为快乐。醉了能够同大家一起快乐，醒来能够用文章记述这乐事的人，是太守。太守是谁？是庐陵人欧阳修。

4.62 《老子》六章

第一章[①]

道可道，非常道[②]。名可名，非常名。无名，天地之始；有名，万物之母。故常无欲以观其妙；常有欲以观其徼[③]。此两者，同出而异名，同谓之玄。玄之又玄，众妙之门。

第二章

天下皆知美之为美，斯恶已。皆知善之为善，斯不善已。故有无相生，难易相成，长短相形，高下相倾，音声相和，前后相随。是以圣人处无为之事，行不言之教，万物作焉而不辞，生而不有，为而弗恃，功成而弗居。夫唯弗居，是以不去。

第五章

天地不仁，以万物为刍狗；圣人不仁，以百姓为刍狗。天地之间，其犹橐籥[④]乎？虚而不屈，动而愈出。多言数穷，不如守中。

第八章

上善若水，水善利万物而不争。处众人之所恶，故几于道。居善地，心善渊，与善仁，言善信，正善治，事善能，动善时。夫唯不争，故无尤。

---

① 《老子》版本较多，本篇以中华书局2014年7月版《老子》（汤漳平、王朝华译注）为准。

② 《道德经》一般版本为东汉王弼的著本，该版本曾是唯一版本，直到1973年马王堆出土了《道德经》，才见到原文。王弼为避汉文帝刘恒的讳，将《道德经》出现的“恒”改为“常”，《道德经》首句“道，可道也，非恒道也。名，可名也，非恒名也。”也就成了“道可道，非常道，名可名，非常名。”

③ 徼（jiǎo）：边际、边界。引申为端倪的意思。

④ 橐籥（tuó yuè）：古代冶炼时为炉火鼓风用的助燃器具——袋囊和送风管，是古代的风箱。

第十二章

五色令人目盲，五音令人耳聋，五味令人口爽，驰骋畋[①]猎令人心发狂，难得之货令人行妨。是以圣人为腹不为目，故去彼取此。

第十三章

宠辱若惊，贵大患若身。何谓宠辱若惊？宠为下，得之若惊，失之若惊，是谓宠辱若惊。何谓贵大患若身？吾所以有大患者，为吾有身。及吾无身，吾有何患？故贵以身为天下者，若可寄天下；爱以身为天下者，若可托天下。

---

① 畋（tián）：打猎。

4.63 《大学》二则

（一）大学之道

大学之道，在明明德，在亲民，在止于至善。

知止而后有定，定而后能静，静而后能安，安而后能虑，虑而后能得。物有本末，事有终始。知所先后，则近道矣。

古之欲明明德于天下者，先治其国；欲治其国者，先齐其家；欲齐其家者，先修其身；欲修其身者，先正其心；欲正其心者，先诚其意；欲诚其意者，先致其知；致知在格物。物格而后知至，知至而后意诚，意诚而后心正，心正而后身修，身修而后家齐，家齐而后国治，国治而后天下平。

自天子以至于庶人，壹是皆以修身为本。其本乱而末治者，否矣。其所厚者薄，而其所薄者厚，未之有也！

【译文】大学的宗旨，在于弘扬光明正大的品德，在于使人弃旧图新，在于使人达到最完善的境界。

知道应达到的境界才能够志向坚定；志向坚定才能够镇静不躁；镇静不躁才能够心安理得；心安理得才能够思虑周详；思虑周详才能够有所收获。每样东西都有根本有细节，每件事情都有开始有终结。明白了这本末始终的道理，就接近事物发展的规律了。

古代那些要想在天下弘扬光明正大品德的人，先要治理好自己的国家；要想治理好自己的国家，先要管理好自己的家庭和家族；要想管理好自己的家庭和家族，先要修养自身的品性；要想修养自身的品性，先要端正自己的心思；要想端正自己的心思，先要使自己的意念真诚；要想使自己的意念真诚，先要使自己获得知识；获得知识的途径在于认识、研究万事万物。通过对万事万物的认识、研究后才能获得知识；获得知识后意念才能真诚；意念真诚后心思才能端正；心思端正后才能修养品性；品性修养后才能管理好家庭和家族；管理好家庭和家族后才能治理好国家；治理好国家后天下才能太平。

上自国家元首，下至平民百姓，人人都要以修养品性为根本。若这个根本被扰乱了，要治理好家庭、家族、国家、天下是不可能的。不分轻重缓急，本末倒置却想做好事情，这也同样是不可能的！

（二）致知格物①

所谓致知在格物者，言欲致吾之知，在即物而穷其理也。盖人心之灵莫不有知，而天下之物莫不有理，惟于理有未穷，故其知有不尽也。是以《大学》始教，必始学者即凡天下之物，莫不因其已知之理而益穷之，以求至乎其极。至于用力之久，而一旦豁然贯通焉，则众物之表里精粗无不到，而吾心之全体大用无不明矣。此谓物格，此谓知之至也。

【译文】说获得知识的途径在于认识、研究万事万物，是指要想获得知识，就必须接触事物而彻底研究它的原理。人的心灵都具有认识能力，而天下万事万物都总有一定的原理，只不过因为这些原理还没有被彻底认识，所以使知识显得很有局限。因此，《大学》一开始就教学习者接触天下万事万物，用自己已有的知识去进一步探究，以彻底认识万事万物的原理。经过长期用功，总有一天会豁然贯通，到那时，万事万物的里外巨细都被认识得清清楚楚，而自己内心的一切认识能力都得到淋漓尽致的发挥，再也没有蔽塞。这就叫万事万物被认识、研究了，这就叫知识达到顶点了。

---

① 本段内容为朱熹取程颐之意所作的补传。标题为编者所取。见王国轩注：《大学·中庸》，北京：中华书局2016年版。

4.64 《孟子》四则

（一）鱼我所欲也[1]

鱼，我所欲也；熊掌亦我所欲也。二者不可得兼，舍鱼而取熊掌者也。生亦我所欲也，义亦我所欲也，二者不可得兼，舍生而取义者也。生亦我所欲，所欲有甚于生者，故不为苟得也；死亦我所恶，所恶有甚于死者，故患有所不辟也。如使人之所欲莫甚于生，则凡可以得生者，何不用也？使人之所恶莫甚于死者，则凡可以辟患者，何不为也？由是则生而有不用也，由是则可以辟患而有不为也。是故所欲有甚于生者，所恶有甚于死者，非独贤者有是心也，人皆有之，贤者能勿丧耳。

一箪[2]食，一豆羹[3]，得之则生，弗得则死。嘑[4]尔而与之，行道之人弗受；蹴[5]尔而与之，乞人不屑也。万钟则不辩礼义而受之，万钟于我何加焉！为宫室之美、妻妾之奉、所识穷乏者得我与？乡为身死而不受，今为宫室之美为之；乡为身死而不受，今为妻妾之奉为之；乡为身死而不受，今为所识穷乏者得我而为之，是亦不可以已乎？此之谓失其本心。

【译文】鱼是我所喜爱的，熊掌也是我所喜爱的，如果这两种东西不能同时都得到的话，那么我就只好放弃鱼而选取熊掌了。生命是我所喜爱的，道义也是我所喜爱的，如果这两样东西不能同时都具有的话，那么我就只好牺牲生命而选取道义了。生命是我所喜爱的，但我所喜爱的还有胜过生命的东西，所以我不做苟且偷生的事；死亡是我所厌恶的，但我所厌恶的还有超过死亡的事，所以有的灾祸我不躲避。如果人们所喜爱的东西没有超过生命的，那么凡是能够用来求得生存的手段，哪一样不可以采用呢？如果人们所厌恶的事情没有超过死亡的，那么凡是能够用来逃避灾祸的坏事，哪一桩不可以干呢？采用某种手段就能够活命，可是有的人却不肯采用；采用某种办法就能够躲避灾祸，可是有的人也不肯采用。由此可见，他们所喜爱的有比生命更宝贵的东西

---

① 选自《孟子·告子上》。
② 箪（dān）：古代盛饭用的圆竹器。
③ 羹（gēng）：汤。
④ 嘑（hū）：同“呼”，即叫喊。
⑤ 蹴（cù）：用脚踢。

（那就是“义”）；他们所厌恶的有比死亡更严重的事（那就是“不义”）。不仅贤人有这种本性，人人都有，只不过有贤能的人不丧失罢了。

一碗饭，一碗汤，得到它就能活下去，不得到它就会饿死。可是轻蔑地呼喝着给人吃，饥饿的行人也不愿接受；用脚踢给别人吃，乞丐也因被轻视而不肯接受。高官厚禄却不辨是否合乎礼义就接受了它，这样，高官厚禄对我有什么好处呢？是为了住宅的华丽，妻妾的侍奉和认识的穷人感激我吗？以前（有人）宁肯死也不愿接受，现在（有人）却为了住宅的华丽却接受了它；以前（有人）宁肯死也不愿接受，现在（有人）却为了妻妾的侍奉却接受了它；以前（有人）宁肯死也不愿接受，现在（有人）为了认识的穷人感激自己却接受了它。这种做法不是可以让它停止了吗？这就叫做丧失了人所固有的本性。

（二）富贵不能淫[①]

景春曰：“公孙衍、张仪岂不诚大丈夫哉？一怒而诸侯惧，安居而天下熄。”

孟子曰：“是焉得为大丈夫乎？子未学礼乎？丈夫之冠也，父命之；女子之嫁也，母命之，往送之门，戒之曰：‘往之女家[②]，必敬必戒，无违夫子！’以顺为正者，妾妇之道也。居天下之广居，立天下之正位，行天下之大道。得志，与民由之；不得志，独行其道。富贵不能淫，贫贱不能移，威武不能屈，此之谓大丈夫。”

【译文】景春说：“公孙衍和张仪难道不是真正的大丈夫吗？发起怒来，诸侯们都会害怕；安静下来，天下就会平安无事。”

孟子说：“这个怎么能够叫大丈夫呢？你没有学过礼吗？男子举行加冠礼的时候，父亲给予训导；女子出嫁的时候，母亲给予训导，送她到门口，告诫她说：‘到了你丈夫家里，一定要恭敬．一定要谨慎，不要违背你的丈夫和儿子！’以顺从为原则的，是妾妇之道。至于大丈夫，则应该住在天下最宽广的住宅里，站在天下最正确的位置上，走着天下最光明的大道。得志的时候，便与老百姓一同前进；不得志的时候，便独自坚持自己的原则。富贵不能使我骄奢淫逸，贫贱不能使我改移节操，威武不能使我屈服意志。这样才叫作大丈夫。”

---

① 选自《孟子·滕文公下》。

② 女（rú）家：即夫家，“女”同“汝”。

（三）生于忧患　死于安乐①

舜发于畎亩②之中，傅说③举于版筑之间，胶鬲④举于鱼盐之中，管夷吾举于士，孙叔敖举于海，百里奚举于市。

故天将降大任于斯人也，必先苦其心志，劳其筋骨，饿其体肤，空乏其身，行拂乱其所为，所以动心忍性，曾⑤益其所不能。

人恒过，然后能改；困于心，衡于虑，而后作；征于色，发于声，而后喻。入则无法家拂士⑥，出则无敌国外患者，国恒亡。然后知生于忧患，而死于安乐也。

【译文】舜从田地中被任用，傅说从筑墙的泥水匠中被选拔，胶鬲从鱼盐贩中被举用，管仲从狱官手里获释后被录用为相，孙叔敖从隐居的海边进了朝廷，百里奚从市井之间登上了相位。

所以上天将要下达重大使命给这样的人，一定要先使他的内心痛苦，使他的筋骨劳累，使他的身体经受饥饿之苦，使他受到贫穷之苦，使他做事不顺，（通过这些）来使他的心震动，使他的性格坚强起来，增加他所不具有的能力。

一个人常常犯错误，这样以后才会改正；内心困惑，思绪阻塞，然后才能有所作为；憔悴枯槁，表现在脸色上，吟咏叹息之气发于声音。（看到他的脸色，听到他的声音）然后人们才了解他。在国内如果没有坚持法度的大臣和辅佐君王的贤士，在国外如果没有敌对国家的忧患，往往容易亡国。这样以后，人们才会明白忧患可以使人生存，而安逸享乐使人死亡。

（四）得道多助　失道寡助⑦

天时不如地利，地利不如人和。三里之城，七里之郭，环而攻之而不胜。夫环而攻之，必有得天时者矣，然而不胜者，是天时不如地利也。城非不高也，池非不深也，兵革非不坚利也，米粟非不多也，委而去之，是地利不如人和也。故曰，域民不以封疆之界，固国不以山溪之险，威天下不以兵革之利。得道者多助，失道者寡助。寡助之至，亲戚畔之。多助之至，天下顺之。以天

---

① 选自《孟子·告子下》。
② 畎（quǎn）亩：田间，田地。
③ 傅说（yuè）：人名。
④ 胶鬲（gé）：人名。
⑤ 曾：同“增”。
⑥ 拂（bì）士：辅弼之士。拂通“弼”。
⑦ 选自《孟子·公孙丑下》。

下之所顺，攻亲戚之所畔，故君子有不战，战必胜矣。

【译文】 有利于作战的天气、时令，比不上有利于作战的地理形势；有利于作战的地理形势，比不上作战中的人心所向、内部团结。（比如一座）方圆三里的小城，只有方圆七里的外城，四面包围起来攻打它，却无法取胜。采用四面包围的方式攻城，一定是得到有利于作战的天气、时令了，可是无法取胜，这是因为有利于作战的天气、时令比不上有利于作战的地理形势呀。城墙并不是不高啊，护城河并不是不深呀，武器装备也并不是不精良，粮食供给也并不是不充足啊，但是，守城一方还是弃城而逃，这是因为作战的地理形势（再好），也比不上人心所向、内部团结啊。所以说，使人民定居下来而不迁到别的地方去，不能靠划定的边疆的界限，巩固国防不能靠山河的险要，震慑天下不能靠武力的强大。能行“仁政”的君王，帮助支持他的人就多，不施行“仁政”的君主，支持帮助他的人就少。支持帮助他的人少到了极点，连内外亲属也会背叛他；支持帮助他的人多到了极点，天下所有人都会归顺他。凭着天下人都归顺他的条件，去攻打那连亲属都反对背叛他的君王，所以，君子要么不战斗，（如果）战斗就一定会取得胜利。

4.65 《庄子》二则

（一）庖丁解牛[①]

庖丁[②]为文惠君解牛，手之所触，肩之所倚，足之所履，膝之所踦[③]，砉[④]然向然，奏刀騞[⑤]然，莫不中音。合于《桑林》之舞，乃中《经首》之会。

文惠君曰："嘻，善哉！技盖至此乎？"

庖丁释刀对曰："臣之所好者道也，进乎技矣。始臣之解牛之时，所见无非牛者。三年之后，未尝见全牛也。方今之时，臣以神遇而不以目视，官知止而神欲行。依乎天理，批大郤[⑥]，导大窾[⑦]，因其固然，技经肯綮[⑧]之未尝，而况大軱[⑨]乎！良庖岁更刀，割也；族庖月更刀，折也。今臣之刀十九年矣，所解数千牛矣，而刀刃若新发于硎[⑩]。彼节者有间，而刀刃者无厚；以无厚入有间，恢恢乎其于游刃必有余地矣，是以十九年而刀刃若新发于硎。虽然，每至于族，吾见其难为，怵然[⑪]为戒，视为止，行为迟。动刀甚微，謋[⑫]然已解，如土委地。提刀而立，为之四顾，为之踌躇满志，善刀而藏之。"

文惠君曰："善哉！吾闻庖丁之言，得养生焉。"

【译文】有位厨师给文惠君宰牛。他的手接触的地方，肩膀靠着的地方，脚踩着的地方，膝盖顶住的地方，都哗哗地响，刀子刺进牛体，发出霍霍的声音，没有哪一种声音不合乎音律。既合乎《桑林》舞曲的节拍，又合乎《经首》乐章的节奏。

---

① 选自《庄子·养生主》。
② 庖（páo）：厨师，厨房。
③ 踦（jǐ）：（用膝盖）顶住。
④ 砉（huā）：又读 xū，象声词。皮骨相离的声音。
⑤ 騞（huō）：象声词，比"砉然"的声音更大。
⑥ 郤（xì）：空隙。
⑦ 窾（kuǎn）：空。
⑧ 綮（qìng）：结合处。
⑨ 軱（gū）：大骨。
⑩ 硎（xíng）：磨刀石。
⑪ 怵（chù）然：害怕的样子。
⑫ 謋（huò）：象声词。骨肉离开的声音。

文惠君说：“嘿，好哇！你的技术怎么高明到这种地步呢？”

厨师放下屠刀，答道：“我所喜好的是事物的规律，它比技术进一步了。我开始宰牛的时候，看到的无一不是整头的牛；三年之后，就不曾再看到整头的牛了。现在，我用精神去接触牛，不再用眼睛看它，感官的知觉停止了，只凭精神在活动。顺着牛天然的结构，击入大的缝隙，顺着骨节间的空处进刀；依着牛身体本来的组织进行解剖，脉络相连、筋骨聚结的地方，都不曾用刀去碰过，何况那粗大的骨头呢！好的厨师，每年换一把刀，因为他们用刀割肉；一般的厨师，每月换一把刀，因为他们用刀砍断骨头。现在，我的这把刀用了十九年啦，它宰的牛有几千头了，可是刀口像刚从磨石上磨出来一样。因为那牛身体的骨节有空隙，刀口却薄得像没有厚度，把没有厚度似的刀插入有空隙的骨节，宽宽绰绰的，它对于刀的运转必然是大有余地的了。因此，它用了十九年，刀口却像刚刚从磨石上磨出来一样。虽说是这样，每当遇到筋骨交错聚结的地方，我看到它难以处理，因此小心翼翼地集中全部精力，目光集中到一点，动作因此放慢了，使刀非常轻，结果它霍地一声剖开了，像泥土一样散落在地上。我提着刀站起来，为此我环顾四周，为此我悠然自得，心满意足，把刀擦拭干净，收藏起来。”

文惠君说：“好哇！我听了厨师的这些话，从中获得了保养身体的道理。”

（二）北冥有鱼①

北冥有鱼，其名为鲲。鲲之大，不知其几千里也；化而为鸟，其名为鹏。鹏之背，不知其几千里也；怒而飞，其翼若垂天之云。是鸟也，海运则将徙②于南冥。南冥者，天池也。《齐谐》者，志怪者也。《谐》之言曰：“鹏之徙于南冥也，水击三千里，抟③扶摇而上者九万里，去以六月息者也。”野马也，尘埃也，生物之以息相吹也。天之苍苍，其正色邪？其远而无所至极邪？其视下也，亦若是则已矣。

【译文】北方的大海里有一条鱼，它的名字叫作鲲。鲲的体积，真不知道大到几千里；变化成为鸟，它的名字就叫鹏。鹏的脊背，真不知道长到几千里；当它奋起而飞的时候，那展开的双翅就像挂在天边的云彩。这只鹏鸟呀，随着海上汹涌的波涛迁徙到南方的大海。南方的大海是个天然的大池。《齐

① 选自《庄子·逍遥游》。
② 徙（xǐ）：迁移。
③ 抟（tuán）：盘旋。

谐》是一部专门记载怪异事情的书，这本书上记载说：“鹏鸟迁徙到南方的大海，翅膀拍击水面激起三千里的波涛，海面上急骤的狂风盘旋而上直冲九万里高空，离开北方的大海用了六个月的时间方才停歇下来”。春日林泽原野上蒸腾浮动犹如奔马的雾气，低空里沸沸扬扬的尘埃，都是大自然里各种生物的气息吹拂所致。天空湛蓝湛蓝的，难道这就是它真正的颜色吗？抑或是高旷辽远没法看到它的尽头呢？鹏鸟在高空往下看，不过也就像这个样子罢了。

4.66 《列子》三则[①]

(一) 高山流水

伯牙善鼓琴，钟子期善听。伯牙鼓琴，志在登高山。钟子期曰："善哉，峨峨兮若泰山！"志在流水，钟子期曰："善哉，洋洋兮若江河！"伯牙所念，钟子期必得之。伯牙游于泰山之阴，卒逢暴雨，止于岩下；心悲，乃援琴而鼓之。初为霖雨之操，更造崩山之音。曲每奏，钟子期辄[②]穷其趣。伯牙乃舍琴而叹曰："善哉，善哉，子之听夫！志想象犹吾心也。吾于何逃声哉？"

【译文】伯牙擅长弹琴，钟子期善于倾听。伯牙弹琴，心里想着高山。钟子期说："好啊！高峻的样子像泰山！"伯牙心里想着流水，钟子期说："好啊！水势浩荡的样子像江河！"伯牙所思念的，钟子期必然了解。伯牙在泰山的北面游览，突然遇到暴雨，在岩石下停歇；心里伤感，于是取过琴弹了起来。起先是连绵大雨的曲子，再作出崩山的声音。每有曲子弹奏，钟子期总能寻根究源它的情趣。伯牙放下琴感叹地说："您听曲子的能力真是好啊，好啊！您心里的想象就好像我的心意啊。我从哪里让我的琴声逃过你的耳朵呢？"

(二) 两小儿辩日

孔子东游，见两小儿辩斗，问其故。

一儿曰："我以日始出时去人近，而日中时远也。"

一儿以日初出远，而日中时近也。

一儿曰："日初出大如车盖，及日中则如盘盂，此不为远者小而近者大乎？"

一儿曰："日初出沧沧凉凉，及其日中如探汤，此不为近者热而远者凉乎？"

孔子不能决也。

两小儿笑曰："孰为汝多知乎？"

---

① 本文三则故事都选自《列子·汤问》。

② 辄（zhé）：就。

【译文】有一天，孔子向东游历，看到两个小孩在为什么事情争辩不已，便问是什么原因。

一个小孩说："我认为太阳刚出来的时候离人近一些，中午的时候离人远一些。"

另一个小孩却认为太阳刚出来的时候离人远些，而中午时离人近些。

一个小孩说："太阳刚出来的时候像车盖一样大，到了中午却像个盘子，这不是远的时候看起来小，而近的时候看起来大的道理吗?"

另一个小孩说："太阳刚出来的时候有清凉的感觉，到了中午却像把手伸进热水里一样，这不是近的时候感觉热，而远的时候感觉凉的道理吗?"

孔子也不能判断是怎么回事。

两个小孩笑着说："谁说您的知识渊博呢?"

（三）愚公移山

太行①、王屋二山，方七百里，高万仞②，本在冀州之南，河阳之北。

北山愚公者，年且九十，面山而居。惩山北之塞，出入之迂也，聚室而谋，曰："吾与汝毕力平险，指通豫南，达于汉阴，可乎?"杂然相许。其妻献疑曰："以君之力，曾不能损魁父之丘，如太行、王屋何？且焉置土石?"杂曰："投诸渤海之尾，隐土之北。"遂率子孙荷担者三夫，叩石垦壤，箕畚③运于渤海之尾。邻人京城氏之孀妻有遗男，始龀④，跳往助之。寒暑易节，始一反焉。

河曲智叟笑而止之，曰："甚矣，汝之不惠！以残年余力，曾不能毁山之一毛，其如土石何?"北山愚公长息曰："汝心之固，固不可彻，曾不若孀妻弱子。虽我之死，有子存焉。子又生孙，孙又生子，子又有子，子又有孙；子子孙孙，无穷匮也；而山不加增，何苦而不平?"河曲智叟亡以应。

操蛇之神闻之，惧其不已也，告之于帝。帝感其诚，命夸娥氏二子负二山，一厝⑤朔东，一厝雍南。自此，冀之南、汉之阴无陇断焉。

【译文】太行、王屋这两座高山，方圆七百里，高达几千丈，本来在冀州的南部，河阳的北边。

北山有一位老人名叫愚公，年纪将近九十岁了，住在两座山的对面。苦于

① 中华书局2011年5月版《列子》（叶蓓卿译注）作"太形"，本书按通用版本作"太行"。

② 仞（rèn）：古代以七尺或八尺为一仞。

③ 箕畚（jī běn）：簸箕，一种用竹片或柳片编成的器具。这里是用箕畚装土石的意思。

④ 龀（chèn）：换牙。

⑤ 厝（cuò）：通"措"，放置。

山北路途的阻塞，出入道路多绕远，便召集全家人来商量，他说："我和你们一道竭尽全力削平门前大山险阻，使道路直通豫州南部，抵达汉水南边，行吗?"大家一听，纷纷表示赞成。但他的妻子却疑惑地说："凭你这点力气，还不能挖平那个名叫魁父的小土丘，怎能搬得掉太行、王屋这两座大山呢？再说，那些泥土石块运到哪儿呢?"大家异口同声地说："把它们扔到渤海的岸边，隐土的北面去。"于是，愚公便带领儿孙之中能挑担子的几个人，砸石头，挖泥土，用土筐把土石运到渤海之滨。他的邻居京城氏的寡妇，有一个男孩子，刚七八岁，也蹦蹦跳跳地跑去帮忙。他们从冬到夏，才能往返一次。

河曲有个名叫智叟的老汉，嘲笑着劝阻愚公说："你也傻得太过分啦！凭你这点残年余力，还不能拔掉山上的一棵小草，还能把泥土石块怎么样呢?"愚公长叹一声，回答说："你太顽固了，顽固得一窍不通，你简直还不如那个寡妇和不懂事的小孩。即便我死了，还有我的儿子在呀！儿子生孙子，孙子又生儿子；孙子的儿子又有儿子，他的儿子又有孙子；子子孙孙，没有穷尽；但是山不会再增加了，还怕挖不平它吗?"河曲智叟听了，无言可对。

山神听到了，害怕愚公他们没完没了地挖下去，便去禀告天帝。天帝被愚公的诚心所感动，就命令大力神夸娥氏的两个儿子去背大山，一座放在朔方的东部，一座放在雍州的南部。从此以后，冀州的南部直到汉水的北边，道路畅通无阻。

4.67 《左传》四则

（一）曹刿论战[1]

十年春，齐师伐我。公将战，曹刿[2]请见。其乡人曰："肉食者谋之，又何间焉？"刿曰："肉食者鄙，未能远谋。"乃入见。问："何以战？"公曰："衣食所安，弗敢专也，必以分人。"对曰："小惠未徧[3]，民弗从也。"公曰："牺牲玉帛，弗敢加也，必以信。"对曰："小信未孚，神弗福也。"公曰："小大之狱，虽不能察，必以情。"对曰："忠之属也。可以一战。战则请从。"

公与之乘，战于长勺。公将鼓之，刿曰："未可。"齐人三鼓，刿曰："可矣。"齐师败绩。公将驰之，刿曰："未可。"下视其辙，登轼而望之，曰："可矣。"遂逐齐师。

既克，公问其故。对曰："夫战，勇气也。一鼓作气，再而衰，三而竭。彼竭我盈，故克之。夫大国，难测也，惧有伏焉。吾视其辙乱，望其旗靡，故逐之。"

【译文】（鲁庄公）十年的春天，齐国军队攻打我们鲁国。鲁庄公将要迎战。曹刿请求拜见鲁庄公。他的同乡说："当权的人自会谋划这件事，你又何必参与呢？"曹刿说："当权的人目光短浅，不能深谋远虑。"于是入朝去见鲁庄公。曹刿问："您凭借什么作战？"鲁庄公说："衣食（这一类）养生的东西，我从来不敢独自专有，一定把它们分给身边的大臣。"曹刿回答说："这种小恩小惠不能遍及百姓，老百姓是不会顺从您的。"鲁庄公说："祭祀用的猪牛羊和玉器、丝织品等祭品，我从来不敢虚报夸大数目，一定对上天说实话。"曹刿说："小小信用，不能取得神灵的信任，神灵是不会保佑您的。"鲁庄公说："大大小小的诉讼案件，即使不能一一明察，但我一定根据实情（合理裁决）。"曹刿回答说："这才尽了本职一类的事，可以（凭借这个条件）打一仗。如果作战，请允许我跟随您一同去。"

到了那一天，鲁庄公和曹刿同坐一辆战车，在长勺和齐军作战。鲁庄公将要下令击鼓进军。曹刿说："现在不行。"等到齐军三次击鼓之后。曹刿说：

① 选自《左传·庄公十年》。
② 曹刿（guì）：人名。
③ 徧（biàn）：通"遍"，遍及，普遍。

“可以击鼓进军了。”齐军大败。鲁庄公又要下令驾车马追逐齐军。曹刿说：“还不行。”说完就下了战车，察看齐军车轮碾出的痕迹，又登上战车，扶着车前横木远望齐军的队形，这才说：“可以追击了。”于是追击齐军。

打了胜仗后，鲁庄公问他取胜的原因。曹刿回答说：“作战，靠的是士气。第一次击鼓能够振作士兵们的士气。第二次击鼓士兵们的士气就开始低落了，第三次击鼓士兵们的士气就耗尽了。他们的士气已经消失而我军的士气正旺盛，所以才战胜了他们。像齐国这样的大国，他们的情况是难以推测的，怕他们在那里设有伏兵。后来我看到他们车轮的痕迹混乱了，望见他们的旗帜倒下了，所以下令追击他们。”

（二）风马牛不相及①

四年春，齐侯以诸侯之师侵蔡。蔡溃，遂伐楚。楚子使与师言曰：“君处北海，寡人处南海，唯是风马牛不相及也。不虞君之涉吾地也，何故？”

管仲对曰：“昔召康公命我先君大公曰：‘五侯九伯，女②实征之，以夹辅周室。’赐我先君履，东至于海，西至于河，南至于穆陵，北至于无棣。尔贡包茅不入，王祭不共，无以缩酒，寡人是征。昭王南征而不复，寡人是问。”对曰：“贡之不入，寡君之罪也，敢不共给。昭王之不复，君其问诸水滨。”师进，次于陉。

【译文】（鲁僖公）四年春季，齐桓公率领（鲁僖公、宋桓公、陈宣公、卫文公、郑文公、许穆公、曹昭公）各诸侯联军入侵蔡国。蔡军溃败，齐桓公就接着进攻楚国。楚成王派遣使者来到军中，说：“您住在北方，我住在南方，哪怕是我们两国走失的牛马也不会到达对方的境内。没有想到您竟不顾路远来到我国的土地上，这是什么缘故？”

管仲回答说：“以前召康公命令我们的先君太公说：‘五侯九伯，你都可以征伐他们，以便辅助王室。’赐给我们的先君征伐的范围，东边到大海，西边到黄河，南边到穆陵，北边到无棣。你不进贡王室的包茅，使天子的祭祀缺乏应有的物资，不能滤酒请神，我为此而来问罪。昭王南征到楚国而没有回去，我为此而来责问。”使者回答说：“贡品没有送来，这确是我君的罪过，今后岂敢不供给？至于昭王没有回去，君王还是问水边上的人吧！”诸侯的军队前进，驻扎在陉地。

---

① 选自《左传·僖公四年》。

② 女（rǔ）：通“汝”，你。

（三）烛之武退秦师[①]

晋侯、秦伯围郑，以其无礼于晋，且贰于楚也。晋军函陵，秦军氾南[②]。

佚之狐[③]言于郑伯曰："国危矣，若使烛之武见秦君，师必退。"公从之。辞曰："臣之壮也，犹不如人，今老矣，无能为也已。"公曰："吾不能早用子，今急而求子，是寡人之过也。然郑亡，子亦有不利焉。"许之。

夜缒[④]而出，见秦伯，曰："秦、晋围郑，郑既知亡矣。若亡郑而有益于君，敢以烦执事。越国以鄙陋[⑤]，君知其难也。焉用亡郑以陪邻？邻之厚，君之薄也。若舍郑以为东道主，行李之往来，共其乏困，君亦无所害。且君尝为晋君赐矣，许君焦、瑕，朝济而夕设版焉，君之所知也。夫晋，何厌之有？既东封郑，又欲肆其西封，若不阙秦，将焉取之？阙秦以利晋，唯君图之。"秦伯说，与郑人盟。使杞子、逢孙、杨孙戍之，乃还。

子犯请击之，公曰："不可。微夫人之力不及此。因人之力而敝之，不仁；失其所与，不知；以乱易整，不武。吾其还也。"亦去之。

【译文】（鲁僖公三十年）晋文公和秦穆公联合围攻郑国，因为郑国曾对晋文公无礼，并且郑国同时依附于楚国与晋国。晋军驻扎在函陵，秦军驻扎在氾水的南面。

佚之狐对郑伯说："郑国处于危险之中了！假如让烛之武去见秦穆公，（秦国的）军队一定会撤退。"郑伯同意了。烛之武推辞说："我年轻时，尚且不如别人；现在老了，也不能有什么作为了。"郑文公说："我早先没有重用您，现在由于情况危急而求您，这是我的过错。然而郑国灭亡了，对您也不利啊！"烛之武就答应了这件事。

在夜晚（有人）用绳子（将烛之武）从城上放下去，见到秦穆公，烛之武说："秦、晋两国围攻郑国，郑国已经知道要灭亡了。假如灭掉郑国对您有好处，怎敢冒昧地拿这件事情来麻烦您。越过邻国把远方的郑国作为（秦国的）东部边邑，您知道这是困难的，（您）为什么要灭掉郑国而给邻邦晋国增加土地呢？邻国的势力雄厚了，您秦国的势力也就相对削弱了。如果您放弃围攻郑国而把它当作东方道路上接待过客的主人，出使的人来来往往，（郑国可

---

① 选自《左传·僖公三十年》。

② 氾（fàn）南：氾水的南面，也属郑地。

③ 佚（yì）之狐：春秋时郑国大夫。

④ 缒（zhuì）：用绳子拴着人（或物）从上往下送。

⑤ 此句上海古籍出版社《十三经译注·左传译注》（李梦生撰）为"越国之鄙陋"，江苏凤凰教育出版社 2014 年第五版普通高中教材《语文（必修三）》为"越国以鄙陋"，湖南文艺出版社 1997 年第一版《古代十大散文流派（第一卷）》（蒋凡主编）为"越国以鄙陋"，中华书局 2012 年 10 月北京第一版《左传》（郭丹、程小春、李彬源译注）为"越国以鄙远"。本书从语文教材。

以随时）供给他们缺少的东西，对您也没有什么害处。而且您曾经给予晋惠公恩惠，惠公曾经答应给您焦、瑕两座城池。（然而）惠公早上渡过黄河回国，晚上就修筑防御工事，这是您知道的。晋国，怎么会满足呢？（现在它）已经在东边使郑国成为它的边境，又想要向西扩大边界。如果不使秦国土地折损，将从哪里得到（他所奢求的土地）呢？削弱秦国对晋国有利，希望您考虑这件事！”秦穆公非常高兴，就与郑国签订了盟约。派遣杞子、逢孙、杨孙戍守郑国，于是秦国就撤军了。

晋大夫子犯请求出兵攻击秦军。晋文公说：“不行！假如没有那个人（秦穆公）的力量，我是不会到这个地步的。依靠别人的力量而又反过来损害他，这是不仁义的；失掉自己的同盟者，这是不明智的；用散乱（的局面）代替整齐（的局面），这是不符合武德的。我们还是回去吧！”晋军也就离开了郑国。

（四）郑伯克段于鄢①

初，郑武公娶于申，曰武姜。生庄公及共叔段。庄公寤生②，惊姜氏，故名曰“寤生”，遂恶之。爱共叔段，欲立之，亟请于武公，公弗许。及庄公即位，为之请制。公曰：“制，岩邑也，虢叔③死焉，佗④邑唯命。”请京，使居之，谓之“京城大叔”。

祭仲曰：“都城过百雉，国之害也。先王之制：大都，不过参⑤国之一；中，五之一；小，九之一。今京不度，非制也，君将不堪。”公曰：“姜氏欲之，焉辟害？”对曰：“姜氏何厌之有？不如早为之所，无使滋蔓。蔓，难图也。蔓草犹不可除，况君之宠弟乎？”公曰：“多行不义，必自毙，子姑待之。”

既而大叔命西鄙、北鄙贰于己。公子吕曰：“国不堪贰，君将若之何？欲与大叔，臣请事之；若弗与，则请除之，无生民心。”公曰：“无庸，将自及。”大叔又收贰以为己邑，至于廪延⑥。子封曰：“可矣。厚将得众。”公曰：“不义不昵，厚将崩。”

大叔完聚，缮甲兵，具卒乘，将袭郑。夫人将启之。公闻其期，曰：“可矣！”命子封帅车二百乘以伐京。京叛大叔段，段入于鄢，公伐诸鄢。五月辛

① 选自《左传·隐公元年》。
② 寤（wù）生：逆生，倒生，即难产。
③ 虢（guó）叔：东虢国国君。
④ 佗（tuó）：同“他”。
⑤ 参（sān）：同“三”。
⑥ 廪（lǐn）延：郑国邑名，在今河南延津北。

丑，大叔出奔共。

遂置姜氏于城颍，而誓之曰："不及黄泉，无相见也。"既而悔之。

颍考叔为颍谷封人，闻之，有献于公。公赐之食，食舍肉。公问之，对曰："小人有母，皆尝小人之食矣，未尝君之羹。请以遗①之。"公曰："尔有母遗，繄②我独无！"颍考叔曰："敢问何谓也？"公语之故，且告之悔。对曰："君何患焉？若阙地及泉，隧而相见，其谁曰不然？"公从之。公入而赋："大隧之中，其乐也融融！"姜出而赋："大隧之外，其乐也泄泄！"遂为母子如初。

君子曰："颍考叔，纯孝也。爱其母，施及庄公。《诗》曰：'孝子不匮，永锡尔类。'其是之谓乎？"

【译文】从前，郑武公在申国娶了一妻子，叫武姜，她生下庄公和共叔段。庄公出生时脚先出来，武姜受到惊吓，所以给他取名叫"寤生"，也因此很厌恶他。武姜偏爱共叔段，想立共叔段为世子，多次向武公请求，武公都不答应。到庄公即位的时候，武姜就替共叔段请求分封到制邑去。庄公说："制邑是个险要的地方，从前虢叔就死在那里，若是封给其他城邑，我都可以照吩咐办。"武姜便请求封给太叔京邑，庄公答应了，让他住在那里，称他为京城太叔。

大夫祭仲说："分封的都城如果城墙超过三百方丈长，那就会成为国家的祸害。先王的制度规定，国内最大的城邑不能超过国都的三分之一，中等的不得超过它的五分之一，小的不能超过它的九分之一。京邑的城墙不合法度，非法制所许，恐怕对您有所不利。"庄公说："姜氏想要这样，我怎能躲开这种祸害呢？"祭仲回答说："姜氏哪有满足的时候！不如及早处置，别让祸根滋长蔓延，一滋长蔓延就难办了。蔓延开来的野草还不能铲除干净，何况是您受宠爱的弟弟呢？"庄公说："多做不义的事情，必定会自己垮台，你姑且等着瞧吧。

过了不久，太叔段使原来属于郑国的西边和北边的边邑也背叛归为自己。公子吕说："国家不能有两个国君，现在您打算怎么办？您如果打算把郑国交给太叔，那么我就去服侍他；如果不给，那么就请除掉他，不要使百姓们产生疑虑。"庄公说："不用除掉他，他自己将要遭到灾祸的。"太叔又把两属的边邑改为自己统辖的地方，一直扩展到廪延。公子吕说："可以行动了！土地扩大了，他将得到老百姓的拥护。"庄公说："对君主不义，对兄长不亲，土地虽然扩大了，他也会垮台的。"

---

① 遗（wèi）：赠送。

② 繄（yī）：语气助词。没有实义。

太叔修治城郭，聚集百姓，修整盔甲武器，准备好兵马战车，将要偷袭郑国。武姜打算开城门做内应。庄公打听到公叔段偷袭的时候，说："可以出击了！"命令子封率领车二百乘，去讨伐京邑。京邑的人民背叛共叔段，共叔段于是逃到鄢城。庄公又追到鄢城讨伐他。五月二十三日，太叔段逃到共国。

庄公就把武姜安置在城颍，并且发誓说："不到黄泉（不到死后埋在地下），不再见面！"过了些时候，庄公又后悔了。

有个叫颍考叔的，是颍谷管理疆界的官吏，听到这件事，就把贡品献给郑庄公。庄公赐给他饭食。颍考叔在吃饭的时候，把肉留着。庄公问他为什么这样。颍考叔答道："小人有老母亲，我吃的东西她都尝过，只是从未尝过君王的肉羹，请让我带回去送给她吃。"庄公说："你有老母亲可以孝敬，唉，唯独我就没有！"颍考叔说："请问您这是什么意思？"庄公把原因告诉了他，还告诉他后悔的心情。颍考叔答道："您有什么担心的！只要挖一条地道，挖出了泉水，从地道中相见，谁还说您违背了誓言呢？"庄公依了他的话。庄公走进地道去见武姜，赋道："大隧之中相见啊，多么和乐相得啊！"武姜走出地道，赋诗道："大隧之外相见啊，多么舒畅快乐啊！"从此，他们恢复了从前的母子关系。

君子说："颍考叔是位真正的孝子，他不仅孝顺自己的母亲，而且把这种孝心推广到郑伯身上。《诗经·大雅·既醉》篇说：'孝子不断地推行孝道，永远能感化你的同类。'大概就是对颍考叔这类纯孝而说的吧？"

4.68 《战国策》三则

（一）鹬蚌相争 渔翁得利①

赵且伐燕，苏代为燕谓惠王曰：“今者臣来，过易水，蚌②方出曝③，而鹬④啄其肉，蚌合而箝⑤其喙⑥。鹬曰：‘今日不雨，明日不雨，即有死蚌。’蚌亦谓鹬曰：‘今日不出，明日不出，即有死鹬。’两者不肯相舍，渔者得而并禽之。今赵且伐燕，燕、赵久相攻，以敝大众，臣恐强秦之为渔父也。故愿王之熟计之也。”

惠王曰：“善！”乃止。

【译文】 赵王将要去攻打燕国，苏代为燕国去劝赵惠王说：“我这次来的时候，经过易水，（看见）一只河蚌正张着壳晒太阳。有一只鹬鸟，伸嘴去啄河蚌的肉。河蚌连忙把壳合上，紧紧地钳住了鹬鸟的嘴。鹬鸟就说：‘今天不下雨，明天不下雨，你就会死。’河蚌也对鹬说：‘今天不放开你，明天不放开你，你就会死！’两个谁也不肯放。渔夫看到了，就把它俩一齐捉去了。现在赵国要攻打燕国，燕赵两国相持不下，日子久了，双方的力量都消耗得很厉害。我担心强大的秦国成为鹬蚌相争中渔夫那样的角色。所以（我）希望大王仔细地考虑考虑。”

惠王听了，恍然大悟，说：“有道理！”便停止了攻打燕国的行动。

（二）邹忌讽齐王纳谏⑦

邹忌修八尺有余，而形貌昳丽⑧。朝服衣冠，窥镜，谓其妻曰：“我孰与

① 选自《战国策·燕策二·赵且伐燕》。

② 蚌（bàng）：生活在淡水里的一种软体动物。

③ 曝（pù）：晒。

④ 鹬（yù）：一种水鸟名，捕食鱼、虫、贝类。

⑤ 箝（qián）：夹住。

⑥ 喙（huì）：嘴。

⑦ 选自《战国策·齐策一·邹忌修八尺有余》。

⑧ 昳（yì）丽：光艳美丽。中华书局2012年版《战国策》（缪文远等译注）和中州古籍出版社2007年版《战国策》（王华宝译注）本句为“身体昳丽”，浙江教育出版社2016年版《古文观止》（钱素洲译）及语文课本上为“而形貌昳丽”。

城北徐公美?”其妻曰：“君美甚，徐公何能及君也?”城北徐公，齐国之美丽者也。忌不自信，而复问其妾曰：“吾孰与徐公美?”妾曰：“徐公何能及君也?”旦日，客从外来，与坐谈，问之客曰：“吾与徐公孰美?”客曰：“徐公不若君之美也。”明日徐公来，孰视之，自以为不如；窥镜而自视，又弗如远甚。暮寝而思之，曰：“吾妻之美我者，私我也；妾之美我者，畏我也；客之美我者，欲有求于我也。”

于是入朝见威王，曰：“臣诚知不如徐公美。臣之妻私臣，臣之妾畏臣，臣之客欲有求于臣，皆以美于徐公。今齐地方千里，百二十城，宫妇左右莫不私王，朝廷之臣莫不畏王，四境之内莫不有求于王：由此观之，王之蔽甚矣。”

王曰：“善。”乃下令：“群臣吏民能面刺寡人之过者，受上赏；上书谏①寡人者，受中赏；能谤讥于市朝，闻寡人之耳者，受下赏。”令初下，群臣进谏，门庭若市；数月之后，时时而间进；期年之后，虽欲言，无可进者。燕、赵、韩、魏闻之，皆朝于齐。此所谓战胜于朝廷。

【译文】 邹忌身长八尺，而且形象外貌光艳美丽。早晨，（邹忌）穿戴好衣帽，照了一下镜子，对他妻子说：“我和城北徐公比，谁更美呢?”他的妻子说：“您非常美，徐公怎么能比得上您呢?”城北的徐公是齐国最美的男子。邹忌不相信自己（比徐公美），又问他的妾：“我和徐公相比，谁更美呢?”妾说：“徐公哪能比得上您呢?”第二天，有客人从外面来（拜访），（邹忌）与他相坐而谈，问他：“我和徐公比，谁更美呢?”客人说：“徐公不如您美丽。”又一天，徐公来了，邹忌仔细地看着他，认为自己不如徐公美；照着镜子里的自己，更是觉得自己与徐公相差甚远。傍晚，他躺在床上休息时想这件事，说：“我的妻子赞美我漂亮，是偏爱我；我的妾赞美我美，是害怕我；客人赞美我美，是有事情求助于我。”

在这种情况下，邹忌上朝拜见齐威王，说：“我知道自己确实比不上徐公美。可是我的妻子偏爱我，我的妾害怕我，我的客人有事想要求助于我，（所以）他们都认为我比徐公美。如今齐国有方圆千里的疆土，一百二十座城池。宫中的姬妾及身边的近臣，没有一个不偏爱大王的，朝中的大臣没有一个不惧怕大王的，全国范围内的百姓没有一个不有事想求助于大王。由此看来，大王您受到的蒙蔽太严重了！”

齐威王说：“你说的很好！”于是就下了命令：“大小的官吏，大臣和百姓们，能够当面批评我的过错的人，给予上等奖赏；上书直言规劝我的人，给予中等奖赏；能够在众人集聚的公共场所指责议论我的过失，并传到我耳朵里的人，给予下等奖赏。”命令刚下达，许多大臣都来进谏，宫门和庭院像集市一

---

① 谏（jiàn）：劝说君王、尊长改正错误。

样热闹；几个月以后，还不时地有人进谏；满一年以后，即使有人想进谏，也没有什么可说的了。燕、赵、韩、魏等国听说了这件事，都到齐国朝拜齐威王。这就是身居朝廷，不必用兵就战胜了敌国。

（三）亡羊补牢①

庄辛谓楚襄王曰："君王左州侯，右夏侯，辇②从鄢陵君为寿陵君，专淫逸侈③靡，不顾国政，郢④都必危矣。"襄王曰："先生老悖⑤乎？将以为楚国祆祥⑥乎？"庄辛曰："臣诚见其必然者也，非敢以为国祆祥也。君王卒幸四子者不衰，楚国必亡矣。臣请辟于赵，淹留以观之。"庄辛去之赵，留五月，秦果举鄢、郢、巫、上蔡、陈之地，襄王流掩于城阳。于是使人发驺⑦，征庄辛于赵。庄辛曰："诺。"

庄辛至，襄王曰："寡人不能用先生之言，今事至于此，为之奈何？"庄辛对曰："臣闻鄙语曰：'见兔而顾犬，未为晚也；亡羊而补牢，未为迟也'。臣闻昔汤、武以百里昌，桀、纣以天下亡。今楚国虽小，绝长续短，犹以数千里，岂特百里哉？

王独不见于蜻蛉乎？六足四翼，飞翔乎天地之间，俯啄蚊虻而食之，仰承甘露而饮之，自以为无患，与人无争也。不知夫五尺童子，方将调饴胶丝，加己乎四仞之上，而下为蝼蚁食也。蜻蛉其小者也，黄雀因是以，俯噣⑧白粒，仰栖茂树，鼓翅奋翼，自以为无患，与人无争也。不知夫公子王孙，左挟弹，右摄丸，将加己乎十仞之上，以其颈为招。昼游乎茂树，夕调乎酸咸，倏忽之间，坠于公子之手。

夫雀其小者也，黄鹄因是以。游于江海，淹乎大沼，俯噣鳝鲤，仰啮⑨陵衡，奋其六翮⑩而凌清风，飘摇乎高翔，自以为无患，与人无争也。不知夫射

---

① 选自《战国策·楚策四·庄辛谓楚襄王曰》。
② 辇（niǎn）：古代用人拉的车，后多指帝、后坐的车。
③ 侈（chǐ）：浪费。
④ 郢（yǐng）：古地名。
⑤ 悖（bèi）：相反，违反。
⑥ 祆（yāo）祥：吉凶祸福的先见征兆。祆，古人称反常怪异的事物。
⑦ 驺（zōu）：古代养马的人（兼管驾车）。
⑧ 噣（zhuó）：同"啄"。
⑨ 啮（niè）：咬。
⑩ 翮（hé）：指鸟的翅膀。

者，方将修其碆[①]卢，治其缯缴，将加己乎百仞之上。彼礛[②]磻[③]，引微缴[④]，折清风而抎[⑤]矣。故昼游乎江河，夕调乎鼎鼎。

夫黄鹄[⑥]其小者也。蔡圣侯之事因是以。南游乎高陂[⑦]，北陵乎巫山，饮茹溪之流，食湘波之鱼，左抱幼妾，右拥嬖[⑧]女，与之驰骋乎高蔡之中，而不以国家为事。不知夫子发方受命乎宣王，系己以朱丝而见之也。

蔡圣侯之事其小者也，君王之事因是以。左州侯，右夏侯，辇从鄢陵君为寿陵君，饭封禄之粟，而载方府之金，与之驰骋乎云梦之中，而不以天下国家为事，不知夫穰侯方受命乎秦王，填黾[⑨]塞之内，而投己乎黾塞之外。”

襄王闻之，颜色变作，身体战栗。于是乃以执珪而授之为阳陵君，与淮北之地也。

【译文】庄辛对楚襄王说：“君王左有州侯右有夏侯，车后又有鄢陵君和寿陵君跟从着，一味过着毫无节制的生活，不理国家政事，如此会使郢都变得很危险。”楚襄王说：“先生老糊涂了吗？还是认为楚国将遭遇不祥呢？”庄辛说：“臣当然是看到了事情的必然后果，不必认为国家不祥。假如君王始终宠幸这四个人，而不稍加收敛，那楚国一定会因此而灭亡的。请君王准许臣到赵国避难，在那里来静观楚国的变化。”庄辛离开楚国到了赵国，他只在那里住了五个月，秦国就发兵攻占了鄢、郢、巫、上蔡、陈这些地方，楚襄王也流亡躲藏在城阳。这时候襄王才派人率骑士到赵国召请庄辛。庄辛说：“可以。”

庄辛到了城阳以后，楚襄王对他说：“寡人当初不听先生的话，如今事情发展到这地步，对这事可怎么办呢？”庄辛回答说：“臣知道一句俗语：‘见到兔子以后再放出猎犬去追并不算晚，羊丢失以后再去修补羊圈也不算迟。’臣听说过去商汤王和周武王，依靠百里土地，而使天下昌盛，而夏桀王和殷纣王，虽然拥有天下，到头来终不免身死亡国。现在楚国土地虽然狭小，然而如果截长补短，还能有数千里，岂止百里而已？

大王难道没有见过蜻蜓吗？长着六只脚和四只翅膀，在天地之间飞翔，低下头来啄食蚊虫，抬起头来喝甘美的露水，自以为无忧无患，又和人没有争执。岂不知那几岁的孩子，正在调糖稀涂在丝网上，将要在高空之上粘住它，

---

① 碆（bō）卢：石键。即石制箭头。
② 礛（jiān）：锋利。
③ 磻（pán）：石制的箭镞。
④ 缴（zhuó）：系在箭上的丝绳，射鸟用。
⑤ 抎（yǔn）：通“陨”，坠落。
⑥ 鹄（hú）：指天鹅。
⑦ 陂（bēi）：山坡。
⑧ 嬖（bì）：宠爱，爱宠爱的人。
⑨ 黾（mǐn）：同“渑”。

它的下场将是被蚂蚁吃掉。蜻蜓的事可能是小事，其实黄雀也是如此。它俯下身去啄，仰起身来栖息在茂密的树丛中，鼓动着它的翅膀奋力高翔，自己满以为没有祸患，和人没有争执，却不知那公子王孙左手拿着弹弓，右手按上弹丸，将要向十仞高空以黄雀的脖子为射击目标。黄雀白天还在茂密的树丛中游玩，晚上就成了桌上的佳肴，转眼之间落入王孙公子手里了。

黄雀的事情可能是小事情，其实黄鹄也是如此。黄鹄在江海上遨游，停留在大沼泽旁边，低下头吞食黄鳝和鲤鱼，抬起头来吃菱角和水草，振动它的翅膀而凌驾清风，飘飘摇摇在高空飞翔，自认为不会有祸患，又与人无争。然而它们却不知那射箭的人，已准备好箭和弓，将向百仞的高空射击它。它将带着箭，拖着细微的箭绳，从清风中坠落下来，掉在地上。黄鹄白天还在湖里游泳，晚上就成了锅中的清炖美味。

那黄鹄的事可能是小事，其实蔡灵侯的事也是如此。他曾南到高陂游玩，北到巫山之顶，饮茹溪里的水，吃湘江里的鱼；左手抱着年轻貌美的侍妾，右手搂着如花似玉的宠妃，和这些人同车驰骋在高蔡市上，根本不管国家大事。却不知道那子发正在接受宣王的进攻命令，他将要成为阶下之囚。

蔡灵侯的事只是当中的小事，其实君王您的事也是如此。君王左边是州侯，右边是夏侯，鄢陵君和寿陵君始终随着君王的车辆，驰骋在云梦地区，根本不把国家的事情放在心上。然而君王却没料到，穰侯魏冉已经奉秦王命令，在黾塞之南布满军队，州侯等却把君王抛弃在黾塞以北。”

楚襄王听了庄辛这番话之后，大惊失色，全身发抖。这时才把爵位送给庄辛，封他为阳陵君，不久庄辛帮助楚王收复了淮北的土地。

4.69 出师表

【三国】诸葛亮

先帝创业未半而中道崩殂①，今天下三分，益州疲弊，此诚危急存亡之秋也。然侍卫之臣不懈②于内，忠志之士忘身于外者，盖追先帝之殊遇，欲报之于陛下也。诚宜开张圣听，以光先帝遗德，恢弘志士之气，不宜妄自菲薄，引喻失义，以塞忠谏③之路也。

宫中府中，俱为一体，陟罚臧否④，不宜异同。若有作奸犯科及为忠善者，宜付有司，论其刑赏，以昭陛下平明之理⑤，不宜偏私，使内外异法也。

侍中侍郎郭攸之、费祎⑥、董允等，此皆良实，志虑忠纯，是以先帝简拔以遗⑦陛下。愚以为宫中之事，事无大小，悉以咨之，然后施行，必能裨补阙漏，有所广益。

将军向宠，性行淑均，晓畅军事，试用于昔日，先帝称之曰“能”，是以众议举宠为督。愚以为营中之事，悉以咨之，必能使行阵和睦，优劣得所。

亲贤臣，远小人，此先汉所以兴隆也；亲小人，远贤臣，此后汉所以倾颓也。先帝在时，每与臣论此事，未尝不叹息痛恨于桓、灵也。侍中、尚书、长史、参军，此悉贞良死节之臣，愿陛下亲之信之，则汉室之隆，可计日而待也。

臣本布衣，躬耕于南阳，苟全性命于乱世，不求闻达于诸侯。先帝不以臣卑鄙，猥自枉屈，三顾臣于草庐之中，咨臣以当世之事，由是感激，遂许先帝以驱驰。后值倾覆，受任于败军之际，奉命于危难之间，尔来二十有一年矣。

先帝知臣谨慎，故临崩寄臣以大事也。受命以来，夙夜忧叹，恐托付不效，以伤先帝之明，故五月渡泸，深入不毛。今南方已定，兵甲已足，当奖率三军，北定中原，庶竭驽钝，攘除奸凶，兴复汉室，还于旧都。此臣所以报先帝而忠陛下之职分也。至于斟酌损益，进尽忠言，则攸之、祎、允之任也。

---

① 殂（cú）：死亡。

② 懈（xiè）：松懈。

③ 谏（jiàn）：规劝，使……改正错误。

④ 陟罚臧否（zhì fá zāng pǐ）：泛指对下级的奖罚或提拔，赏罚褒贬。

⑤ 人教版九年级《语文（上）》和南海出版公司2015年版《国学治要·古文治要》（张文治编，陈恕校对）为“平明之理”；浙江教育出版社2016年版《古文观止》（吴楚材、吴调侯编）和岳麓书社2015年版《经史百家杂钞》（曾国藩纂）为“平明之治”。本书从语文课本。

⑥ 郭攸之、费祎（yī）：二人是侍中。侍中、侍郎都是官名。

⑦ 遗（wèi）：赠送。

愿陛下托臣以讨贼兴复之效，不效则治臣之罪，以告先帝之灵。若无兴德之言，则责攸之、祎、允等之慢，以彰其咎；陛下亦宜自谋，以咨诹①善道，察纳雅言，深追先帝遗诏。臣不胜受恩感激。

今当远离，临表涕零，不知所言。

【译文】先帝开创的大业未完成一半却中途去世了，现在天下分为三国，益州地区民力匮乏，这确实是国家危急存亡的时期啊。不过宫廷里侍从护卫的官员不懈怠，战场上忠诚有志的将士们奋不顾身，大概是他们追念先帝对他们的特别的知遇之恩（作战的原因），想要报答在陛下您身上。（陛下）您实在应该扩大圣明的听闻，来发扬光大先帝遗留下来的美德，振奋有远大志向的人的志气，不应当随便看轻自己，说不恰当的话，以致堵塞人们忠心地进行规劝的言路。

皇宫中和朝廷里的大臣，本都是一个整体，奖惩功过、好坏，不应该有所不同。如果有做奸邪事，犯科条法令和忠心做善事的人，应当交给主管的官，判定他们受罚或者受赏，来显示陛下公正严明的治理，而不应当有偏袒和私心，使宫内和朝廷奖罚方法不同。

侍中、侍郎郭攸之、费祎、董允等人，这些都是善良诚实的人，他们的志向和心思忠诚无二，因此先帝把他们选拔出来辅佐陛下。我认为（所有的）宫中的事情，无论事情大小，都拿来跟他们商量，再去实施，一定能够弥补缺点和疏漏之处，可以获得很多的好处。

将军向宠，性格和品行善良公正，精通军事，从前任用时，先帝称赞说他有才干，因此大家评议举荐他做中部督。我认为军队中的事情，都拿来跟他商讨，就一定能使军队团结一心，好的差的各自找到他们的位置。

亲近贤臣，疏远小人，这是西汉之所以兴隆的原因；亲近小人，疏远贤臣，这是东汉之所以衰败的原因。先帝在世的时候，每逢跟我谈论这些事情，没有一次不对桓、灵二帝的做法感到叹息痛心遗憾的。侍中、尚书、长史、参军，这些人都是忠贞诚实、能够以死报国的忠臣，希望陛下亲近他们，信任他们，那么汉朝的兴隆就指日可待了。

我本来是平民，在南阳务农亲耕，在乱世中苟且保全性命，不奢求在诸侯之中出名。先帝不因为我身份卑微，见识短浅，降低身份委屈自己，三次去我的茅庐拜访我，征询我对时局大事的意见，我因此十分感动，就答应为先帝奔走效劳。后来遇到兵败，在兵败的时候接受任务，在危机患难之间奉行使命，那时以来已经有二十一年了。

先帝知道我做事小心谨慎，所以临终时把国家大事托付给我。接受遗命以

---

① 诹（zōu）：询问。

来，我早晚忧愁叹息，只怕先帝托付给我的大任不能实现，以致损伤先帝的知人之明，所以我五月渡过泸水，深入人烟稀少的地方。现在南方已经平定，兵员装备已经充足，应当激励、率领全军将士向北方进军，平定中原，希望用尽我平庸的才能，铲除奸邪凶恶的敌人，恢复汉朝的基业，回到旧日的国都。这就是我用来报答先帝，并且尽忠陛下的职责本分。至于处理事务，斟酌情理，有所兴革，毫无保留地进献忠诚的建议，那就是郭攸之、费祎、董允等人的责任了。

希望陛下能够把讨伐曹魏，兴复汉室的任务托付给我，如果没有成功，就惩治我的罪过，（从而）用来告慰先帝的在天之灵。如果没有振兴圣德的建议，就责罚郭攸之、费祎、董允等人的怠慢，来揭示他们的过失；陛下也应自行谋划，征求、询问治国的好道理，采纳正确的言论，以追念先帝临终留下的教诲。我感激不尽。

今天（我）将要告别陛下远行了，面对这份奏表禁不住热泪纵横，也不知说了些什么。

4.70 谏逐客书[①]

【秦】李斯

臣闻吏议逐客，窃以为过矣。昔穆公求士，西取由余于戎，东得百里奚于宛，迎蹇叔于宋，来邳豹、公孙支于晋。此五子者，不产于秦，而穆公用之，并国二十，遂霸西戎。孝公用商鞅之法，移风易俗，民以殷盛，国以富强，百姓乐用，诸侯亲服，获楚、魏之师，举地千里，至今治强。惠王用张仪之计，拔三川之地，西并巴、蜀，北收上郡，南取汉中，包九夷，制鄢、郢，东据成皋之险，割膏腴之壤，遂散六国之纵，使之西面事秦，功施[②]到今。昭王得范雎，废穰侯，逐华阳，强公室，杜私门，蚕食诸侯，使秦成帝业。此四君者，皆以客之功。由此观之，客何负于秦哉！向使四君却客而不内，疏士而不用，是使国无富利之实，而秦无强大之名也。

今陛下致昆山之玉，有随和之宝，垂明月之珠，服太阿之剑，乘纤离之马，建翠凤之旗，树灵鼍[③]之鼓。此数宝者，秦不生一焉，而陛下说[④]之，何也？必秦国之所生然后可，则是夜光之璧不饰朝廷；犀象之器不为玩好；郑、卫之女，不充后宫，而骏良駃騠[⑤]，不实外厩，江南金锡不为用，西蜀丹青不为采。所以饰后宫，充下陈，娱心意，说耳目者，必出于秦然后可，则是宛珠之簪，傅玑之珥，阿缟[⑥]之衣，锦绣之饰不进于前，而随俗雅化佳冶窈窕，赵女不立于侧也。夫击瓮叩缶，弹筝搏髀，而歌呼呜呜快耳者，真秦之声也；郑、卫、桑间，韶、虞、武、象者，异国之乐也。今弃击瓮叩缶而就郑、卫，退弹筝而取昭、虞，若是者何也？快意当前，适观而已矣。今取人则不然。不问可否，不论曲直，非秦者去，为客者逐。然则是所重者在乎色乐珠玉，而所轻者在乎人民也。此非所以跨海内、制诸侯之术也。

臣闻地广者粟多，国大者人众，兵强则士勇。是以泰山不让土壤，故能成其大；河海不择细流，故能就其深；王者不却众庶，故能明其德。是以地无四方，民无异国，四时充美，鬼神降福，此五帝三王之所以无敌也。今乃弃黔首以资敌国，却宾客以业诸侯，使天下之士退而不敢西向，裹足不入秦，此所谓

---

① 选自《史记（卷八十七）·李斯列传 27》。
② 施（yì）：延续。
③ 鼍（tuó）：扬子鳄。
④ 说（yuè）：同“悦”。
⑤ 駃騠（jué tí）：古时良马名。
⑥ 缟（gǎo）：未经染色的绢。

“借寇兵而赍盗粮”者也。夫物不产于秦，可宝者多；士不产于秦，而愿忠者众。今逐客以资敌国，损民以益仇，内自虚而外树怨于诸侯，求国无危，不可得也。

【译文】我听说官吏在商议驱逐客卿这件事，私下里认为是错误的。从前秦穆公寻求贤士，在西边从西戎取得由余，在东边从宛地得到百里奚，又从宋国迎来蹇叔，还从晋国招来邳豹、公孙支。这五位贤人，不生在秦国，而秦穆公重用他们，由此吞并国家二十多个，于是称霸西戎。秦孝公采用商鞅的新法，移风易俗，人民因此殷实，国家因此富强，百姓乐意为国效力，诸侯亲附归服，战胜楚国、魏国的军队，攻取土地上千里，至今政治安定，国力强盛。秦惠王采纳张仪的计策，攻下三川地区，西进兼并巴、蜀两国，北上收得上郡，南下攻取汉中，席卷九夷各部，控制鄢、郢之地，东面占据成皋天险，割取肥田沃土，于是拆散六国的合纵同盟，使他们朝西事奉秦国，功烈延续到今天。昭王得到范雎，废黜穰侯，驱逐华阳君，加强了王室的权力，杜绝了权贵垄断政治的现象，蚕食诸侯领土，使秦国成就帝王大业。这四位君主，都依靠了客卿的功劳。由此看来，客卿哪有什么对不住秦国的地方呢！倘若四位君主拒绝远客而不予接纳，疏远贤士而不加任用，这就会使国家没有丰厚的实力，而让秦国没有强大的名声了。

陛下搜罗昆山的美玉，宫中有随侯之珠，和氏之璧，衣饰上缀着光如明月的宝珠，身上佩带着太阿宝剑，乘坐的是名贵的纤离马，树立的是以翠凤羽毛为饰的旗子，陈设的是蒙着灵鼍之皮的好鼓。这些宝贵之物，没有一种是秦国产的，而陛下却很喜欢它们，这是为什么呢？如果一定要是秦国出产的才许可采用，那么这种夜光宝玉，绝不会成为秦廷的装饰；犀角、象牙雕成的器物，也不会成为陛下的玩好之物；郑、卫二地能歌善舞的女子，也不会填满陛下的后宫；北方的名骥良马，绝不会充实到陛下的马房；江南的金锡不会为陛下所用，西蜀的丹青也不会作为彩饰。用以装饰后宫、广充侍妾、爽心快意、悦入耳目的所有这些都要是秦国生长、生产的然后才可用的话，那么点缀有珠宝的簪子，耳上的玉坠，丝织的衣服，锦绣的装饰，都不会进献到陛下面前；那些娴雅变化而能随俗推移的妖冶美好的佳丽，也不会立于陛下的身旁。那敲击瓦器，拍髀弹筝，呜呜呀呀地歌唱，能快人耳目的，确真是秦国的地道音乐了；那郑、卫桑间的歌声，《韶虞》《武象》等乐曲，可算是外国的音乐了。如今陛下却抛弃了秦国地道的敲击瓦器的音乐，而取用郑、卫淫靡悦耳之音，不要秦筝而要《韶虞》，这是为什么呢？难道不是因为外国音乐可以快意，可以满足耳目官能的需要么？可陛下对用人却不是这样，不问是否可用，不管是非曲直，凡不是秦国的就要离开，凡是客卿都要驱逐。这样做就说明，陛下所看重的，只在珠玉声色方面；而所轻视的，却是人民士众。这不是能用来驾驭天下，制服诸侯的方法啊！

我听说田地广粮食就多，国家大人口就多，武器精良将士就骁勇。因此，泰山不拒绝泥土，所以能成就它的高大；江河湖海不舍弃细流，所以能成就它的深邃；有志建立王业的人不嫌弃民众，所以能彰明他的德行。因此，土地不分东西南北，百姓不论异国他邦，那样便会一年四季富裕美好，天地鬼神降赐福运，这就是五帝、三王无可匹敌的缘故。抛弃百姓使之去帮助敌国，拒绝宾客使之去侍奉诸侯，使天下的贤士退却而不敢西进，裹足止步不入秦国，这就叫“借武器给敌寇，送粮食给盗贼”啊。物品中不出产在秦国，而宝贵的却很多；贤士中不出生于秦，愿意效忠的很多。如今驱逐宾客来资助敌国，减损百姓来充实对手，内部自己造成空虚而外部在诸侯中构筑怨恨，那要谋求国家没有危难，是不可能的啊。

4.71　与韩荆州书[1]

【唐】李白

白闻天下谈士相聚而言曰："生不用封万户侯，但愿一识韩荆州。"何令人之景慕，一至于此耶？岂不以有周公之风，躬吐握之事，使海内豪俊，奔走而归之。一登龙门，则声誉十倍。所以龙蟠凤逸之士，皆欲收名定价于君侯。愿君侯不以富贵而骄之，寒贱而忽之，则三千宾中有毛遂，使白得颖脱而出，即其人焉。

白陇西布衣，流落楚汉。十五好剑术，遍干诸侯。三十成文章，历抵卿相。虽长不满七尺，而心雄万夫。王公大人，许与气义。此畴曩[2]心迹，安敢不尽于君侯哉！

君侯制作侔[3]神明，德行动天地，笔参造化，学究天人。幸愿开张心颜，不以长揖见拒。必若接之以高宴，纵之以清谈，请日试万言，倚马可待。今天下以君侯为文章之司命，人物之权衡，一经品题，便作佳士。而君侯何惜阶前盈尺之地，不使白扬眉吐气，激昂青云耶？

昔王子师为豫州，未下车即辟荀慈明，既下车又辟孔文举。山涛作冀州，甄拔三十余人，或为侍中、尚书，先代所美。而君侯亦荐一严协律，入为秘书郎。中间崔宗之、房习祖、黎昕、许莹之徒，或以才名见知，或以清白见赏。白每观其衔恩抚躬，忠义奋发，以此感激，知君侯推赤心于诸贤腹中，所以不归他人，而愿委身国士。傥[4]急难有用，敢效微躯。

且人非尧舜，谁能尽善？白谟猷[5]筹画，安能自矜？至于制作，积成卷轴，则欲尘秽视听。恐雕虫小技，不合大人。若赐观刍荛，请给纸墨，兼之书人，然后退扫闲轩，缮写呈上。庶青萍、结绿，长价于薛、卞之门。幸惟下流，大开奖饰，惟君侯图之。

【译文】我李白听说天下一些谈论世事的人，聚集在一起时就会说："人生不必封万户侯，只愿结识一下韩荆州。"为什么使人景仰爱慕竟然到了这样的程度呢！难道不是因为您有周公的风度，躬行吐哺、握发接待贤者的美德，

---

① 选自《唐文选》（高文、何法周主编），人民文学出版社 1987 年第一版。

② 畴曩（chóu nǎng）：往时，旧时。

③ 侔（móu）：相等。

④ 傥（tǎng）：同"倘"。

⑤ 谟猷（mó yóu）：谋划，谋略。

才使得海内豪杰俊才，都奔集到您的门下，一经接待，如登龙门，立刻名声身价大增，十倍于前吗？所以那些才能超群的读书人，都希望在君侯处获得美名，得到评价。君侯不因为自己的富贵而傲视他们，也不因为他们的寒贱而轻忽他们，那么在众多的宾客中定有毛遂那样的奇才，假使我李白能有脱颖而出的机会，我就是那样的人啊。

我李白是陇西平民，流落在楚地汉水一带。十五岁爱好剑术，拜访了许多地方长官；三十岁诗文有了成就，屡次拜谒朝廷高官。尽管我身高不满七尺，而心志超过万人。王公大人都赞许我有志节，讲道义。这是我从前的思想和行迹，怎敢不尽情地向您倾诉呢？

君侯的功业堪比神明，您的德行感动天地，您的文章阐明了宇宙变化规律，学问探究了天道与人事的关系。希望君侯敞开胸怀，和颜接纳，不要因为我行长揖之礼晋见而拒绝我。假如能用盛大的宴席接待我，听任我纵情畅谈，那么我请以日试万言来测试，我将手不停笔，倚马可待。当今天下人以君侯为评论文章的主宰，权衡人物的权威，士人一经您的好评就成为德才兼备的佳士。君侯为什么吝惜庭阶前一尺见方的地方，不使我李白扬眉吐气，奋发昂扬于青云之上呢？

从前王允任豫州刺史。尚未到任就征辟荀爽；到任之后又征辟孔融。山涛任冀州刺史，考察选拔了三十余人，有的任侍中，有的做尚书，这都是为前代所赞美的。

君侯您也先荐举过严协律，进入朝廷担任秘书郎；还有崔宗之、房习祖、黎昕、许莹这班人，有的因为才干声名而得到您的了解，有的因品行清白而被您赏识。李白每每看到他们感恩戴德，抚躬自问，以忠义奋发自勉。李白也因此而感激，知道君侯对许多贤人赤诚相待，所以不归依他人，而愿把身心命运托付给国中才德至高的人。倘使君侯在急难之际，有用得着我的地方，我自当献身效命。

而且，人不是尧舜，谁能十全十美？李白我在谋略策划方面，怎么能自负呢？至于写作，已经积累成卷轴，却想呈请君侯抽暇过目，只怕雕虫小技，不能受到大人的赏识。倘蒙垂顾，愿意看看拙作，那么，请赐予纸笔，加上书写人员。然后我将回去打扫安静的小屋，誊抄呈上。希望青萍宝剑、结绿美玉，在薛烛、卞和的手中提高价值。但愿君侯推恩于身处下位的人，大开奖励之门。请君侯考虑我的要求吧！

4.72 童区寄传①

【唐】柳宗元

童寄者，柳州荛②牧儿也。行牧且荛，二豪贼劫持，反接，布囊其口，去逾四十里之墟所卖之。寄伪儿啼，恐栗，为儿恒状。贼易之，对酒，饮醉。一人去为市；一人卧，植刃道上。童微伺其睡，以缚背刃，力下上，得绝；因取刃杀之。

逃未及远，市者还，得童，大骇，将杀童。遽③曰："为两郎僮，孰若为一郎僮耶？彼不我恩也；郎诚见完与恩，无所不可。"市者良久计曰："与其杀是僮，孰若卖之？与其卖而分，孰若吾得专焉？幸而杀彼，甚善！"即藏其尸，持童抵主人所，愈束缚牢甚。夜半，童自转，以缚即炉火烧绝之，虽疮手，无惮；复取刃杀市者。因大号。一墟皆惊。童曰："我区氏儿也，不当为僮。贼二人得我，我幸皆杀之矣！愿以闻于官。"

墟吏白州，州白大府。大府召视儿，幼愿耳。刺史颜证奇之，留为小吏，不肯。与衣裳，吏护还之乡。

乡之行劫缚者，侧目莫敢过其门。皆曰："是儿少秦武阳二岁，而讨杀二豪，岂可近耶？"

【译文】

儿童区寄，是柳州地区打柴放牛的孩子。一天，他正一边放牛一边打柴，有两个蛮横的强盗把他绑架了，反背着手捆起来，用布蒙住他的嘴，离开本乡四十多里地，想到集市上把他卖掉。区寄装成小孩儿似的哭哭啼啼，害怕得发抖，做出一副孩子常有的胆小的样子。强盗并不把他放在心上，面对面喝酒，喝醉了。一个强盗前去集市谈买卖孩子的生意，另一个躺下来，把刀插在路上。区寄暗暗看他睡着了，就把捆绑自己的绳子靠在刀刃上，用力地上下磨动，绳子断了，便拿起刀杀死了那个强盗。区寄逃出去没多远，那个上集市谈买卖的强盗回来了，抓住区寄，非常惊恐，打算要杀掉他。区寄急忙说："做两个主人的奴仆，哪里比得上做一个主人的奴仆呢？他不好好待我，主子你果真能保全我的性命并好好待我，无论怎么样都可以。"强盗盘算了很久，心

① 选自李浩、阎琦等选注的《唐文选》，人民文学出版社2011年第一版。童：儿童。区（ōu）寄：姓区名寄。

② 荛（ráo）：打柴。

③ 遽（jù）：惊慌。

想："与其杀死这个奴仆，哪里比得上把他卖掉呢？与其卖掉他后两个人分钱，哪里比得上我一个人独吞呢？幸亏杀掉了另一个强盗，好极了！"随即埋藏了那个强盗的尸体，带着区寄到集市中窝藏强盗的主人那里。他越发把区寄捆绑得结实。到了半夜，区寄自己转过身来，把捆绑的绳子就着炉火烧断了，虽然烧伤了手但也不怕，又拿过刀来杀掉了做买卖的强盗。然后大声呼喊，整个集市都惊动了。区寄说："我是姓区人家的孩子，不该做奴仆。两个强盗绑架了我，幸好我把他们都杀了，我愿把这件事报告官府。"

集镇的差吏把这件事报告了州官。州官又报告给府官。府官召见了区寄，认为他只是个年幼老实的小儿。刺史颜证认为他与众不同，便留他做小吏，区寄不愿意。刺史于是送给他衣裳，派官吏护送他回到家乡。乡里干抢劫勾当的强盗，都不敢正视区寄，没有哪一个敢经过他的家门，都说："这个孩子比秦武阳（当年）还小两岁，却杀死了两个强贼，怎么敢靠近他呢？"

4.73 原毁

【唐】韩愈

古之君子，其责己也重以周，其待人也轻以约。重以周，故不怠；轻以约，故人乐为善。

闻古之人有舜者，其为人也，仁义人也。求其所以为舜者，责于己曰："彼，人也；予，人也。彼能是，而我乃不能是!"早夜以思，去其不如舜者，就其如舜者。闻古之人有周公者，其为人也，多才与艺人也。求其所以为周公者，责于己曰："彼，人也；予，人也。彼能是，而我乃不能是!"早夜以思，去其不如周公者，就其如周公者。舜，大圣人也，后世无及焉；周公，大圣人也，后世无及焉。是人也，乃曰："不如舜，不如周公，吾之病也。"是不亦责于身者重以周乎！其于人也，曰："彼人也，能有是，是足为良人矣；能善是，是足为艺人矣。"取其一，不责其二；即其新，不究其旧：恐恐然惟惧其人之不得为善之利。一善易修也，一艺易能也，其于人也，乃曰："能有是，是亦足矣。"曰："能善是，是亦足矣。"不亦待于人者轻以约乎？

今之君子则不然。其责人也详，其待己也廉。详，故人难于为善；廉，故自取也少。己未有善，曰："我善是，是亦足矣。"己未有能，曰："我能是，是亦足矣。"外以欺于人，内以欺于心，未少有得而止矣，不亦待其身者已廉乎？

其于人也，曰："彼虽能是，其人不足称也；彼虽善是，其用不足称也。"举其一，不计其十；究其旧，不图其新：恐恐然惟惧其人之有闻也。是不亦责于人者已详乎？夫是之谓不以众人待其身，而以圣人望于人，吾未见其尊己也。

虽然，为是者有本有原，怠与忌之谓也。怠者不能修，而忌者畏人修。吾尝试之矣，尝试语于众曰："某良士，某良士。"其应者，必其人之与也；不然，则其所疏远不与同其利者也；不然，则其畏也。不若是，强者必怒于言，懦者必怒于色矣。又尝语于众曰："某非良士，某非良士。"其不应者，必其人之与也，不然，则其所疏远不与同其利者也，不然，则其畏也。不若是，强者必说于言，懦者必说于色矣。是故事修而谤兴，德高而毁来。呜呼！士之处此世，而望名誉之光，道德之行，难已！

将有作于上者，得吾说而存之，其国家可几而理欤！

【译文】古代的君子，他要求自己严格而周密，要求别人宽容而简约。严格而周密，所以不懈怠地进行道德修养；宽容而简约，所以人们乐于做好事。

听说古人中有个叫舜的，是个仁义的人；寻求舜所以成为舜的道理，就对自己要求说："他，是人，我，也是人；他能这样，而我却不能这样！"早晨晚上都在思考，改掉那些不如舜的地方，仿效那些与舜相同的地方。听说古人中有个叫周公的，是个多才多艺的人；寻求周公所以为周公的道理，对自己要求："他，是人，我也是人；他能够这样，而我却不能这样！"早晨晚上都在思考，改掉那些不如周公的地方，仿效那些像周公的地方。舜，是大圣人，后世没有人能赶上他的。周公，是大圣人，后世（也）没有人能赶上他的；这人就说："不如舜，不如周公，这是我的缺点。"这不就是对自己要求严格而全面吗？他对别人呢，就说："那个人，能有这些优点，这就够得上一个善良的人了；能擅长这些事，这就够得上一个有才艺的人了。"肯定他一个方面，而不苛求他别的方面；就他的现在表现看，不追究他的过去，提心吊胆地只怕那个人得不到做好事的益处。一件好事容易做到，一种技艺容易学会，（但）他对别人，却说："能有这些，这就够了。"（又）说："能擅长这些，这就够了。"（这）不就是要求别人宽而少吗？

现在的君子却不是这样，他要求别人全面，要求自己却很少。（对人要求）全面了，所以人们很难做好事；（对自己要求）少，所以自己的收获就少。自己没有什么优点，（却）说："我有这点优点，这也就够了。"自己没有什么才能，（却）说："我有这点技能，这也就够了。"对外欺骗别人，对内欺骗自己的良心，还没有一点收获就停止了，不也是要求自己的太少了吗？

他对别人，（就）说："他虽然才能这样，（但）他的为人不值得称赞。他虽然擅长这些，（但）他的本领不值得称赞。"举出他的一点（进行批评），不考虑他其余的十点（怎样），追究他过去（的错误），不考虑他现在的表现，提心吊胆地只怕他人有了名望，这不也是要求别人太全面了吗？

这就叫不用一般人的标准要求自己，却用圣人那样高的标准要求别人，我看不出他是在尊重自己。

虽然如此，这样做的人有他的思想根源，那就是懒惰和嫉妒。懒惰的人不能修养品行，而嫉妒别人的人害怕别人进步。我不止一次地试验过，曾经试着对众人说："某某是个好人，某某是个好人。"那些附和的人，一定是那个人的朋友；要不，就是他不接近的人，不同他有利害关系的人；要不，就是害怕他的人。如果不是这样，强硬的人一定毫不客气地说出反对的话，懦弱的人一定会从脸上表露出反对的颜色。又曾经对众人说："某某不是好人，某某不是好人。"那些不附和的人，一定是那人的朋友；要不，就是他不接近的人，不和他有利害关系的人；要不，就是害怕他的人。如果不是这样，强硬的人一定会高兴地说出表示赞成的话，懦弱的人一定会从脸上表露出高兴的颜色。所以，事情办好了，诽谤也就跟着来了，声望提高了，诬蔑也随着来了。唉！读书人处在这个世上，希望名誉昭著，道德畅行，真难了。

身居高位而将要有作为的人，如果得到我所说的这些道理而牢记住它，大概他的国家差不多就可以治理好了吧。

4.74 祭小侄女寄寄文[1]

【唐】李商隐

正月二十五日，伯伯以果子、弄物，招送寄寄体魄，归大茔[2]之旁。

哀哉！尔生四年，方复本族。既复数月，奄然归无。于鞠育而未深，结悲伤而何极！来也何故，去也何缘？念当稚戏之辰，孰测死生之位？

时吾赴调京下，移家关中，事故纷纶，光阴迁贸，寄瘗[3]尔骨，五年于兹。白草枯荄，荒途古陌，朝饥谁抱？夜渴谁怜？尔之栖栖，吾有罪矣！

今我仲姊，反葬有期。遂迁尔灵，来复先域。平原卜穴，刊石书铭。明知过礼之文，何忍深情所属！自尔殁[4]后，侄辈数人，竹马玉环，绣襜文褓[5]。堂前阶下，日里风中，弄药争花，纷吾左右。独尔精诚，不知所之。况吾别娶已来，胤绪未立，犹子之义，倍切他人。念往抚存，五情空热。

呜呼！荥水之上，坛山之侧。汝乃曾乃祖，松槚[6]森行；伯姑仲姑，冢坟相接。汝来往于此，勿怖勿惊。华彩衣裳，甘香饮食，汝来受此，无少无多。

汝伯祭乳，汝父哭汝，哀哀寄寄，汝知之耶？

【译文】正月二十五日，伯伯用瓜果、玩具，召唤寄寄的魂魄，回归祖坟之旁。

伤心啊！你出生四年之后，才回到自己的家中。然而仅仅过了几个月，便逝去了。家人养育之情还没有很深，悲伤却已经到了极致！你为什么出生，又为什么死去？怀念你嬉戏的时候，奈何我们却都预测不了生死。

那时我在京都等待官职，移家到关中，世事纷纶，光阴迁移，寄埋你的遗骨，如今已经五年了。白草萋萋，荒凉的小路上，白天饿了，谁来抱你？夜晚渴了，谁来怜爱你？你孤孤寂寂的，我有罪啊！

如今我的二姐，已经归返祖坟。于是也把你的魂灵迁葬至此。为你建造墓穴，写文作碑。明明知道这样违反了礼数，奈何实在对你一片疼爱之情。自从你逝去之后，侄子辈的几个人还小，在明月下玩着竹马，穿着绣花的衣服，堂

---

① 选自《李商隐选集》，周振甫选注，上海古籍出版社 1986 年第一版。

② 茔（yíng）：坟墓，坟地。

③ 瘗（yì）：掩埋，埋葬。

④ 殁（mò）：死。

⑤ 绣襜（chān）文褓：绣花的短袄，有纹饰的被子。

⑥ 松槚（jiǎ）：松树和槚树。

前阶下，日里风中，在我的左右玩耍吵闹。唯独你的灵魂，不知道去了哪里。况且我续弦以来，仍然没有子女。尤其对你的疼爱，更甚于他人。怀念往昔，抚摸着还在的你的同辈人，空有满腹的深情！

唉！荥水之上，坛山之侧。你的祖辈旁，松槚成行，你的大姑二姑，坟地相接。你在这里来来往往，不要恐怖惊讶。这些美丽的衣服，好吃的东西你尽管来享用吧。

我来祭奠你，你的父亲在哭送你。悲哀啊寄寄，你知道吗?

4.75 与博昌父老书

【唐】骆宾王

某月日，骆宾王谨致书于博昌父老：

承并无恙，幸甚幸甚。云雨俄别，风壤异乡。春渚青山，载劳延想。秋天白露，几变光阴。古人云：别易会难，不其然也！

自解携襟袖，一十五年。交臂存亡，略无半在。张学士溘从朝露①，辟闾公倏掩夜台②。故吏门人，多游蒿里；耆年宿德③，但见松丘。呜呼！泉壤殊途，幽明永隔。人理危促，天道奚言？感今怀旧，不觉涕之无从也。况过隙不留，藏舟难固。追惟逝者，浮生几何？哀缘物兴，事因情感。虽蒙庄一指，殆先觉于劳生；秦佚三号，讵④忘情于怛化⑤？啜其泣矣，尚何云哉？

又闻移县就乐安故城，廨宇邑居，咸徙其地；里闬⑥阡陌，徒有其名。荒径三秋，蔓草滋于旧馆；颓墉四望，拱木多于故人。嗟乎！仙鹤来归，辽东之城郭犹是；灵乌代谢，汉南之陵谷已非。

昔吾先君，出宰斯邑，清芬虽远，遗爱犹存。延首城池，何心天地？虽则山河四塞，是称无棣之墟；松槚千秋，有切维桑之里。故每怀夙昔，尚想经过。于役不遑，愿言徒拥。

今西成有岁，东户无为。野老清谈，怡然自得；田家浊酒，乐以忘忧。故可洽赏当年，相欢卒岁。宁复惠存旧好，追思昔游？所恨跂⑦予望之，经途密迩⑧。伫中衢而空轸⑨，巾下泽而莫因。风月虚心，形留神往；山川在目，室迩人遐。以此劳怀，增其叹息，情不遗旧，书何尽言。

【译文】某月某日，骆宾王恭谨地向博昌的父老乡亲送上这封书信：

接到来信，得知乡亲们都平安无事，我很高兴！我们像云与雨一样突然分别，之后我就流落到了异乡。每当看到春天长满青草的小洲，望见夏天苍翠碧

---

① 溘（kè）从朝露：突然间与世长辞。
② 倏（shū）掩夜台：这样快隐没于阴间。夜台：阴间。
③ 耆（qí）年宿德：德高望重的老人。
④ 讵（jù）：岂能。
⑤ 怛（dá）化：这里指死亡。怛，惊扰。
⑥ 里闬（hàn）：街巷。闬，乡里的门。
⑦ 跂（qí）：抬起脚跟。
⑧ 迩（ěr）：近。
⑨ 空轸（zhěn）：徒自嗟伤。轸，伤痛。

绿的青山，我就不禁引发对故乡长久的思念。秋天的白露呀（大雁南飞，令人思乡），也更让我想起分别后那些易逝的时光。古人说：离别容易相见难，不正是这样吗？

自从我和父老乡亲们离别，一晃已经十五年了。朋友们有的已经去世，活着的大概没有一半了。张学士如同早晨的露水一样忽然逝去，接着辟闾公也突然到了阴间地府。原来的下属宾客学生等，也多半离开人世。而那些德高望重的老人，也只能看到他们长满松柏的坟地。哎！阴阳之间，人鬼殊途，生死永别。人生短促，天道也说不清楚呀！感慨今天，怀念过去，我的眼泪不知不觉滚滚而下。况且人生苦短如白驹过隙，死生无常即使是保藏的很好的船只也难以幸免。在追忆死者的同时，不禁感慨我又能在世上活多久呢？情绪因睹物思人而悲哀，感情因事随境迁而伤感。虽然庄子把天地万物看作一个手指那样轻，他大概也是早就觉悟到人生的劳苦吧。秦佚大哭三声，又岂能因为老子之死而忘记两人之间的情谊呢？除了哽咽哭泣，我还有什么话可说的呢？

又听说把博昌县城迁移到了乐安旧城，官署衙门，全都迁往乐安。博昌的街道巷里，只留下一个个空名。荒无人迹的道路上，多年来杂草丛生，野草长满了旧时的房舍。站在断墙残壁上四下一望，坟地上的树木比故人还多。哎！仙鹤归来，辽东的城郭已物是人非了；时光流逝，汉南的陵谷已今非昔比了。

以前我的父亲，曾经出任博昌县令，他良好的政治名望虽然已经久远，但给百姓留下来的仁惠至今犹存。遥望博昌故城，天地是怎样一副心肠，竟能忍心令人如此悲伤？虽然博昌城四周有山河之险，但这时却成了无棣的废墟；虽然到处长满坟松冢柏，但仍有家乡的亲切之感。所以每当想起以前的事情，就总希望能再回故地重游。只因公务繁忙，空有心愿罢了。

如今丰收，世事太平。田家父老能够无事闲谈，高高兴兴，自得其乐；畅饮农家的浊酒，高兴得忘记了烦忧。正是应当及时行乐，高高兴兴地度过岁末呀。我们还能怀念旧日的友谊，追想从前游玩的快乐吗？我怀恨的是经常一踮脚尖就可以看到家乡，所经之路离家乡很近了却无法回到故乡。我常无缘无故地在路旁停下车子，长时间地站在四通八达的大路上，为自己不能回故乡一探而感到哀伤。尽管我的身体停留在自然美景之中却无心观赏，因为我的心思早已飞到了家乡。家乡的山河一切应该还是历历在目吧，可离故乡近了而离父老乡亲却仍然很远。因为这些我的内心无比苦闷，又增添了许多无尽的叹息。这些难以忘掉的旧日情谊呀，哪里是一封信能够写完的啊！

4.76 捕蛇者说

【唐】柳宗元

永州之野产异蛇，黑质而白章；触草木，尽死；以啮人，无御之者。然得而腊[①]之以为饵，可以已大风、挛踠[②]、瘘、疠，去死肌，杀三虫。其始，太医以王命聚之，岁赋其二，募有能捕之者，当[③]其租入。永之人争奔走焉。

有蒋氏者，专其利三世矣。问之，则曰："吾祖死于是，吾父死于是。今吾嗣[④]为之十二年，几死者数[⑤]矣。"言之，貌若甚戚者。

余悲之，且曰："若毒之乎？余将告于莅事者，更[⑥]若役，复若赋，则何如？"

蒋氏大戚，汪然出涕曰："君将哀而生之乎？则吾斯役之不幸，未若复吾赋不幸之甚也。向吾不为斯役，则久已病矣。自吾氏三世居是乡，积于今六十岁矣，而乡邻之生日蹙。殚其地之出，竭其庐之入，号呼而转徙，饥渴而顿踣[⑦]，触风雨，犯寒暑，呼嘘毒疠[⑧]，往往而死者相藉[⑨]也。曩[⑩]与吾祖居者，今其室十无一焉，与吾父居者，今其室十无二三焉，与吾居十二年者，今其室十无四五焉，非死则徙尔。而吾以捕蛇独存。悍吏之来吾乡，叫嚣乎东西，隳突[⑪]乎南北，哗然而骇者，虽鸡狗不得宁焉。吾恂恂而起，视其缶，而吾蛇尚存，则弛然而卧。谨食之[⑫]，时而献焉。退而甘食其土之有，以尽吾齿。盖一岁之犯死者二焉，其余则熙熙而乐，岂若吾乡邻之旦旦[⑬]有是哉！今虽死乎此，比吾乡邻之死则已后矣，又安敢毒耶？"

余闻而愈悲。孔子曰："苛政猛于虎也。"吾尝疑乎是，今以蒋氏观之，犹信。呜呼！孰知赋敛之毒有甚是蛇者乎？故为之说，以俟[⑭]夫[⑮]观人风者

---

① 腊（xī）：干肉。这里作动词，意思是把蛇晾干。
② 挛踠（luán wǎn）：手脚弯曲不能伸展。
③ 当（dàng）抵。
④ 嗣（sì）：继承。
⑤ 数（shuò）：多数。
⑥ 更（gēng）：更换。
⑦ 顿踣（bó）：（劳累得）跌倒在地上。
⑧ 疠（lì）：这里指疫气。
⑨ 死者相藉（jiè）：死人互相压着。
⑩ 曩（nǎng）：从前。
⑪ 隳（huī）突：骚扰。
⑫ 谨食（sì）之：小心地喂养它。
⑬ 旦旦（dàn）：天天。
⑭ 俟（sì）：等待。
⑮ 夫（fú）：那些。

得焉。

【译文】永州的野外出产一种奇异的蛇，（它）黑色的底子白色的花纹；这种蛇碰到草木，草木全都干枯而死；如果蛇咬了人，没有能够抵挡蛇毒的办法。然而捉到后把它晾干制作成药饵，可以用来治愈大风、挛踠、瘘、疠，去除死肉，杀死人体内的寄生虫。起初，太医以皇帝的命令征集这种蛇，每年征收两次，招募能够捕捉这种蛇的人，抵他的赋税。永州的人都争着去做（捕蛇）这件事。

有个姓蒋的人家，享有这种（捕蛇而不纳税的）好处三代了。我问他，他却说："我的祖父死在捕蛇这件差事上，我父亲也死在这件事情上。现在我继承祖业干这差事也已十二年了，险些丧命也有好几次了。"他说这番话时，神情像是很悲伤。

我很同情他，就说："你怨恨这差事吗？我将要告诉管理政事的人，让他更换你的差事，恢复你的赋税，怎么样？"

蒋氏（听了），更加悲伤，满眼含泪地说："您是哀怜（我），想让我活下去吗？我这差事的不幸，还不如恢复我赋税遭受的不幸那么厉害呀。如果我不干这差事，那我早已困苦不堪了。自从我家三代住到这个地方，累积到现在，已经六十年了，可乡邻们的生活一天天地窘迫，把他们土地上生产出来的都拿去，把他们家里的收入也尽数拿去（交租税仍不够），只得号啕痛哭辗转逃亡，又饥又渴倒在地上，（一路上）顶着狂风暴雨，冒着严寒酷暑，呼吸着带毒的疫气，一个接一个死去，处处死人互相压着。从前和我祖父同住在这里的，现在十户当中剩不下一户了；和我父亲住在一起的人家，现在十户当中只有不到两三户了；和我一起住了十二年的人家，现在十户当中只有不到四五户了。那些人家不是死了就是迁走了。可是我却由于捕蛇这个差事才活了下来。凶暴的官吏来到我乡，到处吵嚷叫嚣，到处骚扰，那种喧闹的样子惊扰了乡间的平静，即使是鸡狗也不得安宁呢！我就小心翼翼地起来，看看我的瓦罐，我的蛇还在，就放心地躺下了。我小心地喂养蛇，到规定的日子把它献上去。回家后有滋有味地吃着田地里出产的东西，来度过我的余年。估计一年当中冒死的情况只是两次，其余时间我都可以快快乐乐地过日子。哪像我的乡邻们天天都在危险之中呢！现在我即使死在这差事上，比起我的乡邻就已经死在（他们）后面了，又怎么敢怨恨（捕蛇这件事）呢？"

我听了（蒋氏的诉说）越听越悲伤。孔子说："严苛的政治比老虎还要凶猛啊！"我曾经怀疑过这句话，现在从蒋氏的遭遇来看，还真是可信的。唉！谁知道搜刮老百姓的毒害有比这种毒蛇更厉害呢！所以写了这篇文章，以期待那些（朝廷派遣的）考察民情的人从这里得知它。

4.77　阿房宫赋

【唐】杜牧

六王毕，四海一；蜀山兀，阿房[1]出。覆压三百余里，隔离天日。骊山北构而西折，直走咸阳。二川溶溶，流入宫墙。五步一楼，十步一阁；廊腰缦[2]回，檐牙高啄；各抱地势，钩心斗角。盘盘焉，囷囷[3]焉，蜂房水涡[4]，矗[5]不知其几千万落！长桥卧波，未云何龙？复道行空，不霁何虹？高低冥迷，不知西东。歌台暖响，春光融融；舞殿冷袖，风雨凄凄。一日之内，一宫之间，而气候不齐。

妃嫔[6]媵[7]嫱[8]，王子皇孙，辞楼下殿，辇[9]来于秦，朝歌夜弦，为秦宫人。明星荧荧，开妆镜也；绿云扰扰，梳晓鬟[10]也；渭流涨腻，弃脂水也；烟斜雾横，焚椒兰[11]也。雷霆乍惊，宫车过也；辘辘远听，杳[12]不知其所之也。一肌一容，尽态极妍，缦立远视，而望幸焉；有不得见者，三十六年。

燕、赵之收藏，韩、魏之经营，齐、楚之精英，几世几年，摽掠[13]其人，倚叠如山。一旦不能有，输来其间。鼎铛玉石，金块珠砾[14]，弃掷逦迤[15]，秦人视之，亦不甚惜。

嗟乎！一人之心，千万人之心也。秦爱纷奢，人亦念其家；奈何取之尽锱铢[16]，用之如泥沙？使负栋之柱，多于南亩之农夫；架梁之椽[17]，多于机上之

---

① 阿房（ē páng）：阿房宫。
② 缦（màn）：没有花纹的丝织品。
③ 囷（qūn）囷：回旋屈曲的样子。
④ 蜂房水涡（wō）：比喻宫室像蜂房那样密集，像水涡那样迂回。
⑤ 矗（chù）：高高地直立。
⑥ 妃嫔（fēi pín）：泛指皇帝的妾。
⑦ 媵（yìng）：指后妃陪嫁的女子。
⑧ 嫱（qiáng）：宫中女官名。
⑨ 辇（niǎn）：古代用人拉着走的车子，后多指天子或王室坐的车子。
⑩ 鬟（huán）：妇女梳的环形发髻。
⑪ 椒（jiāo）兰：香料。
⑫ 杳（yǎo）：无影无声。
⑬ 摽掠（biāo lüè）：抢劫，掳掠。
⑭ 砾（lì）：小石子。
⑮ 逦迤（lǐ yǐ）：绵延不断，这里指到处都是。
⑯ 锱铢（zī zhū）：古代重量单位。
⑰ 椽（chuán）：即椽子，放在梁上架着屋面板和瓦的木条。

工女；钉头磷磷，多于在庾①之粟粒；瓦缝参差②，多于周身之帛缕；直栏横槛③，多于九土之城郭；管弦呕哑，多于市人之言语。使天下之人，不敢言而敢怒；独夫之心，日益骄固。戍卒叫，函谷举；楚人一炬，可怜焦土。

呜呼！灭六国者，六国也，非秦也。族秦者，秦也，非天下也。嗟乎！使六国各爱其人，则足以拒秦；使秦复爱六国之人，则递三世可至万世而为君，谁得而族灭也？秦人不暇自哀，而后人哀之；后人哀之而不鉴之，亦使后人而复哀后人也。

【译文】六国的君主灭亡了，天下为秦所统一；蜀地的山上树木被砍尽，光秃秃的，阿房宫建造也就出来了。它面积广大覆压着三百多里地面，宫殿高耸把天日都隔离了。它从骊山向北建筑，再往西转弯，一直走向咸阳。渭水、樊川浩浩荡荡的，流进宫墙里边。五步一座楼，十步一个阁，走廊如绸带般萦回，牙齿般排列的飞檐像鸟嘴向高处啄着。楼阁依地势的高低倾斜而建筑低处的屋角钩住高处的屋心，并排相向的屋角彼此相斗。盘结交错，曲折回旋，远观鸟瞰，建筑群如密集的蜂房，如旋转的水涡，高高地耸立着，不知道它有几千万座。没有起云，为什么有龙？原来是一座长桥躺在水波上。不是雨过天晴，为什么出虹？原来是天桥在空中行走。（房屋）忽高忽低，幽深迷离，使人不能分辨东西。歌台上由于歌声响亮而充满暖意，有如春光融和；舞殿上由于舞袖飘拂而充满寒意，有如风雨凄凉。一天里边，一座宫殿中间，气候却不一样。

六国的宫妃和王子王孙。辞别六国的宫楼，走下六国的宫殿，坐着辇车来到秦国。他们早上歌唱，晚上奏乐，成为秦国的宫人。明亮的星星晶莹闪烁，这是宫妃们打开了梳妆的镜子；翠绿的云朵纷纷扰扰，这是宫妃们在梳理晨妆的发髻；渭水涨起一层油腻，这是宫妃们抛弃了的胭脂水；烟霭斜斜上升，云雾横绕空际，这是宫中在焚烧椒、兰制的香料；雷霆突然震响，这是宫车驶过去了；辘辘的车声越听越远，无影无踪，不知道它去到什么地方。每一片肌肤，每一种容颜，都美丽娇媚得无以复加。宫妃们久久地站着，远远地探视，盼望着皇帝来临。有的宫女竟整整三十六年没能见到皇帝。

燕赵收藏的金玉，韩魏营谋的珍宝，齐楚的精华物资，在多少世代多少年中，从他们的人民那里掠夺来，堆叠得像山一样。一下子不能保有了，都运送到阿房宫里边来。宝鼎被当作铁锅，美玉被当作顽石，黄金被当作土块，珍珠被当作沙砾，丢弃得到处接连不断，秦人看起来，也并不觉得可惜。

唉，一个人的意愿，也就是千万人的意愿啊。秦皇喜欢繁华奢侈，人民也

---

① 庾（yǔ）：露天的谷仓。

② 参差（cēn cī）：长短、高低、大小不一。

③ 槛（kǎn）：门槛。

顾念他们自己的家。为什么掠取珍宝时连一锱一铢都搜刮干净，耗费起珍宝来竟像对待泥沙一样。秦皇如此奢侈浪费，致使承担栋梁的柱子，比田地里的农夫还多；架在梁上的椽子，比织机上的女工还多；梁柱上的钉头光彩耀目，比粮仓里的粟粒还多；瓦楞长短不一，比全身的丝缕还多；或直或横的栏杆，比九州的城郭还多；管弦的声音嘈杂，比市民的言语还多。天下的人民，口不敢说，心里却无比愤怒。（可是）失尽人心的秦始皇的思想，一天天更加骄傲顽固。（结果）戍边的陈涉、吴广一声呼喊，函谷关被攻下，楚项羽放一把火，可惜（华丽的阿房宫）化为了一片焦土。

唉！灭亡六国的是六国自己，不是秦国啊。族灭秦王朝的是秦王朝自己，不是天下的人啊。可叹呀！假使六国各自爱护它的人民，就完全可以依靠人民来抵抗秦国。假使秦王朝又爱护六国的人民，那就顺次传到三世还可以传到万世做皇帝，谁能够族灭它呢？（秦王朝灭亡得太迅速）秦人还没工夫哀悼自己而后人哀悼他；如果后人哀悼他却不把他作为镜子来吸取教训，也只会使更后的人又来哀悼这后人啊。

4.78 滕王阁序

【唐】王勃

豫章故郡，洪都新府。星分翼轸，地接衡庐。襟三江而带五湖，控蛮荆而引瓯越。物华天宝，龙光射牛斗之墟；人杰地灵，徐孺下陈蕃之榻。雄州雾列，俊采星驰。台隍枕夷夏之交，宾主尽东南之美。都督阎公之雅望，棨戟[①]遥临；宇文新州之懿范，襜帷[②]暂驻。十旬休假，胜友如云；千里逢迎，高朋满座。腾蛟起凤，孟学士之词宗；紫电青霜，王将军之武库。家君作宰，路出名区；童子何知，躬逢胜饯。

时维九月，序属三秋。潦水尽而寒潭清，烟光凝而暮山紫。俨[③]骖騑[④]于上路，访风景于崇阿；临帝子之长洲，得天人之旧馆。层台耸翠，上出重霄；飞阁流丹，下临无地。鹤汀凫渚，穷岛屿之萦回；桂殿兰宫，列冈峦之体势。

披绣闼[⑤]，俯雕甍[⑥]，山原旷其盈视，川泽纡[⑦]其骇瞩。闾阎扑地，钟鸣鼎食之家；舸舰迷津，青雀黄龙之舳[⑧]。云销雨霁，彩彻区明。落霞与孤鹜齐飞，秋水共长天一色。渔舟唱晚，响穷彭蠡之滨；雁阵惊寒，声断衡阳之浦。

遥襟甫畅，逸兴遄[⑨]飞。爽籁[⑩]发而清风生，纤歌凝而白云遏[⑪]。睢园绿竹，气凌彭泽之樽；邺水朱华，光照临川之笔。四美具，二难并。穷睇眄[⑫]于中天，极娱游于暇日。天高地迥，觉宇宙之无穷；兴尽悲来，识盈虚之有数。望长安于日下，目吴会于云间。地势极而南溟深，天柱高而北辰远。关山难越，谁悲失路之人？萍水相逢，尽是他乡之客。怀帝阍[⑬]而不见，奉宣室以何年？

---

① 棨（qí）戟：有套的戟。
② 襜（chān）帷：车的帷幔。
③ 俨（yán）：同“严”，整齐的样子。
④ 骖騑（cān fēi）：驾车两旁的马。
⑤ 闼（tà）：小门。
⑥ 甍（méng）：屋脊。
⑦ 纡（yū）：迂回曲折。
⑧ 舳（zhú）：这里指船。
⑨ 遄（chuán）：迅速。
⑩ 籁（lài）：排箫。
⑪ 遏（è）：阻止。
⑫ 睇眄（dì miǎn）：看。
⑬ 帝阍（hūn）：原指天帝的守门者，这里指皇帝的宫门。

嗟乎！时运不齐，命途多舛[1]。冯唐易老，李广难封。屈贾谊于长沙，非无圣主；窜梁鸿于海曲，岂乏明时？所赖君子见机，达人知命。老当益壮，宁移白首之心？穷且益坚，不坠青云之志。酌贪泉而觉爽，处涸辙[2]以犹欢。北海虽赊[3]，扶摇可接；东隅已逝，桑榆非晚。孟尝高洁，空余报国之情；阮籍猖狂，岂效穷途之哭！

勃，三尺微命，一介书生。无路请缨，等终军之弱冠；有怀投笔，慕宗悫[4]之长风。舍簪笏[5]于百龄，奉晨昏于万里。非谢家之宝树，接孟氏之芳邻。他日趋庭，叨陪鲤对；今晨捧袂[6]，喜托龙门。杨意不逢，抚凌云而自惜；钟期既遇，奏流水以何惭？

呜乎！胜地不常，盛筵难再；兰亭已矣，梓泽丘墟。临别赠言，幸承恩于伟饯；登高作赋，是所望于群公。敢竭鄙怀，恭疏短引；一言均赋，四韵俱成。请洒潘江，各倾陆海云尔：

滕王高阁临江渚，佩玉鸣鸾罢歌舞。
画栋朝飞南浦云，珠帘暮卷西山雨。
闲云潭影日悠悠，物换星移几度秋。
阁中帝子今何在？槛外长江空自流。

【译文】这里是汉代的豫章郡城，如今是洪州的都督府所在，天上的方位属于翼，轸两星宿的分野，地上的位置联结着衡山和庐山。以三江为衣襟，以五湖为衣带，控制着楚地，连接着闽越。物类的精华，是上天的珍宝，宝剑的光芒直冲上牛、斗二星的区间。人中有英杰，因大地有灵气，陈蕃专为徐孺设下几榻。雄伟的洪州城，房屋像雾一般罗列，英俊的人才，像繁星一样地活跃。城池坐落在夷夏交界的要害之地，主人与宾客，集中了东南地区的英俊之才。都督阎公，享有崇高的名望，远道来到洪州坐镇；宇文州牧，是美德的楷模，赴任途中在此暂留。正逢十日休假的日子，杰出的友人云集，高贵的宾客，也都不远千里来到这里聚会。文坛领袖孟学士，文章的气势像腾起的蛟龙，飞舞的彩凤；王将军的武库里，藏有像紫电、青霜这样锋利的宝剑。由于父亲在交趾做县令，我在探亲途中经过这个著名的地方。我年幼无知，竟有幸亲身参加了这次盛大的宴会。

---

① 舛（chuǎn）：乖违，不顺。
② 处涸辙（hé zhé）：比喻人陷入危急之中。
③ 赊（shē）：远。
④ 宗悫（què）：南朝宋人，少年时很有抱负，说“愿乘长风破万里浪”。
⑤ 簪（zān）笏（hù）：这里指官职。
⑥ 袂（mèi）：衣袖。

时当九月，秋高气爽。积水消尽，潭水清澈，天空凝结着淡淡的云烟，暮霭中山峦呈现一片紫色。在高高的山路上驾着马车，在崇山峻岭中访求风景。来到昔日帝子的长洲，找到仙人居住过的宫殿。这里山峦重叠，青翠的山峰耸入云霄。凌空的楼阁，红色的阁道犹如飞翔在天空，从阁上看不到地面。白鹤，野鸭停息的小洲，极尽岛屿的迂曲回环之势，雅浩的宫殿，跟起伏的山峦配合有致。

打开雕花的阁门，俯视彩饰的屋脊，山峰平原尽收眼底，湖川曲折令人惊讶。遍地是里巷宅舍，许多钟鸣鼎食的富贵人家。舸舰塞满了渡口，尽是雕上了青雀黄龙花纹的大船。正值雨过天晴，虹消云散，阳光朗煦，落霞与孤雁一起飞翔，秋水和长天连成一片。傍晚渔舟中传出的歌声，响彻彭蠡湖滨，雁群感到寒意而发出的惊叫，鸣声到衡阳之浦为止。

放眼远望，胸襟刚感到舒畅，超逸的兴致立即兴起，排箫的音响引来的徐徐清风，柔缓的歌声吸引住飘动的白云。像睢园竹林的聚会，这里善饮的人，酒量超过彭泽县令陶渊明，像邺水赞咏莲花，这里诗人的文采，胜过临川内史谢灵运。（音乐与饮食，文章和言语）这四种美好的事物都已经齐备，（良辰美景，赏心乐事）这两个难得的条件也凑合在一起了，向天空中极目远眺，在假日里尽情欢娱。苍天高远，大地寥廓，令人感到宇宙的无穷无尽。欢乐逝去，悲哀袭来，我知道了事物的兴衰成败是有定数的。西望长安，东指吴会，南方的陆地已到尽头，大海深不可测，北方的北斗星多么遥远，天柱高不可攀。关山重重难以越过，有谁同情不得志的人？萍水偶尔相逢，大家都是异乡之客。怀念着君王的宫门，但却不被召见，什么时候才能够去侍奉君王呢？

呵，各人的时机不同，人生的命运多有不顺。冯唐容易衰老，李广难得封侯。贾谊遭受委屈，被贬于长沙，并不是没有圣明的君主，梁鸿逃匿到齐鲁海滨，难道不是政治昌明的时代？只不过由于君子安于贫贱，通达的人知道自己的命运罢了。年纪虽然老了，但志气应当更加旺盛，怎能在白头时改变心情？境遇虽然困苦，但节操应当更加坚定，决不能抛弃自己的凌云壮志。即使喝了贪泉的水，心境依然清爽廉洁；即使身处干涸的主辙中，胸怀依然开朗愉快。北海虽然十分遥远，乘着羊角旋风还是能够到达；早晨虽然已经过去，而珍惜黄昏却为时不晚。孟尝君心地高洁，但白白地怀抱着报国的热情；阮籍为人放纵不羁，我们怎能学他那种穷途的哭泣！

我地位卑微，只是一个书生。虽然和终军一样年已二十一，却无处去请缨杀敌。我羡慕宗悫那种“乘长风破万里浪”的英雄气概，也有投笔从戎的志向。如今我抛弃了一生的功名，不远万里去朝夕侍奉父亲。虽然称不上谢家的“宝树”，但是能和贤德之士相交往。不久我将见到父亲，聆听他的教诲。今天我侥幸地奉陪各位长者，高兴地登上龙门。假如碰不上杨得意那样引荐的人，就只有抚拍着自己的文章而自我叹惜。既然已经遇到了钟子期，就弹奏一曲《流水》又有什么可羞愧的呢？

呵！名胜之地不能常存，盛大的宴会难以再逢。兰亭宴集已为陈迹，石崇的梓泽也变成了废墟。承蒙这个宴会的恩赐，让我临别时作了这一篇序文，至于登高作赋，这只有指望在座诸公了。我只是冒昧地尽我微薄的心意，作了短短的引言。在座诸位都按各自分到的韵字赋诗，我已写成了四韵八句（录在后面）。请在座诸位施展潘岳、陆机一样的才笔，各自谱写瑰丽的诗篇吧！

滕王高阁临江渚，佩玉鸣鸾罢歌舞。
画栋朝飞南浦云，珠帘暮卷西山雨。
闲云潭影日悠悠，物换星移几度秋。
阁中帝子今何在？槛外长江空自流。

4.79 进资治通鉴表[①]

【宋】司马光

臣光言：先奉敕编集《历代君臣事迹》，又奉圣旨赐名《资治通鉴》，今已了毕者。

伏念臣性识愚鲁，学术荒疏，凡百事为，皆出人下。独于前史，粗尝尽心，自幼至老，嗜之不厌。每患迁、固以来，文字繁多，自布衣之士，读之不遍，况于人主，日有万机，何暇周览！臣常不自揆，欲删削冗长，举撮机要，专取关国家兴衰，系生民休戚，善可为法，恶可为戒者，为《编年》一书，使先后有伦，精粗不杂，私家力薄，无由可成。

伏遇英宗皇帝，资睿智之性，敷文明之治，思历览古事，用恢张大猷，爰诏下臣，俾[②]之编集。臣夙昔所愿，一朝获伸，踊跃奉承，惟惧不称。先帝仍命自选辟官属，於崇文院置局，许借龙图、天章阁、三馆、秘阁书籍，赐以御府笔墨缯帛及御前钱以供果饵，以内臣为承受，眷遇之荣，近臣莫及。不幸书未进御，先帝违弃群臣。陛下绍膺大统，钦承先志，宠以冠序，锡之嘉名，每开经筵，常令进读。臣虽顽愚，荷两朝知待如此其厚，陨身丧元，未足报塞，苟智力所及，岂敢有遗！会差知永兴军，以衰疾不任治剧，乞就冗官。陛下俯从所欲，曲赐容养，差判西京留司御史台及提举嵩山崇福宫，前后六任，仍听以书局自随，给之禄秩，不责职业。臣既无他事，得以研精极虑，穷竭所有，日力不足，继之以夜。阅旧史，旁采小说，简牍盈积，浩如烟海，抉擿[③]幽隐，校计豪厘。上起战国，下终五代，凡一千三百六十二年，修成二百九十四卷。又略举事目，年经国纬，以备检寻，为目录三十卷。又参考群书，评其同异，俾归一途，为《考异》三十卷，合三百五十四卷。自治平开局，迨今始成，岁月淹久，其间抵牾[④]，不敢自保，罪负之重，固无所逃。臣光诚惶诚惧，顿首顿首。

重念臣违离阙庭[⑤]，十有五年，虽身处于外，区区之心，朝夕寤寐，何尝不在陛下之左右！顾以驽蹇[⑥]，无施而可，是以专事铅椠[⑦]，用酬大恩，庶竭

---

① 选自《宋文选》，丁放、武道房选注，人民文学出版社，2014 年 10 月北京第一版。

② 俾（bǐ）：使。

③ 抉擿（tī）：抉择、择取。

④ 抵牾（wǔ）：抵触、矛盾。

⑤ 阙（què）庭：人的两眉之间。这里指朝廷。

⑥ 驽蹇（nú jiǎn）：劣马。

⑦ 铅椠（qiàn）：古人书写文字的工具。

涓尘，少裨[①]海岳。臣今骸骨癯瘁[②]，目视昏近，齿牙无几，神识衰耗，目前所为，旋踵遗忘。臣之精力，尽于此书。伏望陛下宽其妄作之诛，察其愿忠之意，以清闲之燕，时赐省览，监前世之兴衰，考当今之得失，嘉善矜恶，取得舍非，足以懋[③]稽古之盛德，跻[④]无前之至治。俾四海群生，咸蒙其福，则臣虽委骨九泉，志愿永毕矣！

谨奉表陈进以闻。臣光诚惶诚惧，顿首顿首，谨言。

【译文】臣司马光言：先前，接奉圣旨，要我编纂《历代君臣事迹》。不久，再接奉圣旨，赐名《资治通鉴》。现在，全书已完全定稿。我性情愚昧而且鲁莽，学术更是荒疏，所做的事，都在别人之下。惟独对于历史，心有所爱，从幼到老，嗜好不倦。深深的感觉到，自从司马迁、班固以来，史籍越来越多，普通人有的是时间，还读不完，更何况高高在上的君王，日理万机，哪有闲暇？我常怀一种抱负，打算加以整理，删除多余的废话，摘取其中的精华，专门收集有关国家兴衰、人民悲欢、善可以为法、恶可以为戒的政治行为，编著一部编年史。使先后顺序，明确呈现，内容篇幅，繁简适当。只因为私人力量单薄，无法着手。

幸而遇到英宗皇帝（宋王朝第五任皇帝），聪明睿智，关心文化推展，想了解古时政事，借此作为制定国家大计方针的根据。特地下令，教我着手编纂。往日的愿望，忽然可以发挥，欢欣鼓舞，不能自已。唯一恐惧的是，才疏学浅，难以胜任。先帝又命我自己物色任用助手，在崇文院内设立编辑局，准许向龙图阁、天章阁、“三馆”（昭文馆、集贤馆、国史馆）以及秘阁等图书馆借用图书。并发给御用的笔墨纸砚，更特别犒赏提供水果点心。并指定宦官充当联络官，有何需求可以直接报先帝。我受到的恩之深，宠之隆，近代从来没有过。不幸书还没有进呈，先帝竟先行去世。陛下（宋王朝第六任皇帝））继位大统，也继承遗志，颁赐序文，亲为本书命名。御前讲座时，也常命我宣读。我虽然愚昧，但受到两任皇上如此厚待，即令杀身枭首，也不能报答万一。只要能力够用，岂敢有丝毫惰怠？那时，政府派我代理永兴（陕西省西安市）战区司令官（知永兴军），因身体衰弱，又患病未痊，不能从事繁重工作，请求改调其他官职。陛下顾念下情，答应我的请求，命我担任西京（河南省洛阳市）留守政府监察总监，兼任西京嵩山崇福宫管理官。前后六次调动职务，都让编辑局跟我一同迁移。并且只发经费，从不规定业绩时限。我既没有其他重大事务，就投入全部精力，精细研究，竭尽心力。白天不够使用，

---

① 裨（bì）：益处。

② 癯瘁（qú cuì）：瘦弱憔悴。

③ 懋（mào）：劝勉，勉励。

④ 跻（jī）：登，上升。

继之以黑夜。不但选录正史，还从旁采及野史（小说）、书信和文件，材料堆积如大海。我们从最隐秘处发掘历史真相，对每一个字都校正它是否错误。上起战国，下至五代，凡一千三百六十二年，共二百九十四卷。另外，再编索引，以年月为纵的轨迹，以事件为横的叙述，便于读者查考，命名《目录》，凡三十卷。再另外，参考各种图书，考证它们的异同，说明真伪，再成《考异》三十卷。——总共三百五十四卷。回溯过去，自治平年间开始着手，到今天才算完成，悠悠岁月，中间受到政局影响，我自己都不敢相信能够平安，负罪至重，不容逃避。臣司马光，诚惶诚恐，顿首顿首。

敬请陛下垂念我远离中央，已十有五年，虽然身在外地，但区区之心，无论早晚，无论清醒或睡梦，何尝不在陛下左右。因天性拙笨，无从效力，是以专门从事文字工作，报答皇恩，只求点滴之水和微粒之尘，以增加大海之深和大山之高。我现在身体憔悴，双目近视，牙齿几乎全部脱落，精神耗损枯竭。眼前办的事，一转身就都忘掉，残余精力，在此书上全部耗尽。敬请陛下宽恕我因妄自著作而应处罚的重罪，俯察我一念之忠，在清闲休息的时候，顺手翻阅。参考前代王朝的兴衰，考查当今政治措施的得失，嘉奖善良，排除罪恶，坚持正义，改正错误，就足可以追踪古代的盛世，使国家迈入以前从没有过的太平境界。四海之内的苍生，都蒙受到福祉。那么，我虽葬身黄泉之下，平生志愿也已得到回报。

谨上奏章，请鉴。臣司马光诚惶诚恐，顿首顿首，谨言。

4.80 《少年中国说》（节选）

【清】梁启超

日本人之称我中国也，一则曰老大帝国，再则曰老大帝国。是语也，盖袭译欧西人之言也。呜呼！我中国其果老大矣乎？梁启超曰：恶[①]！是何言！是何言！吾心目中有一少年中国在！

欲言国之老少，请先言人之老少。老年人常思既往，少年人常思将来。惟思既往也，故生留恋心；惟思将来也，故生希望心。惟留恋也，故保守；惟希望也，故进取。惟保守也，故永旧；惟进取也，故日新。惟思既往也，事事皆其所已经者，故惟知照例；惟思将来也，事事皆其所未经者，故常敢破格。老年人常多忧虑，少年人常好行乐。惟多忧也，故灰心；惟行乐也，故盛气。惟灰心也，故怯懦[②]；惟盛气也，故豪壮。惟怯懦也，故苟且；惟豪壮也，故冒险。惟苟且也，故能灭世界；惟冒险也，故能造世界。老年人常厌事，少年人常喜事。惟厌事也，故常觉一切事无可为者；惟好事也，故常觉一切事无不可为者。老年人如夕照，少年人如朝阳；老年人如瘠牛，少年人如乳虎。老年人如僧，少年人如侠。老年人如字典，少年人如戏文。老年人如鸦片烟，少年人如泼兰地酒。老年人如别行星之陨石，少年人如大洋海之珊瑚岛。老年人如埃及沙漠之金字塔，少年人如西比利亚之铁路；老年人如秋后之柳，少年人如春前之草。老年人如死海之潴为泽，少年人如长江之初发源。此老年与少年性格不同之大略也。任公曰：人固有之，国亦宜然。

呜呼！我中国其果老大矣乎？立乎今日以指畴昔[③]，唐虞三代，若何之郅治[④]；秦皇汉武，若何之雄杰；汉唐来之文学，若何之隆盛；康乾间之武功，若何之烜赫[⑤]。历史家所铺叙，词章家所讴歌，何一非我国民少年时代良辰美景、赏心乐事之陈迹哉！而今颓然老矣！昨日割五城，明日割十城，处处雀鼠尽，夜夜鸡犬惊。十八省之土地财产，已为人怀中之肉；四百兆之父兄子弟，已为人注籍之奴，岂所谓“老大嫁作商人妇”者耶？呜呼！凭君莫话当年事，憔悴[⑥]韶光不忍看！楚囚相对，岌岌顾影，人命危浅，朝不虑夕。国为待死之

① 恶（wū）：表示感叹的助词，相当于“唉”。这里有反对的意思。
② 怯懦（qiè nuò）：胆小怕事。
③ 畴（chóu）昔：往昔，以前。
④ 郅（zhì）治：把国家治理得太平强盛。郅：极至。
⑤ 烜（xuǎn）赫：形容名声很大或声势很大。
⑥ 憔悴（qiáo cuì）：衰败。

国，一国之民为待死之民。万事付之奈何，一切凭人作弄，亦何足怪！

且我中国畴昔，岂尝有国家哉？不过有朝廷耳！我黄帝子孙，聚族而居，立于此地球之上者既数千年，而问其国之为何名，则无有也。夫所谓唐、虞、夏、商、周、秦、汉、魏、晋、宋、齐、梁、陈、隋、唐、宋、元、明、清者，则皆朝名耳。朝也者，一家之私产也。国也者，人民之公产也。朝有朝之老少，国有国之老少。朝与国既异物，则不能以朝之老少而指为国之老少明矣。文、武、成、康，周朝之少年时代也。幽、厉、桓、赧，则其老年时代也。高、文、景、武，汉朝之少年时代也。元、平、桓、灵，则其老年时代也。自余历朝，莫不有之。凡此者谓为一朝廷之老也则可，谓为一国之老也则不可。一朝廷之老且死，犹一人之老且死也，于吾所谓中国者何与焉。然则，吾中国者，前此尚未出现于世界，而今乃始萌芽云尔。天地大矣，前途辽矣。美哉我少年中国乎！

任公曰：造成今日之老大中国者，则中国老朽之冤业也。制出将来之少年中国者，则中国少年之责任也。彼老朽者何足道，彼与此世界作别之日不远矣，而我少年乃新来而与世界为缘。如僦屋①者然，彼明日将迁居他方，而我今日始入此室处。将迁居者，不爱护其窗栊，不洁治其庭庑，俗人恒情，亦何足怪！若我少年者，前程浩浩，后顾茫茫。中国而为牛为马为奴为隶，则烹②脔③鞭棰之惨酷，惟我少年当之。中国如称霸宇内，主盟地球，则指挥顾盼之尊荣，惟我少年享之。于彼气息奄奄与鬼为邻者何与焉？彼而漠然置之，犹可言也。我而漠然置之，不可言也。使举国之少年而果为少年也，则吾中国为未来之国，其进步未可量也。使举国之少年而亦为老大也，则吾中国为过去之国，其澌④亡可翘足而待也。故今日之责任，不在他人，而全在我少年。少年智则国智，少年富则国富；少年强则国强，少年独立则国独立；少年自由则国自由；少年进步则国进步；少年胜于欧洲，则国胜于欧洲；少年雄于地球，则国雄于地球。红日初升，其道大光。河出伏流，一泻汪洋。潜龙腾渊，鳞爪飞扬。乳虎啸谷，百兽震惶。鹰隼⑤试翼，风尘翕⑥张。奇花初胎，矞矞皇皇⑦。干将发硎⑧，有作其芒。天戴其苍，地履其黄。纵有千古，横有八荒。前途似海，来日方长。美哉我少年中国，与天不老！壮哉我中国少年，与国无疆！

---

① 僦（jiù）屋：租赁房屋。
② 烹（pēng）：煮。
③ 脔（luán）：切成小块的肉，这里用作动词，宰割之意。
④ 澌（sī）：竭尽。
⑤ 隼（sǔn）：一种凶猛的鸟。
⑥ 翕（xī）：闭合、收拢。
⑦ 矞（yù）矞皇皇：形容生机勃勃。
⑧ 硎（xíng）：磨刀石。

【译文】日本人称呼我们中国，一称作老大帝国，再称还是老大帝国。这个称呼，大概是承袭照译了欧洲西方人的话。真是实在可叹啊！我们中国果真是老大帝国吗？梁任公说：不！这是什么话！这算什么话！在我心中有一个少年中国存在。

要想说国家的老与少，请让我先来说一说人的老与少。老年人常常喜欢回忆过去，少年人则常常喜欢考虑将来。由于回忆过去，所以产生留恋之心；由于考虑将来，所以产生希望之心。由于留恋，所以保守；由于希望，所以进取。由于保守，所以永远陈旧；由于进取，所以日日更新。由于回忆过去，所有的事情都是他已经经历的，所以只知道照惯例办事；由于思考未来，各种事情都是他所未经历的，因此常常敢于破格。老年人常常多忧虑，少年人常常喜欢行乐。因为多忧愁，所以容易灰心；因为要行乐，所以产生旺盛的生气。因为灰心，所以怯懦；因为气盛，所以豪壮。因为怯懦，所以只能苟且；因为豪壮，所以敢于冒险。因为苟且因循，所以必定使社会走向死亡；因为敢于冒险，所以能够创造世界。老年人常常厌事，少年人常常喜欢任事。因为厌于事，所以常常觉得天下一切事情都无可作为；因为好任事，所以常常觉得天下一切事情都无不可为。老年人如夕阳残照，少年人如朝旭初阳。老年人如瘦瘠的老牛，少年人如初生的虎犊。老年人如坐僧，少年人如飞侠。老年人如释义的字典，少年人如活泼的戏文。老年人如抽了鸦片洋烟，少年人如喝了白兰地烈酒。老年人如告别行星向黑暗坠落的陨石，少年人如海洋中不断增生的珊瑚岛。老年人如埃及沙漠中矗立的金字塔，少年人如西伯利亚不断延伸的大铁路。老年人如秋后的柳树，少年人如春前的青草。老年人如死海已聚水成大泽，少年人如长江涓涓初发源。这些是老年人与少年人性格不同的大致情况。梁任公说：人固然有这种不同，国家也应当如此。

真是可悲啊，我们中国果真已经是老大帝国了吗？站在今天以纵览往昔，尧、舜和夏商周三代，是何等美好的政治；秦始皇汉武帝，是何等的英雄豪杰；汉代唐代以来的文学，是何等的兴隆繁盛；康熙、乾隆年间的武功，是何等的盛大显赫。历史家所铺叙记载的，文学家所尽情讴歌的，哪一样不是我们国民少年时代的良辰美景、赏心乐事的陈迹呢！而今颓然衰老了！昨天割去五座城，明天又割去十座城，处处穷得鼠雀不见踪影，夜夜扰得鸡犬不得安宁。全国的土地财产，已成为别人怀中的肥肉；四万万父兄同胞，已成注名于他人户册上的奴隶，这难道不就像“老大嫁作商人妇”的人一样吗？可悲啊，请君莫说当年事，衰老憔悴的光阴不忍目睹！像束手待毙的楚囚相对，孤单地自顾垂危的身影，性命险危，可谓朝不保夕，国家成为等死的国家，国民成为等死的国民。万事已到了无可奈何的地步，一切都听凭他人作弄，也没有什么值得奇怪的！

况且我们中国的过去，哪里曾出现过所谓的国家呢？不过仅仅有过朝廷罢了！我黄帝子孙，聚族而居，自立于这个地球上既有数千年，然而问一问这个国家叫什么名称，则竟没有名称。前所谓唐、虞、夏、商、周、秦、汉、魏、晋、宋、齐、梁、陈、隋、唐、宋、元、明、清的，都是朝廷的名称罢了。所谓朝廷，乃是一家的私有财产。所谓国家，乃是人民公有的财产。朝代有朝代的老与少，国家也有国家的老与少。朝廷与国家既是不同的事物，那么不能以朝廷的老少指代国家老少的道理就很明白了。文王、武王、成王、康王时代，是周朝的少年时代。至幽王、厉王、桓王、赧王时代，就是周朝的老年时代了。高祖、文帝、景帝、武帝时代，是汉朝的少年时代。至元帝、平帝、桓帝、灵帝时代，就是汉朝的老年时代了。自汉以后各代，没有一个朝代不具有少年时代和老年时代的。凡此种种称为一个朝廷老化是可以的，称为一个国家老化就不可以。一个朝廷衰老将死，犹如一个人衰老将死一样，与我所说的中国有什么相干呢。那么，我们中国，只不过以前尚未出现在世界上，而今才刚刚开始萌芽罢了。天地是多么广大啊，前途是多么辽阔啊，多么美啊我的少年中国！

梁任公说：造成今天衰老腐朽中国的，是中国衰老腐朽人的罪孽。创建未来的少年中国的，是中国少年一代的责任。那些衰老腐朽的人有什么可说的，他们与这个世界告别的日子不远了，而我们少年才是新来并将与世界结缘。如租赁房屋的人一样，他们明天就将迁到别的地方去住，而我们今天才搬进这间屋子居住。将要迁居别处的人，不爱护这间屋子的窗户，不清扫治理这间房舍的庭院走廊，这是俗人常情，又有什么值得奇怪的！至于像我们少年人，前程浩浩远大，回顾辽阔深远。中国如果成为牛马奴隶，那么烹烧、宰割、鞭打的惨酷遭遇，只有我们少年承受。中国如果称霸世界，主宰地球，那么发号施令左顾右盼的尊贵光荣，也只有我们少年享受；这对于那些气息奄奄将与死鬼做邻居的老朽有什么关系？他们如果漠然对待这一问题还可以说得过去。我们如果漠然地对待这一问题，就说不过去了。假如使全国的少年成为充满朝气的少年，那么我们中国作为未来的国家，它的进步是不可限量的；假如全国的少年也变成衰老腐朽的人，那么我们中国就会成为从前那样的国家，它的灭亡不久就要到来。所以说今天的责任，不在别人身上，全在我们少年身上。少年聪明我国家就聪明，少年富裕我国家就富裕；少年强大我国家就强大，少年独立我国家就独立；少年自由我国家就自由；少年进步我国家就进步；少年胜过欧洲，我国家就胜过欧洲；少年称雄于世界，我国家就称雄于世界。红日刚刚升起，道路充满霞光；黄河从地下冒出来，汹涌奔泻浩浩荡荡；潜龙从深渊中腾跃而起，它的鳞爪舞动飞扬；小老虎在山谷吼叫，所有的野兽都害怕惊慌，雄鹰隼鸟振翅欲飞，风和尘土高卷飞扬；奇花刚开始孕起蓓蕾，灿烂明丽茂盛茁壮；干将剑新磨，闪射出光芒。头顶着苍天，脚踏着大地，从纵的时间看有悠久的历史，从横的空间看有辽阔的疆域。前途像海一般宽广，未来的日子无限远长。美丽啊我的少年中国，将与天地共存不老！雄壮啊我的中国少年，将与祖国万寿无疆！

4.81 治安疏[1]

【明】海瑞

户部云南清吏司主事臣海瑞[2]谨奏：为直言天下第一事，以正君道、明臣职、求万世治安事。

君者，天下臣民万物之主也。惟其为天下臣民万物之主，责任至重。凡民生利瘼[3]一有所不闻，将一有所不得知而行，其任为不称。是故养君之道，宜无不备，而以其责寄臣工，使尽言焉。臣工尽言，而君道斯称矣。昔之务为容悦，谀顺[4]曲从，致使实祸蔽塞，主不上闻焉，无足言矣。过为计者，则又曰："君子危明主，忧治世。"夫世则治矣，以不治忧之；主则明矣，以不明危之。毋乃使之反求眩瞀，失趋舍矣乎[5]？非通论也。

臣受国恩厚矣，请执有犯无隐之义。美曰美，不一毫虚美；过曰过，不一毫讳过。不容悦，不过计，披肝胆为陛下言之。

汉贾谊陈政事于文帝曰："进言者皆曰天下已安已治矣，臣独以为未也。

---

① 《治安疏》，又称《直言天下第一疏》《谏修斋建醮疏》，是明代海瑞于嘉靖45年（公元1566年）主动提交给明世宗朱厚熜的一篇奏疏。这篇奏疏指责了嘉靖皇帝迷信道教、妄想长生、错聩误国的过失，指出天下吏贪将弱、民不聊生都因他的"误举"所致，作者在文后提出了改革政事革除时弊的具体意见。海瑞忧心大明王朝衰败，对国家治理有很务实的想法，但苦于奸臣当道无处着力。嘉靖四十三年十月海瑞迁升户部主事，能直接上书朝廷，遂以死谏之心上此《治安疏》。世宗见疏果然大怒，对其免官入监。世宗死后，穆宗朱载垕即位，恢复海瑞官职，后又屡次升迁，最终海瑞因病逝于南京右佥都御史任上。《治安疏》全篇语言朴素简明，既语重心长言辞恳切，又说理透辟义正辞严，首尾相贯浑然一体，从始至终充满了作者忧国忧民的思想情感，刚直不阿，耿耿忠心，荡气回肠。海瑞上《治安疏》的时间学术界多有争议：吴海京著《资治通鉴续纪》为嘉靖45年2月（中国文史出版社，2014年1月第1版，第2680页），大众文艺出版社组编的《中国皇帝全书》为嘉靖45年2月（2010年10月第1版，第3388页），清人吴乘权著《纲鉴易知录》为嘉靖45年正月（中华书局，2012年2月第1版，2021年1月第6次印刷，第4520页），左羽、杜涌主编的《历代上皇帝书》为嘉靖45年（中国政法大学出版社，1995年1月第1版，第676页），学林出版社2015年第一版《明文观止》引自《海瑞集》为嘉靖45年，百度百科引自两篇学术论文为嘉靖44年。本文文言部分选自学林出版社2015年9月第1版《明文观止》，白话译文由王立宏收《治安疏》入本书时参考相关资料自行翻译。

② 海瑞（1514年1月22日—1587年11月13日）：字汝贤，号刚峰，海南琼山（今海口市）人。明朝著名清官。海瑞一生，经历了正德、嘉靖、隆庆、万历四朝。海瑞历任州判官、户部主事、兵部主事、尚宝丞、两京左右通政、右佥都御史等职。他打击豪强，疏浚河道，修筑水利工程，力主严惩贪官污吏，禁止徇私受贿，并推行一条鞭法，强令贪官污吏退田还民，有"海青天""南包公"之誉。万历十五年（1587年），海瑞病逝于南京官邸。获赠太子太保，谥号忠介。

③ 利瘼（mò）：即利病。瘼，痛苦。

④ 谀（yú）顺：奉承阿顺。

⑤ "毋（wú）乃"两句：只怕使人反而弄得模糊混乱，不知何去何从。眩瞀（mào）：眼睛昏花，视物不清，这里引申为模糊混乱。

曰安且治者，非愚则谀。”夫文帝，汉贤君也，贾谊非苛责备也。文帝性仁类柔，慈恕恭俭，虽有近民之美；优游退逊，尚多怠废之政。不究其弊所不免，概以安且治当之，愚也；不究其才所不能，概以致安治颂之，谀也。

陛下自视于汉文帝何如？陛下天资英断，睿识绝人，可为尧、舜，可为禹、汤、文、武，下之如汉宣帝之励精，光武之大度，唐太宗之英武无敌，宪宗之志平僭乱①，宋仁宗之仁恕，举一节可取者，陛下优为之。即位初年，铲除积弊，焕然与天下更始。举其略：如箴②敬一以养心，定冠履以辨分，除圣贤土木之像，夺宦官内外之权，元世祖毁不与祀③，祀孔子推及所生，天下忻忻然④以大有作为仰之。识者谓辅相得人，太平指日可期也，非虚语也，高汉文帝远甚。然文帝能充其仁顺之性，节用爱人，吕祖谦称其不尽人之才力，情是也。一时天下虽未可尽以治安予之，而贯朽粟陈，民少康阜，三代后称贤君焉。

陛下则锐情未久，妄念牵之而去矣。反刚明而错用之，谓遥兴可得，而一意玄修。富有四海，不曰民之脂膏在是也，而侈兴土木；二十余年不视朝，纲纪弛矣；数行推广事例，名爵滥矣；二王不相见，人以为薄于父子；以猜疑诽谤戮辱臣下，人以为薄于君臣；乐西苑而不返宫，人以为薄于夫妇。天下吏贪将弱，民不聊生，水旱靡时，盗贼滋炽。自陛下登极初年，亦有之，而未甚也。今赋役增常，万方则效。陛下破产礼佛日甚，室如悬磬，十余年来极矣。天下因即陛下改元之号而臆之曰：“嘉靖者，言家家皆净而无财用也。”

迩者严嵩⑤罢黜，世蕃极刑，差快人意，一时称清时焉。然严嵩罢相之后，犹之严嵩未相之先而已，非大清明世界也，不及汉文帝远甚。天下之人不直陛下久矣，内外臣工之所知也。知之，不可谓愚。《诗》云：“衮职有阙，惟仲山甫补之。”今曰所赖以弼棐⑥匡救，格非而归之正，诸臣责也，岂以圣人而绝无过举哉？古昔设官，亮采惠畴足矣，不必责之以谏。保氏掌谏王恶，不必设也。木绳金砺，圣贤不必言之也。乃修斋建醮⑦，相率进香，天桃天

---

① 僭（jiàn）乱：虚妄淆乱，犯上作乱。

② 箴（zhēn）：明世宗作过一篇《敬一箴》。箴，规戒。

③ 祀（sì）：本义是指永久祭祀，后引申为泛指祭祀。

④ 忻（xīn）然：喜悦愉快的样子。忻忻然指非常开心的样子。

⑤ 严嵩（sōng）（1480 年 3 月 3 日—1567 年）：字惟中，号介溪，袁州府分宜介桥村（今江西省分宜县）人。明孝宗弘治十八年进士，累迁礼部尚书、翰林院学士。嘉靖二十一年（1542 年）六十三岁时入阁，加少傅兼太子太师、谨身殿大学士，后改少师、华盖殿大学士。严嵩是明朝重要权臣和历史上著名的奸臣，擅专国政达 20 年之久。晚年被明世宗疏远，抄家去职后两年，在贫病交加中去世，终年八十七岁。严嵩死前寄食于墓舍，死后既无棺木下葬，更无吊唁之人。严嵩生平著述甚丰，主要有《钤山堂集》《钤山诗选》《直庐稿》《南宫奏议》《历官表奏》《嘉靖奏对录》《南还稿》《振秀集》《山堂诗抄》等。

⑥ 弼棐（fěi）：辅导。

⑦ 建醮（jiào）：道士设法坛做法事。

药，相率表贺。建兴宫室，工部极力经营；取香觅宝，户部差求四出。陛下误举，诸臣误顺，无一人为陛下一正言焉。都俞吁咈[①]之风，陈善闭邪之义，邈无闻矣，谀之甚也。然愧心馁气，退有后言，以从陛下；昧没本心，以歌颂陛下，欺君之罪何如！

夫天下者，陛下之家也。人未有不顾其家者。内外臣工，其官守，其言责，皆所以奠陛下之家而磐石[②]之也。一意玄修，是陛下心之惑也；过于苛断，是陛下情之偏也。而谓陛下不顾其家，人情乎？诸臣顾身念重，得一官多以欺败、脏败、不事事败，有不足以当陛下之心者。其不然者，君心臣心偶不相值也，遂谓陛下为贱薄臣工。诸臣正心之学微，所言或不免己私，或失详审，诚如胡寅挠乱政事之说，有不足以当陛下之心者。其不然者，君意臣言偶不相值也，遂谓陛下为是己拒谏。执陛下一二事不当之形迹，亿陛下千百事之尽然，陷陛下误终不复，诸臣欺君之罪大矣。《记》曰："上人疑则百姓惑，下难知则君长劳。"今日之谓也。

为身家心与惧心合，臣职不明，臣一二事形迹说，既为诸臣解之矣。求长生心与惑心合，有辞于臣，君道不正，臣请再为陛下开之。

陛下之误多矣，大端在修醮。修醮所以求长生也。自古圣贤止说修身立命，止说顺受其正。盖天地赋予于人而为性命者，此尽之矣。尧、舜、禹、汤、文、武之君，圣之盛也，未能久世不终。下之，亦未见方外士自汉、唐、宋存至今日，使陛下得以访其术者。陶仲文，陛下以师呼之，仲文则既死矣。仲文尚不能长生，而陛下独何求之？至谓天赐仙桃药丸，怪妄尤甚。昔伏羲氏王天下，龙马出河，因则其文以画八卦；禹治水时，神龟负文而列于背，因而第之以成九畴。《河图》《洛书》，实有此瑞物，泄此万古不传之秘。天不爱道而显之圣人，藉圣人以开示天下，犹之日月星辰之布列，而历数成焉，非虚妄事也。宋真宗获天书于乾祐山，孙奭[③]进曰："天何言哉？岂有书也！"桃言采而得，药人工捣合以成者也。无因而至，桃药有足行耶？天赐之者，有手执而付之耶？陛下玄修多年矣，一无所得。至今日，左右奸人逆陛下悬思妄念，区区桃药导之长生，理之所无，而玄修之无益可知矣。

陛下又将谓悬刑赏以督率臣下，分理有人，天下无不可治，而玄修无害矣乎？夫人幼而学，无致君泽民[④]异事之学；壮而行，亦无致君泽民殊用之心。《太甲》曰："有言逆于汝心，必求诸道；有言逊于汝志，必求诸非道。"言顺

---

① 都俞吁咈（xū fú）：四字都属叹词，是《尚书·尧典》中尧、舜、禹对话时的用词。以为可，则曰都曰俞；以为否，则曰吁曰咈。后引申用以赞美君臣论政问答，表示气象雍睦、君臣和洽。

② 磐（pán）石：厚而大的石头，也作盘石，常用来比喻坚定不移的信念。

③ 孙奭（shì）（962—1033 年）：字宗古，博州博平（今山东茌平区博平镇）人，北宋时大臣、经学家、教育家。著有《经典徽言》及《五经节解》《乐记图》《五服制度》等，是十三经注疏中《孟子注疏》中"疏"的完成者。

④ 致君泽民：辅佐君主，为君主效力，为天下百姓谋福祉。

者之未必为道也。即近事观，严嵩有一不顺陛下者乎？昔为贪窃，今为逆本。梁材守官守道，陛下以为逆者也。历任有声，官户部者至今首称之。虽近日严嵩抄没，百官有惕心焉，无用于积贿求迁，稍自洗涤。然严嵩罢相之后，犹严嵩未相之先而已。诸臣为严嵩之顺，不为梁材之执。今甚者贪求，未甚者挨日，见称于人者，亦廊庙山林，交战热中，鹘突①依违，苟举故事。洁已格物，任天下重，使社稷灵长终必赖之者，未见其人焉。得非有所牵掣②其心，未能纯然精白使然乎？陛下欲诸臣惟予行而莫逆也，而责之效忠，付之以翼为明听也，又欲其顺吾玄修土木之误，是股肱③耳目不为腹心卫也，而自为视听持行之用。有臣如仪、衍焉，可以成"得志与民由之"之业，无是理也。

陛下诚知玄修无益，臣之改行，民之效尤，天下之不安不治由之，翻然悔悟，日视正朝，与宰辅、九卿、侍从、言官讲求天下利害，洗数十年君道之误，置其身于尧、舜、禹、汤、文、武之上；使其臣亦得洗数十年阿君之耻，置其身与皋、夔④、伊、傅相后先；明良喜起，都俞吁咈。内之宦官宫妾，外之光禄寺厨役、锦衣卫恩荫、诸衙门带俸，举凡无事而官者亦多矣。上之内仓内库，下之户、工部，光禄寺诸厂，藏段绢、粮料、珠宝、器用、木材诸物，多而积于无用，用之非所宜用亦多矣，诸臣必有为陛下言者。诸臣言之，陛下行之，此则在陛下一节省间而已。京师之一金，田野之百金也，一节省而国有余用，民有盖藏，不知其几也。而陛下何不为之？

官有职掌，先年职守之正、职守之全而未之行。今日职守之废、职守之苟且因循，不认真、不尽法而自以为是。敦本行以端士习，止上纳以清仕途，久任吏将以责成功，练选军士以免召募，驱缁黄⑤游食使归四民，责府州县兼举富教，使成礼俗，复屯盐本色以裕边储，均田赋丁差以苏困敝，举天下官之侵渔、将之怯懦、吏之为奸，刑之无少姑息焉。必世之仁，博厚高明悠远之业，诸臣必有为陛下言者。诸臣言之，陛下行之，此则在陛下一振作间而已。一振作而百废具举，百弊铲绝，唐、虞三代之治粲然复兴矣，而陛下何不为之？

节省之，振作之，又非有所劳于陛下也。九卿总其纲，百职分其绪，抚按科道纠率肃清于其间，陛下持大纲、稽治要而责成焉。劳于求贤，逸于任用，如天运于上，而四时六气各得其序，恭已无为之道也。天地万物为一体，固有之性也。民物熙洽，熏为太和，而陛下性分中有真乐矣。可以赞天地之化育，则可与天地参。道与天通，命由我立，而陛下性分中有真寿矣。此理之所有，

① 鹘（hú）突：模糊混沌，不明白事理或疑惑不定，亦作"鹘鸰"。

② 牵掣（chè）：牵制，影响之使不能自由行动。

③ 股肱（gōng）：本指人的大腿和胳膊，后多喻左右辅佐之臣。

④ 夔（kuí）：我国历史上有书可查的最早的音乐家。生活在荒僻之处，具有非凡的音乐才能，后受到舜的赏识提拔为乐官，主理乐舞之事。

⑤ 缁（zī）黄：指僧道。僧人缁服，道士黄冠。

可旋至而立有效者也。若夫服食不终之药，遥兴轻举，理之所无者也。理所无而切切然散爵禄、竦精神，玄修求之，悬思凿想，系风捕影，终其身如斯而已矣，求之其可得乎？

君道不正，臣职不明，此天下第一事也。于此不言，更复何言？大臣持禄而外为谀，小臣畏罪而面为顺，陛下诚有不得知而改之行之者，臣每恨焉。是以昧死竭忠，惓惓为陛下言之。一反情易向之间，而天下之治与不治，民物之安与不安，于焉决焉。伏惟陛下留神，宗社幸甚，天下幸甚。臣不胜战栗恐惧之至，为此具本亲赍，谨具奏闻。

【译文】户部云南清吏司主事海瑞恭谨上奏：我要直言陈奏天下第一要事，以求匡正君道、明确臣职、保万世治安。

国君是天下臣民万物的主宰。正因国君是天下之主，故而责任重大。如民生治安因信息不畅而措置失当，就是君主没有负起责任。故而君主应了解各方面的情况，臣子应尽力为君主服务，忠于职守畅所欲言。臣子尽到了自己的责任，君主的责任也才算尽到了。过去那些专图讨好，曲意逢迎，不让君主听到实际情况的人，现在用不着说他们了。危言耸听的人或许会说："君子以明主为危，以治世为忧。"天下太平了却要把它当不太平来忧虑，国君英明了却要把他当不英明来担心，只怕反而让人思维混乱，无所适从，这种说法不符合现在的情况！

臣蒙受深厚国恩，宁可直言得罪也不想说假话。好就说好，不妄加拔高，错就说错，不避讳掩饰。不刻意讨好您，也不计较得失，今天要披肝沥胆向陛下实话实说。

汉代贾谊向文帝陈奏政事时说："向陛下汇报的人都说天下已安定太平，我不这么认为。说天下又安定又太平的人，不是愚笨就是奉承。"文帝是汉朝贤君，贾谊却并非苛责求全。文帝生性仁善，类似柔弱，对人宽宏大度，生活俭朴，有亲近臣民的美德，但喜欢悠闲自得，遇事好退让，所以常耽搁荒废政事。如果臣下看不到弊政产生的原因，一概用安定太平之类的话语来粉饰，这是愚蠢；看不到文帝的才能有所不足，一再为安定太平的盛世唱赞歌，就是阿谀奉承。

陛下您自觉比奉行道教"无为而治"政策的汉文帝怎样？陛下天资聪明果断，远见过人，可成为尧、舜那样的贤君，也可成为夏禹、商汤、周文王、周武王那样的明君，在他们之下还有像汉宣帝的励精图治，光武帝的豁达大度，唐太宗的英武无敌，唐宪宗的立志平定割据叛乱，宋仁宗的仁恕等，这些帝王所具备的优点，无论哪一项，您都能做得更好。陛下即位之初，就能清除积弊使国家焕然一新。略举数例（以证我言之不虚）：您曾写文章《敬一箴》提倡敬顺专一修心养性；确定衣冠服饰制度来辨别身份；下令废除孔庙里的塑像只用木主牌位；剥夺宦官的朝廷内外之权；将元世祖从历代帝王庙所中剔除不再祭祀；孔庙里兼祭孔子父母并恩荫其后裔。那时天下人都很期待，高兴地盼望着您大有作为。有识之士认为只要辅政宰相人选恰当，太平盛世就指日可待，这并非不切实际的赞语，陛下比汉文帝确实聪明太多了。但汉文帝能充分发挥仁顺天性，节减用度，体恤民情，所以宋朝的吕祖谦赞誉他善于用人，能尽人才之力。当时天下虽然还不能用太平安定来称颂，但太仓盈满，钱粮长期堆积如山，百姓安乐富足，大家公认他是夏商周三代后的贤君。

可惜陛下的锐意进取之心未能持久，就被一些荒诞想法引导到别的地方去了。您错用聪明才智做出判断，认为国家一定将兴旺发达，于是就去专心修道了。陛下富有天下，却不念及这都是百姓创造的财富，而去大兴土木；您二十多年不上朝，导致纲纪废驰；朝廷卖官鬻爵引发处处效仿，还美其名曰推广事例，导致名爵泛滥；常和方士一起炼丹却不和儿子相见，臣民认为陛下轻视父子之情；因猜疑和诽谤杀戮凌辱朝臣，臣民认为您缺少君臣之礼；整日待在西苑而不回宫中，臣民认为您轻视夫妇之情。天下官吏贪污、将领怯弱、民不聊生、水旱灾频发、盗贼猖獗，这些事在陛下登基初年也有，但没这么严重。如今赋税徭役越来越重，各级官吏都效法朝廷，盘剥百姓无度，陛下耗尽钱财信崇道教，变本加厉，百姓赤贫度日，十余年来已登峰造极。所以陛下更改年号时，天下人故意猜想说："嘉靖，就是家家都穷得干干净净啥也不剩。"

近来严嵩罢相，严世蕃被处死刑，大家略感快意，当下被称为政治清明时期。但事实是严嵩罢相之后的政事，不过和他做宰相以前差不多，并没有清明多少，远远赶不上汉文帝时期。天下百姓对陛下心怀不满已很久了，这一点内外臣工都了解。能了解这种局面的臣民，说明还没有非常愚笨，《诗经》上说："周宣王不能完全尽职，仲山甫能从旁补救。"今天依赖群臣辅助以纠正陛下所犯之错，使您回归正途，正是群臣的职责，怎能认为圣人不会犯错而不助其纠偏呢？（如果圣人不会犯错）古代设立官职时，只要设具体办事的职位就够了，而不必要求官员进言劝谏，也不必再设"保氏"这种负责劝谏君王的谏官，更不用说圣人默认设立木绳金砺这类斧正纠偏的体系了。陛下醮修时，群臣要相继进香；方士奉上天桃天药，群臣又相继上表祝贺；陛下要兴修宫殿，工部就尽全力经营；想获取香料和宝物，户部又会派人四处寻找。陛下行为谬误，群臣就荒谬地追随，没有一个人能替陛下阐明是非。奖励良善惩治不法的作风和扬善抑邪的道理，早已听不到了，因为阿谀已经成风。然而人们虽不敢直言，内心却很羞愧，即使在背后议论，仍只能在外表上顺从陛下。如此藏起真心，为陛下歌功颂德，这是多大的欺君之罪啊！

天下，就是陛下的家。人没有不顾念自己家的。内外大臣，做官的操守和谏言的职责，都是为稳固陛下之家而发挥磐石作用的。陛下一味修真，是受人迷惑，过于苛刻独断，也不是您生性如此，不能就这样断定陛下不顾家，这合乎人情吗？群臣顾及身家性命，为保住官位而循私废公，终因欺骗被罢，因贪赃被罢，因不做事被罢，这些官员不合陛下心意是很自然的事。如果不是因为上述原因，也不合您的心意，那就是陛下之心与大臣之心偶不相投，但有人就疑心您看轻臣子并侮辱臣子。另外有一种人，自己的心思不正，言论中或是为了个人的利益，或是不够详明正确，就象胡寅扰乱政事的奏疏那样，这些人不合您的意旨，也是很自然的。如果以上情况都不是，君意和臣意仍不相符，就认为陛下固执己见不接受劝谏。抓住一两件这样的事，就推测您在千百件事上向来如此，害得您一直被人误解，群臣的欺君之罪就太大了。《礼记》上说："君主多疑于上，百姓就无所适从，大臣不忠于下，君主就劳苦不堪。"说的就是今天这种情况。

当群臣为身家考虑之私心与怕触怒君王的恐惧心相结合，做臣子的职责就模糊不清，我已举过一二件事例，对这些人做过分析了。当陛下寻求长生的妄念与迷惑不明之心相合，群臣就有了说道，觉得一切皆因君道不正所致，请允许我对此再加分析。

陛下的失误很多，大部分都因修醮所致。修醮是为了追求长生不老。自古以来，圣贤只不过讲求涵养道德颐养生命，顺应生老病死的自然法则。天地赋予人生命，不过如此罢了。唐尧、虞舜、夏禹、商汤、周文王、周武王都是圣贤中的大贤，也没能长生不老。之后也没见有僧道术士能从汉、唐、宋活到现在，而能让陛下访其长生之术的。传您长生之术的陶仲文，陛下以师相称，陶仲文却已经死了。陶仲文都不能长生，陛下还独自寻求什么长生？至于说天赐仙桃和药丸，更是怪诞荒谬。从前伏羲氏统治天下，龙马从黄河跃出，伏羲模仿它身上花纹画出了八卦；大禹治水时出现了神龟，把神龟背上的各种纹路排列起来，最终形成了有关天道人事的九种法则。确有《河图》《洛书》这种吉祥之物显露了万古不传的秘密，上苍将天道显之于圣人，借圣人来明示天下，就象日月星辰分布在天空，历数依此制成一样，并不虚妄。宋真宗愧于"澶渊之盟"而在乾佑山伪造天书粉饰太平，大臣孙奭谏言道："天会说什么？怎么还会有书呢？"所谓仙桃是要采摘才能得到，仙药是经人工捣合才能制成，无缘无故就得到了，难道桃和药长了脚吗？既然说是上天赐予的，那么是上天用手拿着交付的吗？陛下玄修多年，什么也没得到，今天，身边奸佞小人迎合陛下的胡思乱想，以为用区区的桃和药就能说明确实可以长生不老，真是毫无道理，可想而知玄修不会有任何好处。

陛下又会说用明示刑赏来督率群臣，各级官员分理公务，天下就一定能治理好，在此基础上再玄修求长生就没有害处了吗？阿谀之臣从小学习时，就没有学到致君泽民的方法和修养，壮年时做官也没有致君泽民的志向。《尚书·太甲》上说："遇有不合自己心意的话，要看看它是否合于道理，遇有迎合自己心愿的话，要看看它是否有不合道理之处。"也就是说，顺从心意的未必就是有道理的。就近事来看，严嵩有一句话不顺从陛下吗？然而严党过去是贪权逐利的祸害，今天是忤逆乱政的根源。梁材恪尽职守遵循礼法，被陛下认为是大逆不道，但他在各任上都声誉卓著，是户部官吏中至今为止最被人称颂的。近日严嵩抄家后百官虽有所畏惧，知道不能再以贿赂谋求升迁，稍微收敛了以前的恶习。然而严嵩罢相之后的局面不过如同严嵩做丞相之前而已。百官仍然只愿学严嵩的顺从，不肯学梁材的正直不阿。现今的情势是，坏人仍然贪求无厌，普通人在得过且过混日子，即使素有誉声的好人，也不过是在做官和退隐间犹豫不决，含糊敷衍，循规蹈矩做样子罢了。而那种洁身自爱探研真理、对天下负有责任、能肩负国运维护长治久安之人，至今却一个也没有发现。不就是因为好人被掣肘，不能尽心尽忠做事，才弄到如今这个局面吗？陛下既要众臣顺从圣意，又要他们尽忠，既要众臣做助手和耳目，又要大家顺从您玄修建醮和大兴土木的荒谬行为，这就象不用四肢耳目去保卫心腹之柔弱，而由心腹自己去执行看、听、持物和走路的功能一样。照此下去，即便陛下有了象张仪和公孙衍那样能干的臣子，欲成就“与百姓同享太平伟业”也不可能，因为天下没有这样的成事道理。

陛下如果确能认识到玄修有害无益，那么群臣的转变、百姓的祸福、天下的不安定不太平局面都将因此而不同，所以陛下应翻然悔悟，每天上朝理政，与宰辅、九卿、侍从、言官讨论探求天下利弊，洗刷几十年来的君道失误，您就能成为比尧、舜、夏禹、商汤、周文王、周武王更英明的国君；群臣也能洗刷几十年来对皇上只知阿谀奉承的耻辱，成为与皋陶（gāo yáo）、夔、伊尹、傅说（fù yuè）相媲（pì）美的贤臣，君臣就能互相勉励彼此敬重。内朝的宦官宫女、外朝的光禄寺厨役、锦衣卫中那些受祖先恩荫的人及各衙门中的额外冗员，这些没有具体工作的官员太多了。上至皇家仓库，下到户部、工部、光禄寺等衙门里所藏的缎绢、粮料、珠宝、器用、木材等物资很多，大量堆积却没有实际用处，且在不该用的地方用了很多，白白浪费很是可惜，群臣中一定有人向陛下说过这些事。大臣进谏，陛下采纳实行，这对您来说只是略略动了点节省的念头而已。京师里的一块金子，到田野百姓那里能抵百金使用，陛下略微节省，国家财政就会有盈余，百姓就会增加积储，利国利民的好处还不知会有多少，这么好的事，陛下为什么不做呢？

每个官职岗位都有职掌范围，早些年国家对官员职守的规定正规且全面，却没有很好实行。现今官员对其职守或荒废，或因循苟且，或不遵法度，却自以为是。敦促道德礼法来端正士风；禁止纳贡以确保仕途清明；官吏将领任期较长的，责成他们必须要有所成就；平日就要选练军士，以免战争时代临时召募；要驱使僧道游民回到士、农、工、商行业里自谋营生；要责令府州县各级地方官既要发展生产，又须推行教化，形成遵从礼仪的社会风气；要恢复屯田盐场仍缴纳粮盐实物以供军需的制度来充实边防军的储备；要按地亩交粮，按人口应役，以恢复百姓元气使之脱困；要检举天下官吏的贪墨、将领的怯懦、小吏的奸诈，对此严加惩处绝不姑息。这些就是当世的最大仁政，施行之，就能创立博大英明的久远伟业，之前也一定有大臣向陛下提过这些建议。对这些好建议，陛下应很快付诸实践，这对您来说只需略略振作即可。略有振作能使百废俱兴，百弊尽除，尧舜禹三代的盛世就能很快显现，陛下为什么不做呢？

稍事节省与振作精神，对陛下来说并不费力。九卿掌握大政方针，百官承担具体职责，巡抚、巡按及科道官员纠察内外，严肃纲纪，陛下考核政令的实施情况，督促各级官员拿出实际成果。在访求贤才上多费精神，对贤人委以官职，自己就能省时省力，这就像老天在上总体安排，四时六气各按次序运行，犹如君主有德可感化臣民，就无需事必亲躬。天地万物为一体，自有它的道理。百姓安居乐业日渐富庶，形成祥和气氛，陛下自然能得到真正的快乐和价值。在赞美天地化育人间万物之功时，亦可向天地参悟万物一体的道理。大道与天命相通，命运由自己掌握，陛下就能真正地实现长寿理想。这是真正的道理，转身就能做到，立刻就能见效。而服食丹药求长生不老，只能臆想遥遥无期无法验证的效果，天下没有这样的道理。对毫无道理的人和事急切间就赏赐爵禄，还要费尽心神玄修寻找，苦思冥想捕风捉影，到死也只不过就是这样罢了，按这样子能求来长生不老吗？

君道不正，臣职不明，是天下第一大事。作为臣下，对此不言，还能说其他的什么事情呢？位高权重的大臣为保禄位阿谀奉承，地位低下的小臣害怕获罪外表顺从，陛下有过失却不知道，不能改正也不能执行，臣每想到这里便痛心疾首。所以今日冒死竭忠，诚实真切地向陛下进言，望陛下能改变心意，转换思想倾向，天下大治与否，百姓安稳与否，都取决于陛下您的决定。恳求陛下思考辨别，若能采纳臣之谏言，即为宗庙社稷之幸，黎民百姓之幸。臣斗胆直言至此，不禁战栗恐惧至极，故而亲自给陛下呈上奏本。

第五卷

贤能优秀成长基础：阅读与观影推荐

5.01 贵能小作家一级（青蛙）必读书

101《宝葫芦的秘密》 中国 张天翼 人民邮电出版社
102《二混子历史漫画系列》 中国 二混子 江苏凤凰文艺出版社
103《小猪唏哩呼噜》 中国 孙幼军 春风文艺出版社
104《少年读史记》 中国 张嘉骅 青岛出版社
105《小牛顿科学馆》 中国 台湾牛顿出版公司 贵州教育出版社
106《安徒生童话》 丹麦 安徒生 商务印书馆
107《父与子》 德国 卜劳恩 中国妇女出版社
108《三毛流浪记（全集）》 中国 张乐平 少年儿童出版社
109《希利尔讲世界地理》 美国 希利尔 贵州教育出版社
110《小飞侠彼得潘》 英国 巴里 人民邮电出版社
111《窗边的小豆豆》 日本 黑柳彻子 南海出版公司
112《吹牛大王历险记》 德国 拉斯伯·毕尔格 中国少年儿童出版社
113《假话国历险记》 意大利 贾尼·罗大里 北京日报出版社
114《神奇校车》 美国 乔安娜·科尔、布鲁斯迪根 贵州人民出版社
115《狐狸与我》 法国 吕克·雅克 南海出版社
116《昆虫记》 法国 法布尔 商务印书馆

5.02 贲能小作家二级（天马）必读书

201《草房子》 中国 曹文轩 江苏少年儿童出版社
202《青铜葵花》 中国 曹文轩 江苏少年儿童出版社
203《皮皮鲁鲁西西》系列 中国 郑渊洁 浙江少年儿童出版社
204《希利尔讲世界史》 美国 希利尔 贵州教育出版社
205《希利尔讲艺术史》 美国 希利尔 贵州教育出版社
206《夏洛的网》 美国 E. B. 怀特 上海译文出版社
207《伊索寓言》 古希腊 伊索 商务印书馆
208《格列佛游记》 英国 斯威夫特 中国文联出版社
209《哈利波特》 英国 J. K. 罗琳 人民文学出版社
210 BBC“奇迹”系列——《宇宙的奇迹》《生命的奇迹》《太阳系的奇迹》 英国 布莱恩·考克斯 人民邮电出版社
211《世界儿童历史小说经典》系列 贵州教育出版社
212《上下五千年》 中国 林汉达 少年儿童出版社
213《世界五千年》 中国 陈增爵等 少年儿童出版社
214《给孩子的诗》 中国 北岛选编 中信出版社
215《给孩子的古诗词》 中国 叶嘉莹选编 中信出版社
216《爱的教育》 意大利 亚米契斯 中国少年儿童出版社

5.03 赏能小作家三级（凤凰）必读书

此级别开始，小作家们的阅读兴趣已开始分类，以下书目虽都经本书作者读后推荐，也都曾被某些或某位小作家所喜爱，但所荐书目已不要求每人全部照单阅读，家长如为孩子买书，可参酌孩子的阅读习惯与兴趣方向选购，本书单只起抛砖引玉的作用。

301 《西游记》 中国 （明朝） 吴承恩 人民文学出版社
302 《水浒传》 中国 （元末明初） 施耐庵 人民文学出版社
303 《三国演义》 中国 （元末明初） 罗贯中 人民文学出版社
304 《六神磊磊读唐诗》 中国 王晓磊 十月文艺出版社
305 《大数学家》 中国 陈诗谷，葛孟曾 中国青年出版社
306 《明朝那些事儿》 中国 当年明月 北京联合出版公司
307 《发现：数理化通俗演义》 中国 梁衡 北京日报出版社
308 《世说新语》 中国 （南北朝）刘义庆 中华书局
309 《唐诗三百首》① 中国 （清）蘅塘退士
310 《宋词三百首》② 中国 （清）上彊村民
311 《元曲三百首》③ 中国 黄秉泽
312 《给孩子的散文》 中国 北岛主编 中信出版社
313 《中国通史》 中国 李伯钦、李肇翔主编 凤凰出版社
314 《射雕英雄传》④ 中国 金庸 广州出版社
315 《倚天屠龙记》 中国 金庸 广州出版社
316 《笑傲江湖》 中国 金庸 广州出版社
317 《剑桥倚天屠龙史》 中国 新垣平 凤凰出版社
318 《吴姐姐讲历史故事》 中国台湾 吴涵碧 新世界出版社
319 《林清玄散文精选（青少卷）》 中国台湾 林清玄 长江文艺出版社
320 《迎向开阔的人生》 美国 刘墉 文化艺术出版社

---

① 该书版本较多，所见数种都不错，推荐中华书局版（见天使书目416）。
② 该书版本较多，所见数种都不错，推荐中华书局版（见天使书目416）。
③ 该书版本较多，所见数种都不错，推荐中华书局版（见天使书目416）。
④ 建议为有条件有爱好的孩子买《金庸全集》。

321《解忧杂货店》 日本 东野圭吾 南海出版公司
322《写给孩子的哲学启蒙书》 法国 碧姬·拉贝 江苏文艺出版社
323《改变历史进程的50种植物》 英国 比尔·劳斯 青岛出版社
324《生如夏花：泰戈尔经典诗选》 印度 泰戈尔 华文出版社
325《天蓝色的彼岸》 英国 艾克利斯·希尔 新世界出版社
326《发明的故事》 美国 布里奇斯 教育人民出版社
327《越玩越聪明的印度数学》 中国 孙瑾筱 中国纺织出版社
328《那些古怪又让人忧心的问题》 美国 门罗 北京联合出版公司
329 视觉之旅三部曲——《视觉之旅神奇的化学元素1》《视觉之旅神奇的化学元素2》《视觉之旅化学世界的分子奥秘》 美国 西奥多·格雷 人民邮电出版社
330《啊哈，灵机一动》 美国 马丁·伽德纳 科学出版社
331《啊哈，原来如此》 美国 马丁·伽德纳 科学出版社
332《物理世界奇遇记》 美国 乔治·伽莫夫 科学出版社

5.04　赏能小作家四级（天使）必读书

以下书目大都被某位小作家所读所爱，也都经本书作者读后选择推荐，但赏能并不要求每位家长或孩子机械照搬，家长可参酌孩子的阅读习惯与兴趣方向选购。书单中的文学类名著（如子部和寅部）大多是新课标所要求的学生必读书；某些大书或丛书（如丑部中华经典部分）可作为收藏或查阅，不要求每一本每一页都认真读过；经济、理工、传记及科技等类书籍可根据孩子的阅读能力和兴趣选择。匆匆人生时间有限，而海量知识汗牛充栋，找到适合自己的阅读方式和阅读方向，才能使阅读效果最优，本书所荐书单只起抛砖引玉的作用。

困敦①（子）：必读

401　四大名著（批评本）②　中国　（清）曹雪芹等著，（清）脂砚斋等批评　人民文学出版社

402　《聊斋志异》　中国　（清）蒲松龄　齐鲁书社

403　《平面国》　英国　正方形著，陈凤洁译　大连理工出版社

404　《骆驼祥子》　中国　老舍　人民文学出版社

405　《唐诗为镜照汗青》　中国　鞠菟　清华大学出版社

406　《宋词一阕话古今》　中国　鞠菟　清华大学出版社

407　《儒林外史》　中国　（清）吴敬梓　人民文学出版社

408　《东周列国志》③　中国　（明）冯梦龙　人民文学出版社

409　《战国策》　中国　（汉）刘向　中州古籍出版社

410　《平凡的世界》　中国　路遥　十月文艺出版社

411　《人生》　中国　路遥　十月文艺出版社

---

① 大家不常见的这种分类计数方式，请查阅凤凰级必背篇目 3.55。此类计数方式为司马光所采用，查阅《资治通鉴》原版可见。

② 批评本是指由名家批注评价过的版本。其中，《红楼梦》有脂砚斋批评本，《西游记》有李卓吾批评本，有金圣叹腰斩《水浒传》的批评本，《三国演义》有李渔和毛宗岗两种批评本。四大名著批评本有中华书局版和岳麓书社版等版本，都很精美。

③ 若文言阅读能力有限，可选白话文版，并可与《战国策》对照阅读。

412 《文化苦旅》 中国 余秋雨 长江文艺出版社

413 《另一半中国史》 中国 高洪雷 文化艺术出版社

414 《当道家统治中国：道家思想的政治实践与汉帝国的迅速崛起》[①] 中国 林嘉文 江苏文艺出版社

赤奋若（丑）：经典

415 《古文观止》 中国 （清）吴楚材，吴调侯 湖南教育出版社

416 《中华经典藏书》系列[②] 王国轩等 中华书局

417 《中国历朝通俗演义》[③] 中国 蔡东藩 中国书店出版社

418 《群书治要译注》[④] 中国 （唐）魏徵，褚亮，虞世南 中国书店出版社

419 《国学治要》[⑤] 中国 （民国）张文治 南海出版公司

420 《古文辞类纂》 中国 （清）姚鼐 崇文书局

421 《唐文选》 中国 李浩 人民文学出版社

422 《明文选》 中国 赵伯陶 人民文学出版社

423 《宋文选》 中国 丁放，武道房 人民文学出版社

424 《宋诗选注》 中国 钱钟书 生活·读书·新知三联书店

---

① 推荐此书不仅因内容，更因为它是一位在读高中生的著作，是很有价值的学术专著。“彼，人也，予人也。彼能是，而我乃不能是?”（语见韩愈《原毁》，本书第四卷4.73）

② 该系列共60种61册，是中国古代经典之简化选本，适合赏能小作家或初具文学修养者收藏阅读，古典文学修养较高者建议选中华书局《中华经典名著全本全注全译丛书》阅读与研究。

③ 《中国历朝通俗演义》作者蔡东藩（1877—1945）是浙江省山阴县临浦（今属浙江萧山）人，民国著名历史小说家。耗十年之功，写成这部中国最完整的历史小说，被誉为“一代史家，千秋神笔”，同时也是中国有史以来最大的历史演义作家。《中国历朝通俗演义》丛书既是一部历史巨著，也是一部文学巨著，阅读该套丛书，既可以了解中国历史，又可以欣赏传奇故事，可谓是两全其美。其历史价值高于文学价值，该丛书的最大特色在于作者对历史真实的严格追求。这套丛书虽是写历史演义，但“语皆有本”，主要情节均有历史记载作为根据。作为“演义”，也有虚构，特别是人物对话。该套丛书可以当作历史著作来读，是一部集文学性与史学性于一体的巨著。因作者为清末民国人，作品语言稍带文言风格，家长请根据自己的文字阅读能力酌情购买。该书值得阅读和收藏。

④ 《群书治要》是魏徵、褚遂良等从一万四千多部、八万九千多卷古籍中优选剪截，呕心沥血数年，于贞观五年（公元631年）编辑成书，计65部五十余万言。后因战乱，该书在中国遗失千余年，只散见于历代文献中。20世纪90年代，我国原驻日本大使符浩先生通过日本皇室成员获得一套天明时期出版的《群书治要》，交给陕西省黄河文化经济发展研究会，该会邀请十几位专家学者，对《群书治要》选用的65部典籍进行考证、点评，分篇今译，并进行了标点断句和勘误，集结成书，名为《群书治要考译》。该书1996年开始策划，1998年编译启动，该书整理工作曾得到习仲勋夫妇、原外交部副部长符浩等高度关注，习仲勋生前曾为《群书治要考译》一书题词“古镜今鉴”。2011年5月，马英九也将《群书治要》一书赠送给台湾国民党的民意代表。该书值得文学爱好者收藏。

⑤ 《国学治要》依经、史、子、集之例，汇整中华典集，分为《经传治要》《史书治要》《诸子治要》《理学治要》《古文治要》《诗词治要》《书目治要》共七篇八册，所选诸文皆四部名著、百世不朽之作。值得文学爱好者收藏和阅读。

摄提格（寅）：名著

425 《安德的游戏》系列　美国　奥森·斯科特·卡德　广西科学技术出版社
426 《三体》三部曲　中国　刘慈欣　重庆出版社
427 《孤独深处》　中国　郝景芳　江苏文艺出版社
428 《格兰特船长的儿女》　法国　儒勒·凡尔纳　译林出版社
429 《神秘岛》　法国　儒勒·凡尔纳　译林出版社
430 《海底两万里》　法国　儒勒·凡尔纳　译林出版社
431 《永恒的终结》　美国　阿西莫夫　凤凰文艺出版社
432 《2018》　中国　刘慈欣　江苏凤凰文艺出版社
433 基地系列、帝国系列、机器人系列　美国　阿西莫夫　凤凰文艺出版社
434 《巴黎圣母院》　法国　雨果　上海译文出版社
435 《钢铁是怎样炼成的》　苏联　奥斯特洛夫斯基　人民文学出版社
436 《红与黑》　法国　司汤达　人民文学出版社
437 《基督山伯爵》　法国　大仲马　上海译文出版社
438 《简·爱》　英国　夏洛蒂·勃朗特　中国致公出版社
439 《鲁宾逊漂流记》　英国　丹尼尔·笛福　中国友谊出版公司
440 《欧也妮·葛朗台》　法国　巴尔扎克　中国文联出版社
441 《培根随笔》　英国　弗朗西斯·培根　上海译文出版社
442 《汤姆叔叔的小屋》　美国　斯托夫人　人民文学出版社
443 《童年》　苏联　高尔基　人民文学出版社
444 《老人与海》　美国　欧内斯特·海明威　作家出版社
445 《名人传》　法国　罗曼·罗兰　译林出版社
446 《白鲸》　美国　麦尔维尔　中央编译出版社
447 《宫本武藏》　日本　吉川英治　哈尔滨出版社
448 《没有任何借口》　美国　瑞芬博瑞　中国青年出版社
449 《麦田里的守望者》　美国　杰罗姆·大卫·塞林格　译林出版社
450 《莫泊桑中短篇小说选》　法国　莫泊桑　上海译文出版社
451 《苏菲的世界》　挪威　乔斯坦·贾德　作家出版社
452 《美丽新世界》　英国　奥尔德斯·赫胥黎　上海译文出版社
453 《一九八四》　英国　乔治·奥威尔　北京燕山出版社
454 《莎士比亚全集》　英国　威廉·莎士比亚　译林出版社
455 《福尔摩斯探案集》　英国　柯南·道尔　译林出版社

单阏（卯）：传记

456 《周鸿祎自述：我的互联网方法论》　中国　周鸿祎　中信出版社

457 《褚时健传》 中国 周桦 中信出版社
458 《张亚勤：让智慧起舞》 中国 刘世英 中信出版社
459 《心若菩提》 中国 曹德旺 人民出版社
460 《李嘉诚传》 中国 李忠海 国际文化出版公司
461 《百年传奇邵逸夫》 中国 布衣 新世界出版社
462 《百年心事：卢作孚传》 中国 清秋子 新星出版社
463 《盖世太保枪口下的中国女人》 中国 张雅文 人民文学出版社
464 《乔布斯传》 中国 王咏刚，周虹 上海财经大学出版社
465 《向前一步》 美国 谢丽尔·桑德伯格 中信出版社
466 《佛陀传》 越南 一行禅师 河南文艺出版社
467 《埃隆·马斯克传：乔布斯之后改变世界的人》 中国 陆西 重庆出版社
468 《孩子王》 美国 凯瑟琳·罗斯 中信出版社
469 《玄奘大传》 中国 陈景富 未来出版社
470 《德兰修女传：在爱中行走》 中国 华姿 重庆出版社
471 《穆罕默德生平》 埃及 穆罕默德·侯赛因·海卡尔 华文出版社
472 《影响人类历史进程的 100 名人排行榜》 美国 麦克·哈特 海南出版社
473 《中华名人传记》 中国 《中华名人传记》编委会 大众文艺出版社
474 《世界名人传记》 中国 《世界名人传记》编委会 大众文艺出版社

执徐（辰）：经济

475 《大败局 I/II》 中国 吴晓波 浙江大学出版社
476 《历代经济变革得失》 中国 吴晓波 浙江大学出版社
477 《激荡三十年：中国企业 1978—2008》 中国 吴晓波 中信出版社
478 《货币战争》 中国 宋鸿兵 中信出版社
479 《十亿美金的教训》 中国 林军，唐宏梅 浙江大学出版社
480 《星巴克：关于咖啡、商业和文化的传奇》 美国 泰勒·克拉克中信出版社
481 《海底捞你学不会》 中国 黄铁鹰 中信出版社
482 《魔鬼经济学》 美国 斯蒂芬·列维特 中信出版社
483 《卧底经济学》 英国 蒂姆·哈福德 中信出版社

大荒落（巳）：科学

484 《物种起源》 英国 查理·达尔文 重庆出版社

485《自然史》 法国 乔治·布封 重庆出版社
486《科学的历程》 中国 吴国盛 北京大学出版社
487《物理学巨匠》 英国 约安·詹姆斯 上海科学教育出版社
488《居里夫人传》 法国 艾芙·居里 商务印书馆
489《钱学森传》 中国 奚启新 人民出版社
490《爱因斯坦传》 美国 沃尔特·艾萨克森 湖南科学技术出版社
491《费曼传》 美国 詹姆斯·格雷克 高等教育出版社
492《丝绸之路：一部全新的世界史》 英国 彼得·弗兰科潘 浙江大学出版社
493《大英博物馆世界简史》 英国 尼尔·麦格雷戈 南京大学出版社
494《趣味化学》 中国 叶永烈 湖南科学技术出版社
495《元素的盛宴》 美国 山姆·基恩 接力出版社
496《趣味物理学》 苏联 雅科夫·伊西达洛维奇·别莱利曼 武汉出版社

敦牂（午）：拓展

497《填词与品词入门》 中国 田松林 化学工业出版社
498《好好说话》 中国 学诚法师 广东人民出版社
499《好好听话》 中国 学诚法师 天津人民出版社
500《终身成长：重新定义成功的思维模式》 美国 卡罗尔·德韦克江西人民出版社
501《把信送给加西亚》 美国 阿尔伯特·哈伯德 中国商业出版社
502《哈默手稿》 意大利 达·芬奇 北京理工大学出版社
503《大学之路：陪女儿在美国选大学》 中国 吴军 人民邮电出版社
504《人类简史：从动物到上帝》 以色列 尤瓦尔·赫拉利 中信出版社
505《文明的故事》 德国 马克思·克鲁泽 新世界出版社
506《美国语文》系列 美国 威廉·麦加菲 天津社会科学院出版社
507《科学发现者·生物》 美国 奥尔顿·比格斯 浙江教育出版社
508《科学发现者·地理》 美国 F·赫斯 浙江教育出版社
509《写给全人类的数学魔法书》 日本 永野裕之 新世界出版社
510《数学好的人是如何思考的》 日本 永野裕之 北京时代华文书局
511《悖论》 英国 吉姆·艾尔·哈利利 中国青年出版社
512《几何原本》 古希腊 欧几里得 重庆出版社

513 《走近费曼丛书》[1] 美国 理查德·费曼 湖南科学技术出版社

514 《宇宙简史》 英国 斯蒂芬·霍金 湖南少年儿童出版社

515 《时间简史》 英国 斯蒂芬·霍金 湖南科学技术出版社

516 《爱因斯坦的圣经》 美国 萨缪尔等 海南出版社

517 《魔鬼出没的世界》 美国 卡尔·萨根 海南出版社

518 《被禁止的科学》 美国 J. 道格拉斯·凯尼恩 凤凰出版传媒集团

519 《被禁止的历史》 美国 J. 道格拉斯·凯尼恩 凤凰出版传媒集团

520 《万物简史》 美国 比尔·布莱森 接力出版社

521 《达尔文的黑匣子》 美国 迈克尔·J·贝希 重庆出版社

522 《物理学的未来》 美国 加来道雄 重庆出版社

---

① 《走近费曼丛书》集结了费曼最具代表性的 6 部作品，包括《别逗了，费曼先生》《费曼讲物理：入门》《物理定律的本性》《费曼讲物理：相对论》《QED：光和物质的奇妙理论》《费曼讲演录：一个平民科学家的思想》。费曼（1918—1988）出生在纽约，1942 年在普林斯顿大学获得博士学位。二战期间，他对发展原子弹做出过重要贡献。战后先后在康奈尔大学和加州理工学院教书。1965 年，他因量子电动力学方面的研究荣获诺贝尔物理学奖。费曼在不同时期还曾是故事大王、艺术家、鼓手和密码破译专家。《别逗了，费曼先生》的这些回忆文字，大致描绘了这个大人物的一生。这是一本很棒的读物：挥霍无忌、惊世骇俗，却仍然温馨，很有人情味儿。而作为他人生根本的科学却当作背景材料一笔带过。

5.05 赏能卓越者必读书

家长不阅读，孩子不仅很难养成良好的阅读习惯，更难养成良好的学习习惯。不读书的家长在孩子成长过程易焦虑烦躁，易对孩子和家人失望，对当前的问题常束手无措。不爱读书的孩子在校期间常常表现为成绩不佳、磨蹭拖拉、自卑骄横或自卑畏缩、不懂且不遵公序良俗等。每个孩子都有可塑性，塑造孩子品性的最佳方式莫过于身教传承。以下是我们以赏能教学实践为基础对卓越者家庭推荐的部分必读书。

焉逢[①]（甲）：家长必读书8本（初级）

《家庭教育》 中国 陈鹤琴著
《芬兰教育全球第一的秘密》 中国 陈之华著
《因果的真相》 中国 庄圆法师著
《布鲁克林有棵树》 美国 贝蒂·史密斯著
《海鸥乔纳森》 美国 理查德·巴赫著
《斯宾塞的快乐教育》 英国 赫伯特·斯宾塞著
《世界三大教育圣经》 卡尔威特等著
《我在美国做妈妈》（又名《虎妈战歌》） 美国 蔡美儿著

端蒙（乙）：家长必读书8本（高级）

《摆渡人》 中国 徐杨生著
《南渡北归》 中国 岳南著
《杰出青少年的七个习惯》 美国 肖恩·科维著
《给教师的建议》 前苏联 苏霍姆林斯基著
《一个教育家的思考》 美国 B. T. 华盛顿著
《翻转课堂的可汗学院》 美国 萨尔曼·可汗著
《优秀的绵羊》 美国 威廉·德雷谢维奇著
《超常能力的本质和培养》 美国 戴耘著

游兆（丙）：高级赏能小作家必读书36种

《红楼梦》 原著（批评本） 中国 （清）曹雪芹著
《西游记》 原著（批评本） 中国 （明）吴承恩著

---

① 此是中国古代的太岁纪年法，为司马光《资治通鉴》所采用。详情见凤凰级必背篇目3.55。

《三国演义》 原著（批评本） 中国(明) 罗贯中著
《水浒传》 原著（批评本） 中国(明) 施耐庵著
《封神演义》 中国 （明）许仲琳著
《镜花缘》 中国 （清）李汝珍著
《大秦帝国》 中国 孙皓晖著
《蔡东藩中华史》 中国 蔡东藩等著
《康熙大帝》《雍正皇帝》《乾隆皇帝》 中国 二月河著
《天龙八部》《射雕英雄传》《倚天屠龙记》 中国 金庸著
《南渡北归》 中国 岳南著
《苦难辉煌》《为什么是中国》 中国 金一南著
《平凡的世界》 中国 路遥著
《三体》系列 中国 刘慈欣著
《银河帝国》系列 美国 艾萨克·阿西莫夫著
《文心雕龙》 中国 （南北朝）刘勰著
《庄子》 中国 （东周）庄周著
《荀子》 中国 （东周）荀况著
《六韬》 中国 （西周）姜尚著
《长短经》 中国 （唐）赵蕤著
《战争论》 德国 卡尔·冯·克劳塞维茨著
《进化爆炸》 美国 斯蒂芬·R·凰帕卢比著
《寂静的春天》 美国 家蕾切尔·卡逊著
《激荡十年水大鱼大》 中国 吴晓波著
《别逗了费曼先生》 美国 R. P. 费曼著
《平面国》 英国 正方形（埃德温·艾勃特）著
《数理化通俗演义》 中国 梁衡著
《万物简史》 美国 比尔·布莱森著
《人类简史》 以色列 尤瓦尔·赫拉利著
《空间简史》 意大利 托马斯·马卡卡罗等著
《几何原本》 古希腊 欧几里得著

5.06 赏能提升影视推荐

赏析、讨论影视作品是赏能老师学习提升的常用方式。好的影视作品和好的书籍都能助人提升层次，赏能体系中十余年来坚持每周至少看一部电影，大家受益良多。以下是赏能老师前期教学中常用的124部（类）影视作品，列表于此，希望能对孩子和家长的学习提升起点借鉴作用（括号中为制片国家、首映时间和赏能分类，未注国家者为中国影视）。

焉逢（甲）：纪录片14种

《大师》（传记，2013）
《加速人生》（“裸跑弟”何宜德成长历程，2022）
《航拍中国》（自然，2017）
《美丽中国》（自然，2012）
《自然传奇》（自然，2000）
《南京城》（自然，2010）
《舌尖上的中国》（美食，2012）
《列国图志》（美国，自然，2006）
《日常生存自救手册》（美国，生活，2010）
《人类消失后的世界》（美国，科学，2008）
《宇宙》（美国，科学，2007）
《我们的孩子足够坚强吗》（英国，中西式教育碰撞，2015年）
《我们的孩子足够坚强吗》（英国，成长，2015）
《人生七年》（英国，成长，1964）

端蒙（乙）：电视剧32种

《觉醒年代》（历史，2021）
《沂蒙》（历史，2009）
《东方战场》（历史，2016）
《解放》（历史，2009）
《东方》（历史，2011）
《跨过鸭绿江》（历史，2020）
《五星红旗迎风飘扬2》（历史，2012）

《外交风云》（历史，2019）
《红楼梦》（人文，1987）
《三国演义》（人文，1994）
《水浒传》（人文，1998）
《西游记》（人文，1982）
《大秦帝国》之裂变、纵横、崛起、大秦赋（历史，2009）
《楚汉传奇》（历史，2012）
《汉武大帝》（历史，2005）
《贞观之治》（历史，2006）
《朱元璋》（历史，2006）
《大明王朝 1566》（历史，2007）
《康熙王朝》（历史，2001）
《雍正王朝》（历史，1999）
《乾隆王朝》（历史，2003）
《走向共和》（历史，2003）
《百年虚云》（虚云法师传记，2009）
《闯关东》（历史，2008）
《大宅门》（历史，2001）
《黎明之前》（谍战，2010）
《平凡的世界》（生活，2015）
《士兵突击》（励志，2006）
《天道》（生活，2008）
《浮沉》（生活，2012）
《山海情》（生活，2021）
《三体》（科幻，2023）

游兆（丙）：电影 78 种

《那人那山那狗》（生活，1999）
《树上有个好地方》（成长，2020）
《蜻蜓少年》（成长，2019）
《红剪花》（成长，2010）
《走路上学》（成长，2009）
《遥望南方的童年》（成长，2007）
《念书的孩子》（成长，2012）
《一个都不能少》（成长，1999）
《看上去很美》（成长，2006）

《万箭穿心》（生活，2012）
《辽沈战役》（历史传记，1990）
《淮海战役》（历史传记，1990）
《平津战役》（历史传记，1992）
《大转折（上下）》（历史传记，1996）
《夺冠》（中国女排传记，2020）
《大明劫》（吴有性与《温疫论》传记，2013）
《音乐之声》（美国，历史传记，1965）
《忠犬八公的故事》（美国，历史传记，2009）
《卡特教练》（美国，肯·卡特教练传记，2005）
《弱点》（美国，运动员迈克尔·奥赫传记，2009）
《麦克法兰》（美国，吉姆·怀特教练传记，2015）
《热血教师》（美国，罗恩·克拉克老师传记，2006）
《为人师表》（美国，海梅斯·埃斯卡兰特老师传记，1988）
《铁腕校长》（美国，乔·克拉克老师传记，1989）
《叫我第一名》（美国，布莱德·科恩老师传记，2008）
《追梦赤子心》（美国，球员丹尼尔·鲁迪传记，1993）
《伟大的辩论家》（美国，马文·托尔森教授传记，2007）
《美丽心灵》（美国，约翰·福布斯·纳什教授传记，2001）
《一代骄马》（美国，家庭主妇潘妮·切纳里传记，2010）
《当幸福来敲门》（美国，推销员克里斯. 贾德纳传记，2006）
《永不妥协》（美国，埃琳·布罗克维奇律师传记，2000）
《浪潮》（德国，极权教育实验传记，2008 年）
《卡推女王》（美国，天才棋手菲欧娜·木塔西传记，2016）
《隐藏人物》（美国，黑人女数学家凯瑟琳·约翰逊传记，2016）
《大创业家》（美国，麦当劳传记，2016）
《俄罗斯方块》（英国，俄罗斯方块传记，2023）
《放牛班的春天》（法国，克莱蒙·马修老师传记，2004）
《国王的演讲》（英国，英王乔治六世传记，2010）
《万物理论》（英国，史蒂芬·霍金教授传记，2014）
《爱因斯坦与爱丁顿》（英国，相对论传记，2008）
《知无涯者》（英国，数学家拉马努金传记，2015）
《摔跤吧！爸爸》（印度，运动员马哈维亚·辛格·珀尕传记，2016）
《印度合伙人》（印度，发明家阿鲁纳恰拉姆传记，2018）
《卡吉尔女孩》（印度，飞行员甘见·萨塞纳传记，2020）
《丛林赤子心（灵犬班吉）》（美国，动物，1987）

《奇幻森林》（美国，动物，2016）
《功夫熊猫》系列（美国，动画，2008）
《查理和巧克力工厂》（美国，成长，2005）
《勇气》（美国，教育，2011）
《面对巨人》（美国，教育，2006）
《阿基拉和拼字比赛》（美国，成长，2006）
《心灵捕手》（美国，成长，1997）
《生命因你动听》（美国，教育，1995）
《肖申克的救赎》（美国，生活，1994）
《阿甘正传》（美国，励志，1994）
《大鱼》（美国，亲情与成长，2003）
《天伦之旅》（美国，亲情与生活，2009）
《超时空接触》（美国，科幻，1997）
《火星任务》（美国，科幻，2015）
《遗落战境》（美国，科幻，2013）
《明日边缘》（美国，科幻，2014）
《仙境之桥》（美国，成长，2009）
《怦然心动》（美国，成长，2010）
《三傻宝大闹宝莱坞》（印度，教育，2009）
《地球上的星星》（印度，成长，2007）
《神秘巨星》（印度，成长，2017）
《小萝莉的猴神大叔》（印度，励志，2018）
《起跑线》（印度，教育，2017）
《新同学（母爱滔天）》（印度，教育，2015）
《偶滴神啊》（印度，生活，2012）
《狐狸与孩子》（法国，动物，2007）
《少年斯派维的奇异旅行》（法国，成长，2012）
《蝴蝶》（法国，成长，2002）
《骏马奥斯温》系列（德国，成长，2013）
《海蒂和爷爷》（德国，成长，2015）
《契克》（德国 成长，2017）
《我是谁：没有绝对安全的系统》（德国，科幻，2014）
《小森林》夏秋篇/冬春篇（日本，生活，2014）

第六卷

赏能小作家优秀作品赏析

6.01 馒头日记

银川回民中学七年级 赵津艺
天使级赏能小作家
首届“我的暑假我做主”征文全国一等奖

今年暑假，我和姥姥一起到南京的小姨家做客，小姨和小姨夫带着我们和小妹妹一起到上海玩了三天，我们参观了世博会、上海科技馆、海洋馆、东方明珠等著名景点。姥姥为了节省，还从南京带了家里没吃完的馒头到上海来，因为有太多的好东西吃，结果我们谁也不吃她带来的馒头，馒头就放坏了，只好把它抛弃在垃圾桶里。垃圾桶里的馒头觉得自己很委屈，就委托我发表它的日记。以下就是馒头“牺牲”前写的最后三篇日记。

2010 年 7 月 28 日　星期三　天气：桑拿天　心情：异常的好

今天，是我的破蛋日，真的好开心，好开心。

我还未出生的时候，机器妈妈就告诉我，为人类服务是我的荣幸，因为我拥有着无穷的力量。没有了我的存在，人类很难存活，所以，帮人类填饱肚子是馒头家族的宏伟事业。

我很荣幸成为馒头，我愿意成为一名优秀的特种兵。来到这个陌生的城市，我一点也不害怕，机器妈妈说，我们馒头家族四海为家，到处都有我的兄弟姐妹。你们看，我们的馒头事业是多么强大，你们一定很羡慕吧！不过，我不喜欢静静地躺在笼屉里，我想为人类做贡献，但是为什么售货阿姨就是不给我这个机会呢？

馒头事业这么强大，一定会有一个看上我的主人把我领回家的。

一定会的，一定……会的……

好困啊，我已经睁不开眼皮了，我要睡了，晚安……

2010 年 7 月 29 日　星期四　天气：小雨　心情：爽呆了

今天的天气貌似不是那么好，哎？超市怎么不热闹了？我的馒头兄弟呢？

“喂，在这呢，我们被买了！”

“真的吗？你们怎么不告诉我。”

“看你睡得跟死猪一样，我们怎么好意思叫醒你呢？”

“哦，不好意思。”

“可是这是哪儿？这是我们的城市吗？怎么不像我们南京啊？”

“说的也是，我们南京可比这漂亮多了！”

“嗯，听昨天那位买我们的老奶奶说，好像是要把我们带去上海，这里可能就是上海吧。”

“哦，这里原来是上海啊！”

“嗯，完成服务之前我还有一次旅游机会，爽啊！”

“我终于可以服务人类啦！”

“嗯！是我大显身手的时候了！不错不错，爽啊……”

“死麦芽（写日记的小小馒头的名字），你给我闭嘴，你是想让人类听到我们的讲话吗？你想吓死他们呀！”

“哦，呃，对不起啊，不要杀我呀……”

我假装害怕，其实心里乐开了花。

2010年7月30日　星期五　天气：桑拿天　心情：糟糕透了

哦，我好着急啊。半天都过去了，怎么还不吃我啊？呜呜……

要知道，我只能活最后一天了，明天早晨，就是我变质的时间啊，呜呜……该死的细菌……该死的高温……我不想成为废物啊。

臭臭的垃圾站，我才不要去呢，谁借给我半瓶香香啊，我不想变臭啊……

“吃饭了，你们饿了吗？”

“爸爸，我累了，我们回旅馆去吧”

那是谁在说话？是那个小不点啦。

哦，他们终于要吃东西了，我们大显身手的时候到了，好开心啊！哈哈，让你们人类看看我的魅力，动感光波……那是我激动的泪花啊！啦啦啦……

“把那个馒头吃了吧，背几天怕是放坏了。”

哎呀，哎呀呀，哎呀呀呀……还是奶奶对我们好呀！奶奶，我一看就知道您是好人啊，您大福大贵，大仁大义，大手大脚……不对，不对，这个词用错了，不能用来拍马屁……

“不要，我要吃桃子。姥姥，您也别吃馒头了，来个水果吧。”

“嗯，我也吃桃子，对啊对啊，姥姥您来个水果嘛！”

“我也来个桃子，妈，您别吃馒头了，吃个水果！”

“好，那我来个梨吧！”

哼，白高兴一场，这群臭丫头，你们等着吧，瞧不起馒头，你会遭报应的……

“璐璐，帮姥姥把馒头扔了，馒头都馊了，别让姥姥吃了!”

“哎哎哎，等等，还有没坏的，才馊了一半，不能浪费粮食……”

“把坏的那半块扔了吧，有的还能吃……”

还是奶奶对我好啊。

“姥姥，都扔了吧，拿回去又不吃，最后还不是都坏了。”

闭嘴，臭丫头!

“哦，那好吧，就都扔了吧，反正你们也不吃。”

“不要啊……我灰太狼一定会回来的……这句台词又错了，重说：下辈子我还会回来的。呜呜呜，臭丫头，下辈子一定把你们家客厅改成厕所……”

不过嘛，现在我已经想开了，我不算全是废物的，对吧？起码，在南京的时候，我也向人类奉献了一半呢。

嗯，也不亏！我是坚强的小馒头!

哦……哦……，不过，同志们，抱歉，我是一个爱干净的小馒头，垃圾箱里实在太臭了，我写不下去了，I'm very sorry。再见了，小读者，我要送给亲爱的你一个深深的馒头的吻。

又说错台词了。不过，没关系，宝贝，小馒头永远爱你，永远……

再见……再见……

6.02 小蜜蜂之旅[1]

南京竹山小学五年级　王珮璐
天使级赏能小作家
第三届“我的暑假我做主”二等奖

嗨，大家好！我是一只可爱的小蜜蜂，我是蜂蜜搅拌工，我的工作就是把工蜂采回来的花蜜不断搅拌，最后酿成真正的蜂蜜。

大家都觉得这个活很累，而且很无趣，因为每天都在暗无天日的蜂房里重复着单调的工作，可是，我很喜欢。工蜂除了夏天晒太阳，冬天受寒风，还要冒着被别人拍死，糊里糊涂撞上蜘蛛网等各种危险。更重要的是我爷爷的爷爷的爷爷说，现在外面环境很脏，天是灰蒙蒙的，脏水沟里缓缓流动的水面上，还漂着各种垃圾和泡沫，到处尘土飞扬，空气中散发着各种臭臭的怪味道……而且，花还很少，到处也采不到蜜。听着这些，我就害怕，所以我在劳累的搅拌工岗位上快快乐乐地工作着。

可是，我的麻烦来了。

这天，组长告诉我，说采蜜工不够用了，要调我去采蜜。我们蜜蜂是很服从命令的，所以，虽然我不高兴，但我只能准备着去面对那种让我害怕的未来了。

我提着采蜜工的小桶飞出了蜂巢，跟着其他同伴一起去采蜜。我发现我看到的景色和想象中的不一样，山清水秀，鸟语花香，我开始怀疑老祖宗告诉我的那些内容了。我慢慢喜欢上了采蜜这份工作。

这天，我照样和同伴到规定的地方采集花蜜，我在紫云英花上采了满满一桶，正在等同伴一起回家，忽然，我那灵敏的鼻子闻到了一股特浓的花蜜味，原来旁边有一片槐花。这对于一只蜜蜂来讲，吸引力多大呀！我看看同伴们：他们正在忙碌地工作着。我心想：我再采一点点，一点点就好。前面的花蜜越来越好，越来越香，我实在忍不住诱惑，就越来越往前走，又采了好多好多的蜜。该回家时，我却一点也不想回家了，因为这里的景色真是太棒了！看啊！我又发现了一片片的向日葵，就像象征着金色年华的美好青春一样，那么灿烂，那么美丽，那么香！

---

① 本文为南京教育系统“我与青奥会”专题征文应征作品。

我想：我的蜜采了那么多，已经完成任务了，为什么不把蜜桶放在这里藏起来？再把花粉多带一点，一路撒着走，这样我就不会迷路了，我就出去玩玩吧，反正这里的花蜜很多，饿的时候，随便找一朵花，吸上几口就好了。拿定了主意后，我就找了个干净的树枝，把蜜桶藏在上面，开始我的旅行之路。

我飞来飞去，东飞飞，西飞飞，飞到了一个很大很大的公园里，里面真是花红柳绿，五彩缤纷，还有一个波光粼粼的大湖，金色的阳光洒在湖面上，闪闪发光，漂亮极了！我正纳闷这是哪儿时，看见了一个牌子，上面写着：玄武湖。什么？这是玄武湖？我记得爷爷对我说过这里就像一片垃圾场呀，哇！变化也太大了吧！听爷爷说过，这里的湖水原来臭气熏天，水面上到处飘着垃圾袋。而现在呢，青山绿水。中间的湖面上有一个女神的雕像，这个雕像雕得非常仔细，女神被风吹起的衣角也栩栩如生地雕出来了，女神手中拿着一枝荷花，脚下踩着的也是荷花，旁边围着三个小娃娃，可爱极了！正欣赏时，我看到有人正准备拍照，我也急忙赶了过去，趴在那个写着“青奥会”的宣传牌上摆了一个姿势，哈，被拍到了！

接着，我就到处乱飞，发现南京的景色真不错呀！到处都是如画的风景，借用一个人类的成语吧：流连忘返。我真想一直在这里玩，太美了！梅花山上郁郁葱葱，有的地方是碧绿的田地，还有的地方有清澈的湖面，还有粉红的荷花等。虽然我乐不思蜀，可是，现在已经很晚了，我必须要回家，不然我父母就担心了。我原路返回，找到了那桶蜂蜜，拎回了家。

我心想：这天，我终于有一次小小的“旅行”了，能生活在这么优美的环境里，真是幸福啊！

6.03 新花王诞生

南京竹小四年级　王珮璐
天使级赏能小作家

语文老师上周布置了作文题：观察春天，星期天我和爸爸一起在小区里观察，发现了一个天大的秘密：原来的花王牡丹已经不是花王了。

春天的夜晚，静静的，可小区的一个角落里传来了杂乱而细细的声音，还伴有扑鼻的香味。

一段干枯的树枝走上前来，“大声”地说：“我是牡丹花王。我宣布，四年一度的花王选举会现在开始！每位候选人都要向大家详细介绍自己”。一阵掌声后它接着说：“有请一号候选人梅花登场！”

梅花得意地走上了台，张口就说：“嗨，大家好，我就是林和靖的‘妻子’——冰清玉洁的梅花。”说完还假装羞红了脸，“我身高三四米，花瓣是桃红色的，每朵花都有五片花瓣，花蕊较短，清香十里，是众多人夸赞的对象。我家住在地下车库西门的旁边，邻居是小竹子与小松树，我们合起来就是‘岁寒三友’。”

这时，牡丹花打断了正在兴头上的梅花，说：“说起夸赞，我才是被夸赞最多的。至于你，人们高兴了就夸赞你几句，不高兴了连看都不看你一眼，而我呢，人们总是说我国色天香。看大家多喜欢我呀！好了，时间到了，现在有请二号，嗯……无名花出场！”

“无名花”挺着黄黄的脸蛋儿登场了。它说：“大家晚上好，我是无名花，我家住在24号楼西边。我的花瓣是黄色的，一个大花球是由几十朵像喇叭一样的小花组成的，远看，像树上结了一个巨大的黄绒球一样。不过，我最主要的特点不是这个，而是我的香味，光看我身上的蜜蜂就知道我有多香了。”可不是吗，在它身上采蜜的蜜蜂至少有十几只。它对蜜蜂说：“朋友们，说说你们对我的看法吧。”蜜蜂们立刻“嗡嗡”地唱了起来：

无名花，无名花，
香气浓，颜色佳，
蜜蜂蝴蝶都爱她。

这时，牡丹花的脸上明显有些变色，它“切”了一声，说：“你的花一点也不艳丽!”“我……”无名花委屈地下去了，它不明白自己犯了什么错。它哪里知道，为了再当几届花王，牡丹会不择手段的。

“现在，有请三号桃花上场!”牡丹高声喊着。

桃花粉嫩的脸蛋一下吸引了众多的眼球。它上来笑嘻嘻地说：“大家好，我就是可爱迷人的桃花，我住在21号楼和23号楼之间，我的花朵有五片花瓣，是粉红色的，花蕊较长，远看就像一片美丽的云霞。我身边经常有许多的蜜蜂围绕，我每天生活得可开心了。”

“够了，别说啦，不准你占用太多时间!”牡丹花很是嫉妒，“现在，有请四号茶花亮相!”

茶花柔柔地说：“我是小区里众多姐妹推荐来的，我们都住在10号楼前面，我们的花瓣有大红、粉红、白色、肉色等，我们都是从十几厘米高就开花的，长大后有两三米高，我们都觉得很多花比我们漂亮，我们只是想把自己最好的一面在一年四季里奉献给大家罢了。”

牡丹赶紧接口：“是啊，茶花就是这样的，它一点也不漂亮，还不香。下一位!”

……

等到所有候选花都介绍完自己，牡丹马上说：“现在，可以开始对我和十位选手投票了。票数最多者，就是下一届花王。”

经过紧张的投票、计票后，报票员——才开始泛绿的柳树公布结果了：

“新一届的花王就是——”除了茶花外，大家都用热切、期待的眼神望着柳树。

“新一届的花王就是——茶花!”

台下想起了热烈的掌声。大家把代表花王的王冠给茶花戴上，新花王选举会在欢笑声中结束了。

牡丹花永远也不会明白，大家选举茶花成为新花王的原因就是：谦虚产生美!

6.04 勇往直前

南京郑和外国语学校八年级 陆亚泽
天使级赏能小作家

何为勇往直前？

——有困难，迎着走。

常在溪水中看见大石头，石头将溪水挡住，并百般阻隔嘲弄，可溪水却只是换个方向继续流。迎难而上，并不是蛮干，而是要找到合适方法，要克服困难。溪水看起来走得曲曲折折，但最终投进了大海的怀抱，而拦路的石头还是个石头，原地不动却自觉威风八面。

为何要勇往直前呢？答案不言而喻。倘若溪水被石头拦住了，那它怎么还能奔向远方？勇往直前，不仅是对自己的修炼，还是一趟能发现美的旅行。每个人当然都有权利苟且一生，但诗和远方真的很美，苟且者不仅会错过这些美，更大的可能是他永远不知道这种美的存在。每人每天都会面对多次选择，也都会遇到各种困难，若你轻易就倒下，还谈何人生价值？

如何勇往直前呢？例子不胜枚举。科比的人生便完美诠释了这四个字。科比刚出道时意气风发，声称要成为 MVP（最有价值球员），但那些大牌球星都只把他当做诸多愤青中的一个罢了，但他们没想到这个为了篮球而放弃读大学的人有多努力。起初，科比仅是替补，上场后接球不多，表现也不佳，他有些怀疑自己是否真有能力打球。经过了短暂的意志消沉和不肯训练后，科比最终在痛苦中选择了勇往直前。功夫不负有心人，不断努力中科比终于绽放了，他成了球场上最闪耀的新星。

但是，好景不长枝节横生。科比正值巅峰之时，一次受伤，让他不得不宣告退役。手术后，他的脚趾甚至都不能动。就此结束了吗？并没有，他再次选择了勇往直前，积极参加康复训练，开始了日复一日艰苦的练习。终于，两个月后，他可以正常走路，但新问题又来了：历经几个月的康复，他一下球都没有碰过，面对曾经熟悉的篮球和球场，他竟然有了生疏的感觉。身为一个巅峰球员，他在脑海里过了无数的招式，但球到了手上却把这些都忘了。他只能再次勇往直前，日复一日的训练，昔日的手感终于回归了，人们记忆中的那个科比·布莱恩特回来了。他重返球场，连连刷出高分。在退役之战中，他的得分达到了惊为天人的 60 分。从自信满满的青年到自我怀疑，到巅峰后又跌落底谷，最后又重回巅峰，科比用人生解释了勇往直前的真正含义，也以身教告诉了众人如何勇往直前。

“当我认为有什么不对时，我会一直反复练习，直到正确为止。”

“我能见到旧金山每天凌晨4点的样子。”

这两句话是科比留给我们的名言、格言，更是他终极一生的守则和信仰。

勇往直前，不是一句口号，而是一种信念。每个人不一定能成为科比，但我们能尽我们的所能，成为那潺潺的溪水。所以，勇往直前吧，为了远方，为了沿路的风景，为了能和他人相见在顶峰！

6.05　这个班长不好当

南京市竹山小学五年级　王珮璐
天使级赏能小作家
“中教赏能杯”全国征文二等奖

我就读于竹山小学五（1）班，在班里的职务是班长。刚开始，我心里美滋滋的：终于过了一回“班长瘾”！可时间长了，我才发现这个班长真不好当！

上课，组长没发作业，老师连我一起批评；老师有事喊我到办公室，回来后发现值班老师正在批评班上纪律不好，看见我从外面进来，也连我一起批评；我们班“水痘”泛滥，医务室老师让值日生负责消毒，值日生做得不合格，老师要找我返工！

这些还只是小事，大家看了下面这件事，就会觉得班长太委屈了。

今天上午最后一节课是美术课，这是全班同学最爱上的课程之一。你想一想，手中握着彩色的水笔，眼睛看着美丽的图画，渐渐长出想象的翅膀，飞向另一个五彩的世界……多么美妙啊！

可是，这美妙的感觉却离我们越来越远：我们已经有四个星期没上美术课了！美术老师不来，我就只能去请语文老师。可班上同学大都不喜欢语文课，我一请，他们就闹翻天……

“叮叮当，叮叮当……”上课铃响了，班上同学回到教室。就有同学大叫：“又是语文！”我跑过去看看课表：“这节是美术课啊！”马上有很多同学异口同声地说道：“哪节美术课不是语文老师上？”

说归说，大家还是希望上美术课。瞧，有的同学双手合十，默默祈盼；有的同学还讨论是不是上美术课……

上课铃响了很久，一位老师也没来。我叹了口气：“唉，去请语文老师吧！”走到门口，有人拉住我问：“你去干什么？”我答道：“去请老师啊！”他急切地问：“请哪一个？”“语文。”“唉，你就不能请美术老师吗？”“对呀！”可当我走到美术老师办公室时，却发现老师不在。我回到班上，对那些急切的同学说：“美术老师不在！”

又过了一会儿，我坐不住了，打算去请语文老师，因为，如果我不请一位老师来上课，班主任会觉得我这个班长简直就是带着同学混日子的。有同学们立刻拉住我：“别请语文老师，好不好？”有同学开始求我。有一个同学还说：

"如果你去请语文老师，我们就恨死你！"我在同学们的骂声中走出教室……

一下课，大家开始"围攻"我："你为什么请老师来？""请语文老师来上课很好玩吗？"……我一肚子委屈，可"死党"也在生我的气，我真想大哭一场，让心中的委屈化为泪水涌出来。

这场风波过去了，可我心里却被委屈长时间占据着，我只想说："这个班长不好当啊！"

6.06 坚持与努力

南京师范大学附属小学（江宁）四年级　陈宁婧
天使级赏能小作家

近期有一场江苏省内的击剑比赛，我和乐乐都报名参加了，我们都计划好要在比赛中取得好成绩。

乐乐是我的同班好友，我们一起学习击剑。老师说，乐乐比我学击剑的天分高，她也比我成绩好。为了在省赛上不至于被乐乐甩得太远，我订了个计划，我要以更多时间去俱乐部参加训练，还要以更高标准对自己严加要求，我希望取得更好成绩。我把自己的计划告诉了乐乐，希望好朋友能多帮助我，乐乐答应了，可是当我喊乐乐去俱乐部训练时，她说："我今天的作业太多了，如果训练后再回来写作业会写到十一点的，今天我就不去了。"我本来想说说她，可转眼一想，可能她的作业真比我多，说不定她有额外作业呢。

过了一周，又到训练时间了，我去叫她，她说："你看我腿上这个地方被班上同学撞了一下，还很疼呢，今天我又去不了了。"我有点不高兴，心想，要是下次她还不去，还能顺口对我说个理由出来，以后我就不叫她了。乐乐的成绩本来就比我好，人家也有偷懒的理由，我这种"笨鸟"只能多练勤飞才能不掉队。我怀着忐忑的心情第三次去喊她上课时，不出意外又听到了一个理由："我妈妈让我好好学习多做练习，她不让我去。"我只好无奈而地独自去练习。

距比赛时间越来越近，我几乎每天都去训练。我知道自己的水平不如乐乐，我对自己要求更高，教练对我的训练强度也越来越大，每次训练过后都累得浑身要散架了，但我一次也没缺过课。不知道从哪天开始，我忘记了一个人去训练的孤独，也忘记了和乐乐比高低，天天只想着我哪里做得还不够，哪里还有待提高，妈妈说我为了击剑都有点失魂落魄了。每天训练结束后回家，都要到晚上 10 点多才能写完家庭作业，但家庭作业我一次也没缺过。离比赛只有一周时间时，我每天都去练习，周六周日全天都练。虽然每次训练都非常累，但我能感觉到我起身越来越快，动作越来越娴熟灵活，我觉得这一切都值得。对击剑比赛我越来越自信了，比赛前一天，我还对自己的技术问题做了改良和调整，就是想让自己在最后关头再上层楼。

在本届江苏省青少年击剑业余俱乐部比赛中，我以自己的最好水平打进了个人前 16 强。可惜的是，乐乐和我一起参加了比赛，但名次榜上我没看到乐乐。通过这次比赛，我更理解华罗庚爷爷勉励青少年的那句话：勤能补拙是良训，一分辛苦一分才。

6.07 豌豆的一周

南京瑞金北村小学·南航大附小四年级 蔡攸同
凤凰级赏能小作家

豌豆穿着绿色的外套，“个头”跟黄豆差不多，不过它比黄豆更圆。

妈妈说她小时候种过豌豆，我当然不会落后，我也要种豌豆。我先准备了一些豌豆种子，用清水把它们浸泡了八个小时，豌豆吸足了水分，摸起来软软的，就像弹力球似的。开始种豌豆了。为了清楚地观察豌豆根部的生长，我选了一个透明盒子，这样方便观察土下的状况。我先在盒子里面倒上营养土，然后在这些土的最上面钻了好几个洞，把种子放到洞里，再盖上土，最后又浇了一点水，就放在向阳的窗台上等着它发芽了。

第二天去看豌豆，它们还没有发芽，我又浇了一点水。

第三天一放学就跑过去看，发现有几棵豌豆芽探出了头，我兴奋极了。它们一开始就像一个个弯腰的老太婆，蜷缩着，根本看不清新长的叶子是什么样子，我只看见细细的绿绿的一块，摸起来毛茸茸的，小茎外面像穿了一层透明的外套，摸起来滑溜溜的。我真喜欢这些小生命。

第四天放学我又迫不及待地跑回家看我的豌豆芽。豌豆芽已经长出两瓣叶子了，叶子摸起来是硬邦邦的，闻起来有一股淡淡的豆子的味道。那两片叶子是合在一起的，中间有一个小缝，好像里面要伸出什么东西一样。

第五天的早晨，我刚刚起床就跑到豌豆芽旁边去观察，看见两瓣叶子中间果然已经长出了一个小芽，不过小芽还很小，好像在努力地长得更高更大。饭后我又看了一会儿，就恋恋不舍地上学去了。放学后回家，我发现豌豆芽像是在等我检阅的顽皮孩子一样，它们有的笔直笔直，有的斜着站立，像一个滑梯，有的像老婆婆那样弯着腰，而且叶子还有厚有薄。我太喜欢我的豌豆队伍了。

第六天早上，我才来到豌豆旁就忍不住叫出声来——怎么回事呢？原来，豌豆芽吐出了“舌头”。豌豆芽怎么会有“舌头”？原来那才是它们真正的叶子。“舌头”薄薄的就像一张纸，好像一碰就会破，“纸”上还长了很多绒毛。这天放学，我还是急忙回家看我的豌豆，“舌头”上的毛更明显了，就像小船一样，弯弯的，仿佛有人要坐上去划船呢。

第七天了，我的豌豆的“年龄”已经一周了。早上去看它们时，我不仅注意到它们那小而嫩的“舌头”，还注意到了那白白细细的“腿”。长在土里的豌豆的根相互交错在一起，密密麻麻的，像一张白色的大网。今天放学回来，我发现豌豆芽后面多了两根小细杆子，原来是妈妈放了两个“登天梯”让豌豆们快乐地去攀爬。妈妈说，豌豆是攀缘高手，既然它喜欢攀爬，就要让它们有攀爬的地方，这样，豌豆才会高兴。妈妈还说，豌豆须像小手一样会抓住了杆子，并紧紧地缠绕在上面，如果我想不费点力气就把它们的小手从杆子上拿开是不可能的。我当然不会把豌豆的小手从杆子上拿开，我怎么会让我的豌豆不高兴呢？我期待它结出丰硕果实呢。

6.08 老房子·老槐树·姥姥和姥爷

南京师范大学附属中学树人学校七年级 顾晨浩
天使级赏能小作家

我家墙上挂着一张照片，照片上是我在一棵老槐树上，伸长着手，试着摘那朵槐花的场景。这棵老槐树长在我家老房子的院子里，每当看到这张照片，我都会想起那座老房子。

老房子在山东，是砖瓦结构，从外面看起来很大。小时候，我就在这里长大，这里曾是我的乐园。不过，我现在很少回去，只有姥姥和姥爷还住在那里。

老房子的厨房用木柴烧火做饭。记得有一次，看到姥爷在劈柴，准备给我做排骨汤。我忙跑出门外，拾了些长而粗的树枝回来，又去拎了一桶玉米棒芯，倒了一点到炉子里。姥爷这时也劈好柴了，提着两块比较大的木柴走来，姥爷从火房里捡了些干草，用打火机一点，“呲”，干草的一端点着了。姥爷把干草扔到炉子里，干草上的火就引燃了旁边的玉米棒芯，火越烧越旺。姥爷把锅架在炉子上，又把树枝掰断，小心地放到了火里，还把两个大木柴也架上了。我觉得好玩，也掰了根树枝，瞄准了，把树枝往火里一扔，树枝就被火焰吞没了。火越来越旺，时不时传出“噼里啪啦”的声音，偶尔也会传出“啪”的一声“巨响”，那是竹子被烤“爆”时发出的声音。虽然，有时候会突然从火里飘来一阵浓烟，熏得我直咳嗽，但锅中炖着的排骨汤却越来越香了。跟用煤气炖出来的汤不同，用柴火烧出来的汤带着一种独特的清香和一种特别的味道，这味道我形容不出来，但它确实很好喝。

因为房子里经常烧火，有一面墙壁被烤得焦黑，并且还有些开裂，房子里的地面和墙壁都不能和我们现住的楼房相比，但老房子留给我的温馨却是楼房提供不了的。

老房子还有一个院子，院子里有一棵老槐树和一颗樱桃树。

老槐树很高，超出围墙的高度好多。老槐树的皮皱巴巴的，摸上去非常粗糙，活像老人脸上的皱纹。老槐树的树枝和树叶很多，在夏天时，如同一把大伞，为我们创造了一片荫蔽。这棵老槐树是我小时候的乐园，每当比较无聊时，我就在树上爬来爬去。虽然我爬得不高，但每次爬树总能找到新的乐趣。

夏天，槐花开放，樱桃成熟。

槐花开得最旺盛的时节，花瓣雪白，姥爷便在傍晚的时候，把一种像镰刀一样的工具伸到树丛里，把镰刀头架到细树枝上，紧接着往下一拉，树枝就被割下来了。姥爷把花摘下来，拿给姥姥。姥姥会蒸一种饼，她和面的时候就加入槐花搅拌，等饼做好，天已经暗下来了，一轮明月从天边升起，月光越过围墙洒在院子里，仿佛地上铺了一层白霜。在明月的陪伴中，我们坐在老槐树下，面前摆着两盆槐花饼和一大盆樱桃，樱桃里还夹杂着一些槐花，在月光的照耀下，槐花越发的雪白。微风吹过，“沙沙”作响的树叶声送来阵阵槐花清香，呼应着甜甜的槐花饼中槐花的清香，我看着坐在身边的爷爷奶奶，感觉到无比的温馨和幸福。

如今，我因为学习的原因留在南京，老房子里虽然还住着姥姥和姥爷，但我知道我童年的圣地变得寂寞了。虽然我很长一段时间没回老房子了，但老房子却时时出现在我的梦境中。

有老房子相伴，我的童年一点也不孤单。有老房子相伴，我的生活温馨又绵长。

6.09 雪中情

南京瑞北小学五年级 薛陆垚
凤凰级赏能小作家

今天早晨，出家门就看见灰蒙蒙的天空里下着星星点点的小雪，小小的雪粒就像云姐姐从空中撒下的点点糖霜，落在手背上凉凉的，我尝了尝，仿佛还有丝丝甜味。

爸爸送我去上课。因为下雪，我们决定骑自行车出行。我让爸爸骑慢一点，以便欣赏雪中景色。

雪越下越大了，刚才的小雪粒也变成了随风轻舞的雪花，片片雪花像一位位优雅素妆的芭蕾公主从天空中翩翩落下。前方那片四季常青的草地像是蓬松墨绿的大绿巧克力上撒了层白白的糖霜，让人忍不住地想咬一口。抬头看，远山若隐若现，犹如一团轻雾，仿佛随时都能被一阵风吹走。路旁几辆卡车车厢里的货物包裹也蓬蓬松松雪白雪白，方的像一块块超大的奶砖冰激凌，圆的就像刚出锅的白馒头，看起来都极美味。

灰蒙蒙的天空下，山川大地越来越白。

起风了，“芭蕾公主”旋转得好快好远，大大小小的雪花在忽大忽小的风中上下翻飞，十分有节奏感。前面那群翻飞着的雪花忽然“组队”，就像一个超大的纸风车般转动了一会儿，才徐徐地飘飘摇摇落下来。

上完课出了大楼的时候，风停了，雪也停了，放眼望去，处处银装素裹亮亮堂堂，仿佛这是个白皑皑的水晶世界。旁边高楼的层间平台上都镶了一层整齐规则蓬松的白色花边，窗外的遮阳棚上都统一戴了整洁纯净的棉帽，路边的雪松也披上了白色的大衣。我不由地朗诵起了陈毅元帅的诗：“大雪压青松，青松挺且直。”

我站在楼前台阶上到处张望，陶醉在这冬之使者组成的晶莹剔透的世界里。

6.10 暑假日记

南京竹山小学四年级　顾骧
凤凰级赏能小作家
全国征文优秀奖

2011年7月30日　天气：晴　心情：难过

今天，我和妈妈坐上了从舟山回南京的车。一路上，风景很美，可我没心思看，一心只想着欢欢。

欢欢是爸爸的同事养的一条狗，它有着一身雪白的毛，只不过耳朵染成了梅红色，尾巴染成了紫色，水汪汪的眼睛和小小的嘴巴显得非常可爱。欢欢第一次见到我就非常亲热，从不咬我，可能它也感觉到我很喜欢它吧。

欢欢是一条非常挑剔的狗，它从来不吃骨头，有时候连肉也不吃，那它吃什么呢？它喜欢吃糖、吃薯片、吃奥利奥……你说欢欢的生活是不是比我们过得还好？并且它还要我们帮它把食物掰成适当的大小才吃。如果你给它一整块薯片，它肯定会把头扭到一边，吐出舌头，装作很难吃下去的样子。如果你掰得太小，成了碎末，它也不吃。你必须把薯片掰成大拇指指甲盖那般大小它才吃。

欢欢长得很胖，它之所以这么胖，是零食吃多了，还不爱运动造成的。它跑起来的时候身上的肉一晃一晃的，不知道的人还以为它怀宝宝了呢。

你们觉得欢欢可不可爱？我真希望也能养一条狗。

2011年7月31日　天气：晴朗　心情：还可以

经过一夜的休整，我们的精神有所恢复，今天我们开始整理房间。妈妈在楼下打扫，我打算到楼上的阳台看一下我们的花。

到了楼上，我大吃一惊，我本以为花儿可能全都干死了，没有想到花儿不仅没有死，还长得生机勃勃的，要知道我们已经离开家有一个月了。哦，原来南京前段时间一直在下雨，我们回来前几天才晴的。原来只有两片叶子的金钱草现在已经长出了好多新叶子。还有走之前种的葱，也全都活了。给你们讲个好玩的事，我们家原来种了一盆小小的观音莲，走前还是活的，可现在那个花盆里不见了观音莲，却有一棵杂草长得很漂亮，很茂盛，观音莲大概当了肥料了。地雷花和米兰也长得很好。米兰本来开了花的，不过现在已经谢了，上面星星点点的像小米粒一样的就是谢了的花，怪不得叫“米”兰呢。地雷花长得快有一米高了，妈妈说要给它打尖儿，就是把最顶端的尖芽掐掉，这样才能长得更壮。

我以后一定要把我们家的花儿种好，让它们长得更壮。

2011 年 8 月 1 日　天气：晴，有时小雨　心情：兴奋

今天，妈妈要去医院做眼睛手术，我也跟去了。

一上地铁，妈妈就教我记地铁站里所有的东西，比如说出口、入口、哪边转车，统统要我记住，因为做完手术，妈妈的眼睛就要蒙上了，那时就得全靠我来带领妈妈回家了。

刚到医院，妈妈就被送进了手术室。我坐在一间有电视的房间里看起了电视，一开始我还挺担心妈妈，后来我的心思就全在电视上了。过了好长时间，妈妈终于被护士姐姐送了出来，眼睛上蒙着好几层纱布。妈妈说：“我看我们还是住院吧，我的眼睛一点也看不见，我还是不太放心你带我回家。”我一下愣住了，那我花了那么多心思记的东西不是白费力气了？

我在护士姐姐的指导下，扶妈妈上厕所，按时给妈妈换冰袋，喂妈妈吃药、喝水……该吃午饭了，可是因为我们入院太迟，医院没给我们订午饭。在护士姐姐的指导下，我给附近的饭馆打电话，订了两份快餐。我自己吃完了，再喂妈妈吃。我的手一直在抖，还是头一回喂别人吃东西，有时候喂到了脸上，有时候只喂了几粒米饭到嘴里，大部分都抖掉了。到后来，妈妈受不了了，干脆自己吃，有时候夹的全是饭，有时候全是菜，还好没有喂到鼻子里。原来失去光明的人是这么痛苦啊。

吃完饭，我便开始玩手机游戏。过了一会儿，妈妈说：“人家都说盲人耳朵很灵，果然是真的，你刚才玩游戏的时候，拿近了和拿远了，认真地听，感觉还真的有点不一样哎。”“那我也来试试！”我闭上眼睛，拿近了，拿远了，果然有点不一样。

今天我当了妈妈的小护士，平时我生病了都是妈妈照顾我，现在轮到我照顾妈妈，终于知道妈妈是多么辛苦了。

2011 年 8 月 2 日　天气：阴　心情：一般

今天，妈妈眼睛上的纱布被护士姐姐取下来了。哇！我叫了一声，原来做完手术，妈妈的眼睛又红又肿，又青又紫，而且眼睛里面还充血，实在是太恐怖了。医生说，回去后，头三天都要冰敷，肿嘛，过一段时间自然就会消的。

不过，幸好妈妈出来的时候准备很充足，带了墨镜和帽子，这样别人就看不出来了。

告诉你们一个小秘密哟，其实妈妈并不是因为眼睛生病了要做手术，而是做了能让自己变年轻的去眼袋手术，你说我妈妈臭不臭美？我想：既然妈妈有眼袋，那会不会遗传呢？我赶忙跑到镜子跟前，左看看，右看看，唉，还好没有眼袋，看来从现在开始，我要好好爱护我的眼睛，不再乱揉它，不再让它受到伤害。

2011 年 8 月 3 日　天气：有雨　心情：高兴

今天王老师带我们去参观南京工程学院里的机器人，听说那里的机器人刚参加过全国的比赛呢！

我们进了大门，到了一间空教室里，先在那里休息了一会儿，第一批小作家去看机器人啦！我们是第二批，还是坐在那里静静地等着。过了好长时间，第一批小作家终于回来了，轮到我们了，我们先去看了比武机器人，一个扎的是白头带，另一个扎的是黑头带，它们身上各自装了一个感应器，这样就能知道对方在哪里了。先是白方赢，然后是黑方赢。我们还看了一个没有头，像铲土机一样的机器人，它跑得非常快，也特别敏感，放个纸条它都感应得到。

后来我们又去看小鱼机器人和赛车。两条小鱼踢球，看谁先把球踢进对方的球门，小鱼的头顶上有一个摄像头，把比赛的过程拍下来，传给电脑变成数据，再发给小鱼。有一条看抢不到球了，干脆堵在自己一方的球门里拦着，不准对方的球进来，很赖皮。最后我们去看赛车，它身上也有一个感应器，赛道上有一条黑线，它就是沿着线来回跑的。可能刚参加过全国比赛，没电了，只跑了三四圈就不行了。

2011 年 8 月 4 日　天气：雨　心情：一般

我经常会胡思乱想，老是把自己吓一跳。晚上，我躺在床上，突然想到会不会有科学家创造出许多吃人的怪物，来把我们吃掉。这些怪物先用触手裹住人的头，将我们拉过来，然后放出一些白色的光，吸进去，再转移到另一个星球上，活活地饿死。怪物穿不过墙，它们用脚把窗户踩破，然后钻进来，再放出另一种光，扫描哪里有人类。我和妈妈躲在床底下，没有被发现，但万一它们把床踩扁了，那我们还是会被发现。就算躲过了这一劫，还有明天、后天、大后天……万一怪物们待在这永远不走了怎么办？或者我们把家改造成四周都是墙的那样，在里面生活。可是粮食吃完了怎么办？我们还是会饿死的。

这样想着想着，我自己都害怕得蒙在被窝里哭了起来。

过了几天，我突然想到，这会不会是和爸爸看过《天际浩劫》留下的后遗症呢？

2011年8月5日　天气：晴，有时阵雨　心情：开心

晚上，我和妈妈都睡不着，我便提议，来吹牛。妈妈说："好啊。"

我们各自想了一会儿，"我先说，我先说"，我大声叫道，"我一口气能把汽车吹跑。"

妈妈说："我们家的空调制冷效果可好了，人往下一站，眉毛上立刻能结霜。"

过了一会儿，我小声说道："呃……我想不出来了……"

"想不出来了呀，那我来说一个吧。我的嗓门可大了，叫一声，隔十条街都能听见。"妈妈想了一下说："要不我们来定一个题目，这样会简单一些，就叫看谁的嗓门大吧。"

"好！"

妈妈先说了一个："王大婶的嗓门特别大，她每说一个字，墙上就会被砸出一个洞，现在她的嗓门越来越大，她的儿子在桥北工作，家在江宁，想叫儿子回来看她，只要喊一声，儿子就听到了。"

该我了，我说："张阿姨的嗓门才叫大呢，她只要一开口，连楼房都震得直摇晃，不知道的还以为发生地震了呢。"说着说着，我的眼睛快闭上了，我打了一个呵欠："我困了。""那睡吧，明天接着吹。"妈妈应道。

6.11 最珍贵的礼物

南京紫竹苑小学五年级　黄欣泽
凤凰级赏能小作家

赏能终于开学了！

从起床开始我就十分兴奋，因为疫情的原因，赏能推迟开学好久了。

吃过早饭后，我心急火燎地乘地铁去赏能上课。刚进教室，老师就神神秘秘地拉我去办公室。好久没见到老师了，现在被老师拉着，我心里更加激动，就乖乖地跟着老师去了办公室。

一进办公室的大门，就见迎面的办公桌上放满了玻璃一样的东西，这些不规则的立体“玻璃”上还有些花花绿绿的图案。走近一看，原来这些“玻璃”是老师为我们所有赏能同学做的立体像，老师说这是早就做好的立体像，本来是放假时给大家准备的礼物，结果疫情把这份分别的礼物变成了相聚时的惊喜。老师特意把同学们的立体像排列在一起，想让我们来找一找自己。老师说，有的同学找不到自己，马马虎虎地把别人的立像人当成自己给拿走了，我下定决心绝不拿错。

我仔细地在一大堆的“人群”中寻找自己，认认真真地盯过了所有的立像人，可我就是没发现“我”。第二遍时，我边找边欣赏我的“同学们”，看着各式各样的Pose和神态各异的表情，我忍俊不住笑了起来：不少男生穿着西装，十分庄重地努力摆出了小大人的样子，很多女生穿着公主裙，轻提裙摆，傲娇的像只天鹅。有的同学竖起大拇指，一副志在必得的样子，有的挤眉弄眼做着怪模样。虽然我开心地俯视着“同学们”逐一欣赏了一番，我还是没找到“我”。旁边的老师看我焦急的样子，轻声说：“再耐心点，仔细点，我已经看到‘你’了哦。”我一听，就更认真仔细地从头开始找，在借来的孙大圣的火眼金睛的帮助下，认真扫视过每一排立体像后，哈哈，我找到了‘我’，它藏在最后一排。

我拿起自己的礼物认真地看着，突然有一种想哭的感觉，因为它让我想起了去年国庆时我和爸爸在海南的时光，这张照片就是在那里拍的。我站在房间靠泳池的台阶上，阳光透过玻璃斑驳地照在我身上，我甜甜地笑着，不是因为手里拿着甜甜的饮品，而是爸爸那段超长时光的陪伴。我十分留恋那段日子，惬意又幸福，没有任何的烦恼，只有无穷的快乐和感动。虽然我只是小学生，但我还是有了这样的感想：人生最珍贵的就是和家人在一起的快乐时光。

我很珍惜这份赏能开学第一课的礼物，不仅因为这里寄托着老师们的用心和浓浓的爱意，还因为这是我认真查看后才发现的“我”，更因为这里体现着我全家的幸福和快乐时光。

6.12 滚来滚去的小土豆

南京河西外国语学校小学三年级 管子诺
天马级赏能小作家

小土豆的家园因为蚯蚓先生全家搬走后变得越来越不透气，住得越来越不舒服。小土豆因为没有办法让土壤变得疏松，正在发愁时，他想起了妈妈说过的一句话：书里有所有问题的答案。于是，小土豆就从书架上拿了一本书来看，这本书的名字是《谁动了我的奶酪》，小土豆很快就把书读完了，他决定向嗅嗅和匆匆学习，要到其它地方去生活。

一天夜里，天刮大风。小土豆悄悄离开兄弟姐妹们，在大风的帮助下，他利用自己圆圆的身体滚了起来。大风推着小土豆越滚越快，小土豆糊里糊涂地撞到了正在睡觉的土豆爷爷。土豆爷爷揉了揉眼睛，打了个哈欠，问："小土豆，你大晚上的跑出来干嘛？"小土豆支支吾吾地回答道："我……我想到其它地方去生活，这里的土壤太闷了。"土豆爷爷摇头晃脑语重心长地说："小土豆，你要学会忍耐啊，不同的环境都要学着去适应……哎，小土豆，你别跑啊，爷爷还没说完呢！"小土豆没等土豆爷爷把话说完，就被大风推着骨碌碌滚远了。

小土豆滚啊滚啊，滚到了湖边。他觉得湖边肯定很湿润，四周还有秀丽的风景，这个地方一定很好。于是，他跳进一个小坑，贴着湿漉漉的泥土美美地睡了一宿。第二天一大早，小土豆被周身痒痒弄醒了，他感觉自己全身发霉，一点也不清爽，他叹了口气说："唉，这里太潮湿了，这里是各种霉菌的家乡，我一定不能被他们弄腐烂了。"于是他努力钻出了小坑，又在大风的帮助下踏上了新的旅程。

滚啊滚，小土豆滚到了沙漠里。"这里真是干燥极了，一定没有霉菌让我浑身发痒。"小土豆高兴地想着，想要在沙漠里安家，小土豆决定先停下来休息一下。才休息了一会儿，小土豆就满头大汗，他就像钻进了大烤箱一样，往身上看看，原来圆滚滚的身体已经变得有些邹邹巴巴的了。"我要赶紧离开这里，不然的话，就算我没变成烤土豆，也一定会因为脱水而变成土豆干的。"小土豆吓坏了，他赶紧起身，并且用上了自己的秘密绝招"滚蛋"，他快速地离开了热烘烘的沙漠。

小土豆一路滚啊滚，他先后到过城市、森林、草地、公园等各种地方，他遇到了各种各样的事情。城市里到处都硬邦邦的，根本找不到生根的泥土。他在森林里遇到了野猪，差点被吃掉。草地上遇见的地老虎和白土蚕吓得他魂飞魄散，现在回想起来还瑟瑟发抖。公园里的小孩把他当球踢，小土豆看准机会滚到一个刺丛底下才逃了出来。

经历了千难万险，这个见过世面的小土豆滚到了一个肥沃的农田里，这里长满了队列整齐的玉米小苗。小土豆吸取了之前的经验，他先问一棵玉米："你好，请问你们在这里住得舒不舒服呀？"玉米回答道："是小土豆啊！这里很舒服的。如果你没有家的话，欢迎你来和我们做邻居，我们玉米最喜欢和土豆做邻居了，你看我就有不少土豆邻居呢。"小土豆这才发现一排排的玉米队伍中，果然还有一排排的土豆。小土豆高兴极了，他滚进田里，故意掉到一个坑里，附近的玉米都不断地摇着手臂欢迎他，大风帮助他盖上了泥土被子。

小土豆终于找到了他的新家，这个家既温暖又舒适。更重要的是，这个新家还有很多非常热情善良的邻居，小土豆在这里交到了很多好朋友。这次，他真的美美地睡了一觉。他做了个梦，梦见自己发芽了，接着他越长越高，邻居们都夸他枝繁叶茂。为了报答邻居们的帮助，他以全身洁白的花朵向朋友们招手致意。

6.13　疫情中我长大了

南京市五老村小学六年级　蒋钰霖
凤凰级赏能小作家

2020年春节前，大家欢欢喜喜准备过年，谁知一场突如其来的疫情打破了预期的祥和热闹。这场疫情的主角——新型冠状病毒，在中国快速传播。

这个给中国、给世界带来灾难的新冠病毒主要通过呼吸道飞沫传播和接触传播、气溶胶传播、粪口传播，狡猾的病毒把能用的传播途径几乎都用上了。感染病毒的人会出现程度不同的症状，有的只是发烧或轻微咳嗽，有的会发展成肺炎，更为严重的还会导致死亡。新型冠状病毒在潜伏期已经有了传染性，而且传染性非常强，所以即使有人感染上这种病毒自己也有可能不知道，还可能会在无知无觉中传染了其他人。这次病毒袭击来势汹汹，已经夺去了数百万人的性命。疫情发生时我一直待在家中，这几个月里我长大了，我懂得了自己的责任。

对家庭的责任。疫情期间，爸爸妈妈在家工作，因为不能上学，我也天天和爸爸妈妈一起在家里。我发现爸爸妈妈非常忙碌，除了自己的工作和学习，还要洗衣做饭做家务，要解决疫情期间物资紧缺的问题，要回答我和妹妹那“十万个为什么”式的各种问题，要带着我们学习和运动，要帮爷爷奶奶买药理疗等等，爸爸妈妈从每个方面保证着整个家庭安全和健康。在爸爸妈妈忙碌的身影里，我意识到了我对于家庭的责任，我要按计划管理好自己的事情，少让爸爸妈妈烦心，我还要做一些力所能及的家务来减轻他们的负担，因为我也是家庭的一员。

对社会的责任。尽管病毒肆虐，但全国人民齐心协力众志成城，在短短2个多月内就控制住了疫情。通过媒体报道和爸爸妈妈的讲述我知道了辛苦的白衣天使日日夜夜在面对死神对抗新冠病毒，军队和政府公务人员不畏艰辛奋战在防控疫情第一线，普通民众积极响应号召，自觉配合疫情防控工作。在那些“明知山有虎偏向虎山行”的最美逆行者的背影中，在那些怀揣赤诚之心奋战一线的志愿者的目光里，我意识到了自己对于社会的责任，因为我也是社会的一份子，我有义务保持自己的健康并对别人提供力所能及的帮助。我认真遵照专业人士的倡导，规律生活，坚持锻炼，少去人多的地方，尽量待在家里。外出时我认真戴口罩并勤洗手，做好防护，避免做传染者和被传染者。我还捐赠了我的压岁钱，为社会、为国家贡献自己的一份小小的力量。

对自己的责任。疫情中我学会了独立思考，我发现了在疫情面前能救人类的是钟南山、李兰娟这样的科学家们。我在学习上要再主动些，要不断探索和研究，掌握更多的科学知识，长大后，当社会需要我时，我才能出上力，才能成为像钟南山和李兰娟一样的对社会有用的人。

6.14 血的教训

南京市秦淮外国语学校七年级　曹艺轩
天使级赏能小作家

我小时候很调皮，对一切新事物都感到好奇，只要听说哪里有好玩的事，我肯定是家里第一个去尝试的。

爸爸说，我上辈子可能就是花果山上的孙悟空，常常翻江倒海钻天入地。爸爸妈妈不断告诉我不能乱喝自来水，可我却常常和对着干，趁他们午睡时悄悄到厨房，拧开水龙头去尝那“甜丝丝”的自来水。爸爸妈妈还告诫我不许玩火，可我却偷偷地把牙签、纸巾、纸盒全都给烧了个遍，爸爸妈妈常紧张地要将打火机藏起来，侥幸的是我玩火没造成过意外。

不过，并不是我每次淘气都有好运气。

一个炎炎夏日的午后，爸爸去图书馆还书，妈妈还在睡午觉，我独自在客厅转来转去闲得无聊，没事找事地想做点什么，忽然记起昨天偷偷在冰箱冷冻柜里制作的冰块，就想打开冰箱门去验收成果。我一边走向冰箱一边想：天气这么热，吃冰块一定很凉爽。爸爸妈妈平日不让我吃冰块，今天我就偏要试一试！

我把冰块拿出来放在餐桌上，学着大人的样子，一手拿刀，一手拿叉，要享用“美食”，可无论我怎么切，怎么叉，都以失败告终。试了几次后，我放弃了刀叉，伸出舌头，小心翼翼一点一点凑向一个新的冰块。因为爸妈的多次告诫，我在脑中无数次想象过与冰块“会面”，想着舌头上传来的阵阵凉爽，可不管理想多么丰满，现实却很骨感：舌头粘在冰块上取不下来了！

阵阵寒气确实直逼舌尖，但舌尖粘在冰块上，仿佛被冻住了，任凭我怎么扯也扯不下来，我有点害怕了。有困难，找妈妈！我慌慌张张准备去向妈妈求助，结果脚一滑，摔倒了，冰块稀里哗啦不知掉到了哪里，反正没在舌头上了，但舌头上传来钻心的疼痛。我忍住疼没有叫出声，爬起来到卫生间去照镜子，惊恐地发现舌头正在流血。犹豫了一会儿，经过一番激烈的思想斗争，我还是选择了去叫醒妈妈。“妈妈，我的舌头流血了！”正午睡的妈妈瞬间翻身下床来到我身边，看了看我的舌头，她焦急地问道：“你舌头怎么破了？发生什么事了？”“我，我舔冰块了。”我支支吾吾地答道。妈妈听了又好气又好笑。在帮我处理伤口的过程中，我以为妈妈会再次唠唠叨叨告诫我不许吃冰块，但这次她却没说什么。不过，以后我再也不敢舔冰块了。

舔冰块会粘舌头，这是用血得到的教训！

6.15 球迷爸爸

南京市江宁科学园小学六年级 吴浩辰
天使级赏能小作家

爸爸是个足球迷，只要一提到他，我的脑海里立马就会蹦出“足球”两个字。爸爸的生活里足球真的是无处不在：衣柜里有他买来的C罗、梅西等很多球星的衣服，他和几个爱踢球的叔叔成了好友，常一起聊球，一起出去踢球。有时他还会为一张小小的门票而费尽九牛二虎之力。

一天晚上，爸爸对我说：“吴浩辰，现在有场球赛，你要不要和我一起看啊?”我嘴上故意说“不”，其实心里早已按耐不住想看了，我俩一起进房间看起了球赛。

我们目不转睛地盯着电视，球到哪儿，紧张的目光就跟到哪儿。

比赛双方势均力敌，进行到第三十六分钟时，仍未打破0比0僵局。突然，爸爸支持的球队获得了一个点球机会，爸爸摇头晃脑大笑起来：“哈哈哈！这球肯定进啦。”场上球员助跑、射门一气呵成，但球踢飞了。爸爸随手使劲抓起一个抱枕往边上猛地一砸，生气地说：“这也忒不争气了，我上去都能进，你进不了?”说完，他又专心致志地看比赛，同时还不断分析场上的局势，我看着他的样子在心里偷偷直笑。又过了一会儿，我都看得迷迷瞪瞪想睡觉了，爸爸突然大喊一声：“球进啦！这球射得漂亮啊!”我被吓了一跳，一睁眼，只见他围着茶几手舞足蹈，仿佛是他进了球似的，爸爸兴奋了差不多十分钟才逐渐消停下来。这场比赛最终以1比0的比分收场，爸爸还意犹未尽，巴不得再看一场比赛才好，不过，最终，爸爸为了能让我“早点睡”，我们各回各房睡觉了。

爸爸不仅爱看球，还爱踢球。有一次，他约了几个球友一起到市民广场的足球场踢球，出发前，还特意穿上了印有他名字的球衣和他的宝贝——C罗代言的球鞋。到了球场后，他们大人和大人踢，我和好朋友宋浩冉踢。休息时，我就在一旁看大人们的球赛，正好发现爸爸因争抢球权摔了一跤，由于没穿球袜，膝盖出现了严重的擦伤，我心里想想都觉得疼，但他却爬起来后一边一瘸一拐地向场边走，一边回头喊：“你们先踢，我马上来!”我赶紧拿出包里备用的创口贴，刚去帮他贴在膝盖上，他却一点也不休息，直接转身进了球场继续投入比赛。回家后，妈妈说：“你腿都擦伤了还踢，不是应该回来吗。”爸爸笑着说：“人家C罗腿拉伤了还可以坚持，我这点伤算什么呀。”妈妈无奈地摇了摇头。

爸爸真是个名副其实的爱足球的人。

6.16 彩虹瀑布与大峡谷

南京市成贤街小学六年级　高亦勤
凤凰级赏能小作家

（一）进山

去岳西看彩虹瀑布，出发时，太阳还躲在云层里，可到了目的地，太阳神奇般地挂在天上，金灿灿的阳光让眼前一下亮丽起来，真是天公作美，我们可以看到彩虹瀑布了。

从停车场到瀑布景点路很平坦，左边是漂流的河谷，河床很深，中间是浅浅的流水，而更多的是裸露的大大小小、光洁的石头。有一处宽阔的水面依次排着整齐的石块，就像棋盘上的棋子。人从上面跑过，从远处看如同在水面行走，让我想起武侠小说中写的“水上漂”。我当然不会放过这个机会。看那一字排开的石头，更像钢琴的琴键。当我在上面跳动的时候，每一步跳跃都是在弹奏心中快乐的乐章。水非常清澈，水底的石块看得清清楚楚，偶尔也能看到几尾小鱼在水中游动，它们也好奇地看着我。可惜，我不能在这儿停留。

走完平坦的水泥路，步入碎石和泥土压实的小路感觉更有乡土气息。沿途一侧是山坡茶园，茶树整齐地排列着。已过了采茶高峰，偶尔也能看到一两个茶农在寻找新出的嫩芽。触景生情，我们也似乎嗅到茶叶的清香。抬眼望去，周围全是层层叠翠的绿，座座相连的山。我们处在一个群山环绕的盆地，空气清新而湿润，阳光灿烂而明媚，景色迷人又亮丽。这一切给了我们一个好心情。一路上都是进山的人，到了漂流始发地，许多彩色的充气艇都静静地躺在那里，等待下山返程游客的挑选。我们继续向前，不久就进入瀑布景点大门。

（二）彩虹瀑布

我们沿着山脚边蜿蜒的小路前行。河谷水流撞击石头的声响越来越大。说不出是急切还是激动，脚步也不由地加快了。拐了几个弯，忽然发现迎面绿色的“屏障”上高高悬挂着一条白绫似的窗帘。“啊，瀑布！”我不禁欢呼起来。

随着山路的曲折迂回，瀑布忽隐忽现，足足吊着我们的胃口，最后竟然在我们眼前消失了。我们仍然继续走，前面传来一种低沉而厚重的声响，犹如千军万马在奔腾，又好似战前的万鼓齐鸣，让人震撼，更让人期待。转过山的一角，忽然眼前一亮，诗仙描写瀑布的千古绝句出现在我们眼前——“飞流直下三千尺，疑是银河落九天。”这就是我们期待已久的“彩虹瀑布”。

感谢这条傍山环绕的小路，给了我们期待，又送给我们惊喜。这种突然“眼前一亮”的感觉实在是奇妙极了。听大人说，这条瀑布有九十多米高。哇！相当于十层楼高，真是大自然的奇观。

瀑布从山顶倾泻下来，山体全是突兀的岩石，水一路撞击，飞溅形成大量的白色水花和雾气，整条瀑布白亮亮的。落下的巨大水流在石潭升腾、翻滚、四溅，如同蛟龙在水中作怪。越过一座吊索桥就是最佳观赏瀑布的景台，许多人在这儿拍照，我们也不例外，留了影又继续观赏。景区还修建了一个透明走廊，方便游客近距离接触瀑布。尽管如此，我们行走在里面，还是被瀑布的雾气淋浴了一下。

穿过走廊，我们来到瀑布的一侧，观赏那翻腾、咆哮的归宿——水塘。我忽然提出一个问题：“山顶的水从何而来？”爷爷没有正面回答我，只说了一句：“山外有山，天外有天。”我知道，这句话有很深的含义。“可彩虹呢？我们不是来看彩虹瀑布吗？”“不要急，彩虹不是一直挂在瀑布上，需要一定的条件，需要阳光的赐予，我们等待机会吧。”爷爷这次回答很有耐心。看不到彩虹，我们只好遗憾地继续向前，可幸运的是当我们返回路过时，有人惊呼：“彩虹出现了！”游客们这时都激动起来，寻找最佳观赏点。只见瀑布的中段横卧着弧形的七色彩虹，和我们夏天雨后看到的彩虹一样，只是小一些，不管怎样，我们还是看到了彩虹，那是阳光的恩赐，是阳光给了我们惊喜。在这个世界上，阳光给我们创造了五彩斑斓的世界，也给了我们七彩的人生。

感谢阳光，感恩太阳。

（三）大峡谷

有高山，必定有峡谷，原以为峡谷之行很难走，可没想到这是一段最舒服的行程。景区为了方便游客，在山腰一侧砌上石头，然后铺上木板条，上下有台阶，如同在公园中散步，非常惬意。山上是密密的树林，我们在树林中穿行。靠峡谷一方如果没树就安装了栏杆，保证游客的安全。峡谷对面山侧同样是木板路，两侧行人遥相呼应。

谷底布满了大小石头，整个峡谷因石头的堆集，天然形成大小不同的五个潭，人称“五连潭”。我们一路步行，不紧不慢，欣赏周围的风光，观赏河谷奇特的石头。

走到中间最大的水潭，我们在这儿休息了一下。对面，有两个项目一下吸引了游客的眼球。一个是高空索道，我在“九华天池”坐过，它没有引起我的兴趣。另一个是峭壁攀岩运动，太刺激了。我们可以清楚地看见四个穿着黄色救生衣的年轻人，手脚并用在峭壁上攀登。他们身上都系着安全绳，防止发生意外。岩壁上凿了许多小坑，这降低了攀登的难度。我真想试试身手，可惜儿童不能上。

到对岸去，除了皮划艇，游客都是从前面不远处吊索桥通过。这也是我喜欢的一个项目，长长的铁索桥上铺着木板，人走在上面，不断摇晃着，非常刺激，胆小的只有抓着保护网的绳索一步一步向前。

过了铁索桥，一直向前，在一个石拱桥上又回到进峡谷的一侧，按照指示牌，我们又穿过一个隧道回到瀑布的另一侧，沿着来路返回，结束了整个行程。

6.17 说说读书

南京市潭桥小学五年级 庄涵予
天使级赏能小作家

高尔基说："书籍是人类进步的阶梯。"

我很认可这句话，不过，对读书，我也有很多话想说。

小学三年级时，我看了一本叫《鼹鼠的月亮河》的书，给我留下了深刻的印象。经过是这样的：爸爸妈妈在给我买书这件事上非常大方，我们家到处都放着书。一天晚上，洗漱完毕后我想找书看，无意中拿起了这本书就坐在床上读，很快我就发现这本书特别有趣。书中讲了鼹鼠一家生了一个小宝宝，这个小宝宝喜欢在白天睡觉，晚上看星星。他认识了一个朋友，是个女鼹鼠，女鼹鼠每天都要洗衣服，鼹鼠宝宝就想帮她做一台洗衣机，后来他就去小镇上找材料来开始制作……我觉得这小鼹鼠好有志向，他这样地乐于助人，我要把他当做我的榜样，我边看边这样想着。看呀看，我看到了失败的咪咕魔法师，看到了十分义气的黑乌鸦，看到了刻苦练习魔法的小鼹鼠。不知不觉间，我竟然一口气把这本书看完了，这本书的内容太有趣了，我一口气读完了一本书，这个过程也太有趣了。读完那本书，已是九点二十分了。

四年级时，读《水浒传》时我看到了狡猾的高俅，也看到了武艺高强的武松等英雄好汉，我发现他们都有外号，比如及时雨宋江、豹子头林冲、花和尚鲁智深等。我认为《水浒传》之所以能成为四大名著之一，是因为它虽然语言朴实，但作者刻画出的人物性格却十分突出，读完书后，书中的人物形象永远不会忘记，到现在说起书中人物我都能如数家珍。不知不觉中，我读完了《红楼梦》《西游记》《三国演义》《皮皮鲁传》《射雕英雄传》《神奇校车》《小狗钱钱》《老鼠记者》等，它们都让我爱不释手。每读一本书，都能打开一个新的世界，读书使我更快乐！

我认为读书是人的精神的最好的支柱，"读万卷书，行万里路"，才是人一生中最值得做的事。一千八百年前的古人都说："书犹药也，善读之可以医愚"，我们还有什么理由不读书呢？难道我们要自觉自愿地成为"愚人"吗？

书是人类真正的朋友，不管是阅读中的哈哈大笑还是伤心大哭，它对每个人都是真诚的。希望大家都别辜负了这个好友。

6.18 给爸爸的信

南京汉口路小学三年级 招博航
天马级赏能小作家

亲爱的爸爸：

您好！我今天要用信的形式跟您“说话”，您开心吗？

还记得吗？2016 年 3 月，我参加了一次赏能的街头售书活动。两个小时里，我一次次和客户沟通，却没有卖出一本书。但是我没有气馁而是改变策略，从独自作战变成和小伙伴组队售书，最后售出了三本书！当我手捧着老师交给我自己赚的十元钱时，我的心情非常激动。我终于发现和陌生人沟通并不是以前想象的那么可怕。通过这次活动，我变得越来越自信，越来越勇敢了。

2016 年的 12 月，我参加了“经典背诵 PK 赛”，成为队伍里年龄最小的一名参赛者。第一次登上这么大的舞台，面对那么多观众演讲，内心的紧张并没有影响到我的发挥，我出色地完成了这次比赛。

现在的我，在别人的眼里，是一个自信、勇敢的男子汉，但是您还记得三年前的我吗？那时候的我特别害羞，不敢举手发言，不敢跟别人说话，不敢跟别人玩游戏，不敢回答陌生人的问题。

那年暑假，您带我去参加一个英语培训班。到了教室门口，您让我跟老师打招呼。可我一直非常害羞地低着头，不敢看那位老师。无论您怎么鼓励，我最终都不敢跟老师打招呼。进了教室以后，我发现周边的同学都不是我熟悉的同学，我很害怕，不敢跟他们说话。有同学主动跟我打招呼，我也不敢说话。课上，老师特意让我回答问题，虽然那个问题我也懂，但我担心老师和同学们会嘲笑我，我一直站在那里一句话也不敢说。老师多次鼓励无果，最后只好又让我坐下来了。

记得有一次，学校一放学，我就冲向校门口，发现外婆没来接我。我的家和学校只有一墙之隔，就自己跑回了家。两分钟的时间，我就到了家门口。我敲了敲门，没人回应。我又敲了敲门，还是没人回应。我通过门的细缝往里看，里面没有开灯，也没有人。我害怕极了，心怦怦直跳，怀里像揣了个蹦来蹦去的小兔子，急得不知所措，脑里一片空白，不知道应该怎么办。后来我想起您说过的话：如果家里没人的话，就到三楼平台去等您。可是您至少要晚上七点才能回来，我要在平台等四个小时，肯定饿极了。一想完，眼泪就直往下流。我边哭边走下了楼梯，来到了平台。结果我看到了一个惊喜，爸爸，您居然在那儿等我。

以前我非常不喜欢练小提琴，更不喜欢背小提琴谱。因为练小提琴很苦，脖子一直夹着琴很酸痛，而手指不停地按把位也很疼。而且那些小提琴谱子，就像一些调皮的小蝌蚪到处乱窜，无论怎么背都记不住。没想到，您居然给我举办了一个家庭颁奖典礼。每次我练完小提琴后，您都会郑重地给我颁奖。每次奖励我的奖品都不一样，有我喜欢的星钻积木、乐高积木、陀螺、机器人等，还有我喜欢的书。

爸爸，您还记得我们去国防园参加的那个活动吗？有一个项目是让我们爬上去，在悬空的有栏杆的独木桥上走路。我害怕极了，刚走到一半就坚持不下去了。我看到地面离我很远，感觉下面就像万丈深渊，担心自己随时就会摔下去。我心脏跳得厉害，浑身发抖，吓得手心淌汗，头皮发麻，全身出虚汗。我再也不敢往下看了，紧紧地闭住眼睛，屏住呼吸，一动也不敢动。这时您在下面大声地给我鼓劲，试图打消我心里的害怕。可我还是很害怕，我用乞求的眼光望着你，恳请您上来帮我。但您说您不能上来，只能靠我自己去克服。您一直在鼓励我："儿子，不要看底下，只要看着前方往前走就行了。你心里不要担心会掉下来，继续走！"我听了您的话后就按照您的方法去做了，最终成功完成了那个项目。

爸爸，因为我以前的胆小和内向，您放弃了很多工作的时间来陪在我的身边。看到您，我就像吃了一颗定心丸。

但是爸爸，现在的我，已经没有那么需要您了。爸爸，我一直想对您说：您的世界里不应该只有我。认真工作的您、关心妈妈的您、帮助朋友的您、照顾儿子的您……这才是完整的您。亲爱的爸爸，请您慢慢放开我的手，让我成长为可以保护您的真正男子汉！

爱您的儿子　航航

2016 年 12 月 28 日

6.19 高手就在身边

南京金陵汇文学校七年级　樊伊宁
天使级赏能小作家

“轻轻地捧着你的脸，为你把眼泪擦干，这颗心永远属于你，告诉我不再孤单……”在南京电视台的舞台上，我们合唱团获得了全场观众的掌声。站在舞台中间的那个少年，淡然地微笑着，他，就是我们的领唱。

合唱团选拔成员的那一天，我怎么也没有想到他能入选，更没有想到，他竟然能成为领唱。

选拔当天，放眼望去，女生们的衣服五颜六色，令人眼花缭乱，男孩子个个西装革履，帅气挺拔。我注意到最后一排的角落里站着一位高高瘦瘦的男孩，身穿运动装，头上戴着鸭舌帽，在这场“模特的集会”中显得格格不入。他的卫衣很宽大，一只袖子空荡荡的，直觉告诉我，他少了一只手臂。

合唱团的各位老师要从残障儿童中选出一位参与南京电视台直播。现场看到，听障儿童借助听器能说出优美的语言，聋哑儿童能用变化多端的手语比划出歌词的意境，他们的表达风格虽不同，但个个都令人赞叹不已。最后，那位鸭舌帽少年迈着沉重的步伐上了台。他一开口，全场瞬间静了下来。他那别具一格的嗓音略带沙哑，却温柔又不失力量，一种难以言说的美妙回荡在整个大厅。指导老师竟然闭起眼睛，随着他的歌声打起了拍子。

一切都在意料之外，却似乎又是意料之中，朴实无华的他，以强大的实力进入了我们的合唱团。

此后几天，他每天都和我们一起进行长达三小时的排练。“合得不好，重来!”一次次的重来、重来、再重来……好多成员都累瘫在地上不想起来了，但男孩依旧不厌其烦地练着。伴随着旋律，他时而闭上双眼，用心感受钢琴伴奏的意境，时而单手握着空拳和着节拍，时不时用沙哑而又饱含深情的歌声拨动我们的心弦。

经过了几天的排练，老师请他担任我们的领唱。

我羡慕极了，却心服口服。

“我们同欢乐，我们同忍受，我们怀有同样的期待……”随着我们的歌声，台下响起了雷鸣般的掌声。领唱的少年，依然深情地陶醉着：“无论你我可曾相识，无论在眼前在天边，真心地为你祝愿，祝愿你幸福平安”……

微笑的独臂少年，是生活的高手，是歌唱的高手，是专注、坚持、宠辱不惊的高手。

高手其实一直就在身边，平时不显山不露水，关键时候一鸣惊人一飞冲天，常常让我目瞪口呆又望尘莫及。

隐藏着的高手们一直在激励着我的努力和成长。

6.20 请给最后一名掌声

南京北京东路小学五年级　勇乐
凤凰级赏能小作家

人生在世，每个人都会经历许多比赛。但是，每次比赛过后，掌声都只属于前几名，后面的可能有成百上千人，但在大家眼里都只是无关紧要的角色。我们应该把目光放远，是的，所有人——哪怕是最后一名，都应该获得掌声。

我看过一个故事：1968 年的一次马拉松比赛上，坦桑尼亚选手艾哈瓦里在比赛途中受伤了。当他缠着绷带，拖着流血的伤腿跨过终点线时，颁奖仪式早已结束，会场上的人也已寥寥无几。不过，留下来的人们还是给了这位勇士热烈的掌声。事后，当艾哈瓦里被问及为什么不索性退出比赛时，他的回答是：“我的祖国不是派我到这里半途而废的，而是派我来冲过终点的。”

看到这句话，我的心为之一震。我开始意识到，每一次比赛，不只是第一名付出了心血，所有人都在默默奋斗。只不过，现实非常残酷，总会有人成为最后一名。可是，他也曾经努力过、拼搏过，我们又有什么理由不给他掌声呢？我觉得，绿叶不仅仅是鲜花的陪衬，每一片叶子都有自己独特的风采！

给最后一名掌声，也许就会改变一个人的人生。小英得到大家的掌声后，从原来沉默自卑的残疾女孩，变成了一个阳光自信的天使；方言得到大家的掌声后，从一个智力发展滞后的孩子，变成了一位很有名气的童话作家……给最后一名掌声，能让最后一名走出自卑，走出失望，走向属于自己的美好未来！

然而，在现实生活中，情况又是多么悲哀：最后一名成了一种耻辱，谁戴上它，谁就会抬不起头来。几乎没有人给最后一名掌声，更多的时候，人们只会给最后一名嘲笑和讽刺。有时，在重大比赛中，哪怕因为没有发挥好拿了第二，也会被很多人泼冷水……

请正视最后一名，鼓励最后一名，并给他们热烈的掌声。给最后一名掌声，就是给内心灰暗的人点一盏灯。这样，世界一定会充满温暖和光明！

6.21 我没有竞选上大队长

南京市钟英中学七年级 丁海峰
天使级赏能小作家

国庆节放假前一天，学校的大队委名单公布了，我当上了大队纪律委员。我本来是竞选大队长的，可惜没成功，应该是我离大队长的要求还有一定差距，不过我不会气馁，下次还有机会竞选大队长。失败是成功之母，自我反思一下，我觉得要竞选上大队长得做到以下几点：

首先，要有很强的责任心。责任心强的大队长才是同学们最喜欢的，也才是老师喜欢的，因为大队长是老师重要的小助手，如果没有很强的责任心，人家选你干什么？

其次，学习成绩一定要足够好。不要求门门功课都是100分，但最起码要在优秀线以上，如果做不到门门优秀，怎么给同学们起榜样带头作用呢？再说，如果功课不优秀就去竞选大队长，也是对自己不负责任。

第三，统筹能力一定要很强。大队长是除了老师以外，学校里最大的“官”，大家在学校都得听从你的指令，你得统筹活动统筹大家，特别是在举办全校的活动的时候（例如大队主题会和晨会等），你就要协助老师做好工作，主持的时候也要跟台下的同学多多互动，这样大家就会觉得你的工作做得很好。如果统筹能力不够，不仅仅是下次大队委竞选的时候大家不再选你，更重要的是你会耽误工作，老师不得不给你做助手，这不是搞反了吗？

总之，要竞选大队长，首先就必须要获得全校同学的信任。有的人在竞选的时候会拉票，我觉得这根本没有必要，还是那句话：是金子总会发光。你如果真的很优秀，别人就会选择你，那些找别人拉票的人反而在告诉大家，他不是很优秀的人。真正优秀的人是不会邀请别人给自己投票的，别人会主动给真正优秀的人投票，因为大家都想选一个优秀的（至少是合格的）大队长，这样，我们的每次活动才能更有趣，有谁愿意让自己参加的活动无趣呢？

虽然这次我没有竞选上大队长，但是我相信，下一次我肯定能竞选上。

6.22 蛋壳不见了

南京市五老村小学三年级 许馨文
凤凰级赏能小作家

这个周末，我做了一个“蛋壳不见了”的实验。

准备好一个生鸡蛋、食用白醋、碗这三样实验材料后，我的实验开始了。

星期五，我先把食用白醋倒进碗里，再把生鸡蛋放进装满醋的碗里，让鸡蛋全部泡在食用醋中。看了看没什么变化，我就把这碗“醋鸡蛋”放在桌上没再管它了。

星期六，我来观察碗里的鸡蛋，发现蛋壳上出现了一些小小的气泡。摸摸鸡蛋表面很粗糙，已经不光滑了。

星期天早上我再摸鸡蛋，蛋壳变得更粗糙了而且鸡蛋变胖了，鸡蛋上布满了小气泡，像一个个小脑袋你挨我我挨你的，周围的食醋中也有一些又小又圆的气泡，可爱极了。

星期天晚上，我惊奇地发现：鸡蛋表面只剩一层薄薄的糊状物，我从白醋里捞出鸡蛋，它表面又柔又滑。我用水把鸡蛋表层的糊状物清洗掉，发现蛋壳居然不见了。没了蛋壳的鸡蛋由一层白色的薄膜保护着，像一块圆圆的水晶，身体透光，摸上去软软的，中间的蛋黄像一块琥珀，特别引人注目。

我在书上看过，如果想让鸡蛋的保护膜变色，就用染过色的白醋泡鸡蛋。不过，这样一来，这层保护膜是不是还会透明，蛋黄还像不像琥珀，我还没做这个实验，我就不知道了。

这个实验让我知道了蛋壳和食用醋会发生化学反应，食用醋中的醋酸能溶解蛋壳中的碳酸钙，发生化学反应后能生成二氧化碳气体，我在醋中看到的小气泡就是二氧化碳气泡。这个实验虽然很漫长，但我却能学到知识，知道了化学反应很神奇，我觉得很有意思。

6.23 期末试后的疯狂

南京市威尼斯小学六年级　李若熙
天使级赏能小作家

6 月 21 日，期末试最后一门课考完，标志着我的小学生涯结束了。

同学中没人发出我曾想象过的彼此不舍的尖叫，也没有人相拥而泣互道珍重，大家像往常一样，拿好自己的东西各自回家了。但若认为我们真和平日一样平静，那就大错特错了。吃完爸妈的“犒劳晚餐”，我们的“疯狂”开始了——不是外出撒野，而是猛刷手机和平板。不追剧，不玩游戏，狂刷班级各种微信群！

我微信里本来只有两个班级同学群，现在却呼啦啦雨后春笋般冒出了十几个各类同学群，都不知道我是如何加上这些群的。大部分群里不是在聊天，都在不停地发表情包——没错，就是在发表情包，全在傻乎乎地一串串发表情。男生比较脑残，大都发的是奥特曼相信光、王者、宇宙我最帅之类的乱七八糟，女生都在叹气：这些男生“太不要脸了”。女生发的都是可爱的、萌萌的、不屑的、哈迷的表情包。我是“凹凸”粉，发的都是我的“格瑞”。

结束了第一晚的表情包大战，暑假第一天醒来，各个群至少还有 200 来条未读信息，大都是男生吃饱了撑的不断借表情包刷存在感。表情包疯狂过后，世界仿佛又趋于理智，大家开始了有目的小范围聊天。嗯，女生在讨论何时出去玩、去哪里玩、爸爸妈妈会同意我们去哪里玩之类。我们相约的见面地点都很固定，比如浦口公园，新开放的江边公园等。千万不要以为我们会去逛商场，不不不，在热闹的地方，我们最多是去大众书局或新华书店，逛商场或玩游戏，那基本是男生的地盘。

热热闹闹，叽叽喳喳，约好了地点时间，出门前才发现天气太热，外面阳光白得晃眼，大家“望日止步”，都不敢出去——白聊了。后来，伙伴们一致认为还是在家吹空调、看电视、吃水果冰淇淋是最佳方案。

考试后不是只有我们这些小孩在疯狂，爸爸妈妈更“抓狂”。晚上凉风习习，我们几个同学在小区里打闹，不断看到一群群聚在一起的家长，他们只要聚在一起就开始吐槽我们六年级新换的三个老师，说着说着就个个义愤填膺了，而后又假装心平气和地相互交流给我们投简历的经历，以及对初中考试的担忧，接着又讨论这个暑假我们应该补习些什么。他们讨论他们的，反正我们的意见也不算数，我们就当没听见，继续着我们的追逐——再不闹腾，我们就要长大了。

妈妈给了我三天的放松时间，这三天里我只要遵守每晚上床睡觉的时间和每天看电视不超过一个半小时，其他的时间由我自由支配。我知道，过了这三天，我的暑假基本就算结束了，我要在补习班里一天一天按部就班地“进化”成初中生。

6.24 妈妈的爱和暖

南京市琅琊路小学明发滨江分校六年级 朱言
天使级赏能小作家

人世间，每个人都有情感的驻留。有人留下了伤心时的心痛，有人多的是孤独时的无助，但在我心中，却永远只有春风般的和煦温暖，给我带来这美好温情的是妈妈。

妈妈是个心中充满爱和暖的人。每天早上，我们都在路途上“分道扬镳南辕北辙”，各自去上班和上学，分别时，她总是会用十分开心的语气对我说：“今天，是元气满满的一天哦！”妈妈每天都会对我说这句话。潜移默化中，这句话深深地烙在了我思想深处，它成了我个人完整不可分割的一部分。一年年一月月岁月流逝，每当遇到困难时，心底就会浮现出这句话，这句承载着妈妈的爱和暖的话瞬间便让我“满血复活”，我顿时充满活力，我能勇敢地面对一切挫折。

妈妈总会在他人需要帮助时默默伸出援助之手，哪怕是面对一个陌生人。一天，我们在地铁上，正是上班高峰时，我感觉自己都要快被挤成相片了。突然，人群中有一个姐姐脸色苍白，一旁扶着她的姐姐说：她突发低血糖。妈妈见状，立马张罗着请坐着的人给这个姐姐让座。妈妈问的第一个叔叔不愿让座，假装没听见她的话，妈妈什么也没说就去问第二个人，才说话间，旁边的一位姐姐主动站起来了，妈妈道谢后让那位生病的姐姐坐下来，又马上掏出自己的水杯给她喝水。一旁的一位老奶奶也拿出切好的苹果喂给她吃。时间不长，那位姐姐就恢复了，脸上的气色也变好了。妈妈就是这样，她的爱和暖不只是面对家人，她像春天一样无私，她在哪里，春天就在哪里。

妈妈经常告诉我“一切都是最好的安排”，每当我成绩不理想时，她总会告诉我：老天爷让你考得不理想自有他的道理，不要灰心，加油！妈妈告诉我人世间处处充满着爱，也告诉我要日行善事，我一直努力向妈妈学习，随时随地做好事，我也要让身边处处充满爱和暖。

我相信我可以做得更好，我的行动和付出，一定能让更多人感受到爱的温暖。

感谢妈妈！

6.25 度日如年的等待

南京市游府西街小学六年级 朱洪恺
凤凰级赏能小作家

上学期末我参加了街舞考级比赛，但不知是因春节假期或其它缘故，评委要在春节后才公布成绩。对于考试结果，我心里丝毫没底，不过，反正是考完了，这个假期我就放松了下来。

昨晚睡前，妈妈突兀地说了句："街舞比赛成绩明天就要出来了。"她的话音还没落下，我就毫无睡意了：妈呀！这个春节假期怎么过得这么快？果然还是躲得过初一躲不过十五。成绩到底会什么样呢？妈妈还没出我的房间，我心里就开始嘀咕了。我努力地回想考试时动作上有什么优缺点，想来想去却没什么头绪，本来希望能在心头一遍遍"过电影"，结果却只看见了一团团的"乱麻"，我不知如何是好。醒着心心念念地想，感觉有了睡意却又睡不着。天啊，这种折磨——我已经不是在纠结街舞成绩了，而是对这种醒着睡、睡着醒的状态不知道该怎么办了。

又一阵胡思乱想后，我努力让自己安静下来去想点别的。后来，我爬起来去找到蒸汽眼罩戴上，以加速睡眠进度。安静地躺了很长时间后，我摘下眼罩，想看看几点了，闹钟显示，实际上我戴眼罩才躺了五分钟。抬起头来看看闹钟，又看看黑魆魆的窗户，我决定强迫自己一定要睡着，可这并没起到什么作用，反而让我回想起了考试现场。一会儿我觉得自己比赛时的动作还不够有力，缺乏感染力，一会儿又觉得自己一定可以考出好成绩，要给这段学习经历画上圆满的句号，要把心头的这块石头放下。反正也睡不着，那就先看一会儿书。我把眼罩抛到一旁，坐起来，从床边桌上随手拿起一本书翻开看，不过不到十分钟，把书又抛到了一旁。

终于，我把自己折腾到困得不行，迷迷糊糊睡着了。勉强睡了六七个小时醒来后，我在浑浑噩噩稀里糊涂中一直等到中午才平静下来，不再去想成绩的事儿了。现在大局已定，不管我多着急都不会影响结果，最多到这一天的结束，成绩总是会出来的。

午饭后，妈妈不经意间对我说：你的成绩出来了。仿佛病人做完手术后家属询问医生般的忐忑，我小声地问妈妈：成绩是多少？我度日如年心情无比沉重，可妈妈却风轻云淡一切若有若无一样，她并没有回答我，只是推了一下桌上的手机：你自己看。那"躲不过的十五"要来了，我的小心脏狂跳不已，妈妈甚至都不愿意说出成绩分数。我沉重地拿起了手机，先偷偷瞄了一眼——没想到，万万没想到，我的平均分是9.3分（八分起就是优秀），考试成绩如此之好，比优秀标准还高了那么多！心情瞬间转悲成喜，我一蹦三尺高，大呼："过关啦！过关啦！过关啦！"心里的大石头总算落下了。我的兴奋溢于言表，被我的大动作吓着了的妈妈以一种少见多怪的态度问我："至于吗?"

我没有回答妈妈，因为她不知道，从昨晚到现在，我这短短的大半天时间过得和一个月一样，不，过得和一年一样，那真叫度日如年。

6.26　未来的铅笔

南京市郑和外国语学校三年级　张欣雨
天使级赏能小作家

2030 年，我发明了一种铅笔，我申请了“欣雨铅笔”发明专利。

欣雨铅笔能在有需要时变成水彩笔和钢笔，只要轻按按钮就能转换，小孩子再也不会因为没带够笔而无法完成作业了！

因为有越来越多的小朋友近视，且近视年龄日趋低龄化，所以，我给欣雨牌铅笔加上了防近视功能，只要学生的坐姿不正确，它就会发出“滴滴、滴滴”的提示音让同学们端端正正腰板挺直。

很多小朋友在冬天都感到手冷，有的手上还会生冻疮，所以，欣雨铅笔有暖手功能，装笔芯的笔杆里有发热芯片，它不但能使笔杆发热让手心暖和，还会通过调节以笔杆为圆心的约十厘米半径内的空气分子运动，在铅笔周围形成一个直径二十厘米的无形而暖和的“暖球”，使整个握笔的手和手腕都被温暖和煦的“春天”包围着。为防止手背开裂或长冻疮，调节握笔的手周围的空气湿度只是举手之劳，我就不另介绍了。

随着科技的发展，需要计算的数字越来越多，越来越大，自从计算器取代算盘后，从在校学生到菜场买菜的大人都要带计算器，很不方便却又无可奈何。现在方便了，只要身上有欣雨铅笔，口报题目或扫描题目，它都会立马报出答案，学生再也不会有不会做的题了。当然，这个功能要选择性地正确使用，不能让它成为学生不学习的偷懒工具。

另外，欣雨铅笔还可以辅导学习。读书时只要看到重点，它就会提醒划关键词句，帮助学生培养好的阅读习惯，帮助学生理解文章的意思。另外，欣雨铅笔会自行不间断地学习和进步，它会越来越符合小主人的学习习惯和脾气性格。

有些小朋友做完作业觉得没意思，欣雨铅笔就会陪小朋友玩 24 点、五子棋、围棋，它还可以变形成手机或电子屏，给学生看想看的电视或游戏。当然，欣雨铅笔带有对青少年的监管功能，它不但会筛选播放内容，还会在大人设定的时间范围提醒小朋友不要过度使用电子产品，每过 30 分钟，它还会提醒小主人望望远方，这样对眼睛有好处。

和尼古拉·特斯拉一样，我已经把专利向全社会无偿公布了。我希望企业家能多多生产出价格便宜的欣雨铅笔，希望每个国家的、不管是贫穷的还是富裕的孩子都能使用它，希望每个人都能学到很多知识，希望每个小朋友长大后都有个好身体，希望这些身体健康的聪明人都能为我们这个世界更美好多做贡献。

6.27 胖保安和瘦保安

南京致远外国语小学六年级　芦彦甫
天使级赏能小作家

我们小区北门有两个保安伯伯，一个胖，一个瘦，胖的高，瘦的矮。他俩幽默风趣，说话像讲相声，做事如演小品，给我们带来了无穷乐趣，使平淡的生活妙趣横生。

一日放学回家，想起我在网上买的东西到了，于是我一路快马加鞭。急匆匆跑到保安室，进门先遇见瘦保安，继而看到放快递的仓库里坐着胖保安。我张口就问："您好，三栋……有快递吗?"瘦保安应声答曰："没有，没有。"而里面坐着的胖保安却说："别听他东拉西扯，有的，有的。"胖保安边说边笑着起身去找包裹了。瘦保安对我说："他是骗人的，你不信你自己来找!"瘦保安说完自己却进了仓库。胖保安回头说："你不是说没有吗，怎么到仓库来了?还是让我来找吧!"瘦保安拍拍胸脯说："切，这东西我信手拈来。"原来他比胖保安先找看到了我的包裹。胖保安急急忙忙过来抢先把手伸向柜子，同时把瘦保安的手拍落说："这是我的地盘，让我来!"我站在原地看他俩争来抢去越扯越远论输赢，仿佛忽略了我的存在，也忘记了他们是在给我拿包裹。

总算是扯完了。胖保安成功地将快递拿了过来，瘦保安跟在后面也出了仓库。胖保安把快递放在一旁，拿起桌子的笔准备登记，瘦保安忙凑过来说："你把东西都拿到了，这次应该让我记录了。"说着就上去抢笔。"不行，拿东西的是我，记录得也肯定是我。"那个灵活的胖子一转身把笔藏在身后，同时对着我扮了个鬼脸，空着的大手一把抓起登记本，跳到一旁站着，打开本子拿起笔，他把登记本摊在左臂上，一边小心地时不时瞄着瘦保安，一边用右手登记。

胖保安胜利地登记完包裹信息，放松了警惕，还没来得及高兴，瘦保安一个虎抓手就把胖保安的右手笔抢过去了，他顺势去抢胖保安左手的登记本，胖保安一个转身，硕大的后背在瘦保安面前犹如一堵墙，瘦保安左冲右突抓耳挠腮就是拿不到本子。也许是胖保安终于意识到身边还有我在等包裹，他主动把本子递向瘦保安。不知道瘦保安是否意识到胖保安故意让了他一招，他飞速抢到本子放在桌上，拿起笔递给我让我签字。我潦草地签了名，离开了两位保安伯伯的“舞台”。

我们很喜欢从北门进出，只为了感受他们的欢乐，欣赏他们的“鸡飞狗跳”。生活中高高兴兴开开心心，人与人之间互相信任彼此成就，人生就会有无限乐趣。

6.28　我的英雄梦

南京外国语学校仙林分校六年级　刘昱成
凤凰级赏能小作家

2020年，一种新型冠状病毒忽然全球爆发，肆虐人间杀人如麻。由它引发的新冠肺炎曾经无药可医，医务人员只能对病人进行常规隔离并做抗病毒处理。怎奈病毒很顽强，不但难以消灭，还不断变异，阿尔法、贝塔、德尔塔等变异毒株不断出现，一时人人自危噤若寒蝉，窝在家里不敢擅自外出。人类首次在全球按下暂停键，首次发现那些所谓势不两立的恩怨、至关重要的会议、刻不容缓的工作其实都没那么重要，活着，才是唯一的重中之重。

但是，有一类人却不顾生命危险逆行，他们一直战斗在抗疫一线，他们是白衣天使。

以前我看过几集名叫《急诊科医生》的电视剧，讲的是围绕着医院急诊科医生发生的故事，我看到了医生与死亡搏斗时的伟大，也看到了医生在死神面前败阵时的无助，每一集都惊心动魄。那时起，小小的我在心里埋下了一枚种子：将来我要做一名救死扶伤的医生。

后来我与妈妈讨论此事，妈妈很高兴地鼓励我要成为家族的第一个医生，但她也同时告诉我：要做医生，先要学好数理化和外语，拿到博士学位后才可以当一名实习医生，每个医生都是从做实习医生起步的。医生要有勇气有担当，遇到流行病爆发时必须勇敢战斗在第一线。医生还要有强健的身体，要能穿着笨重的防护服在患者间穿梭，有的医生会累倒在工作中，有的医生自己生了病，还在带病工作，不顾一切抢救患者，没有好身体，就做不成好医生。医生要有足够的细心和耐心，比如给生命垂危的病人插管等，稍有闪失，就会出人命关天的大事。医生还需要有韧性、宽容和同理心，有的医生连续高强度工作一天一夜只为抢救患者，然而回天无力没抢救过来，家属不但不领情，还会大骂医生不负责，有时甚至会殴打医生。妈妈长吁一口气说：从事医生这个职业，真的很不容易。

我听了，没有觉得害怕，反而坚定了自己的信念：我决心将来要与病魔做斗争，要救死扶伤，哪怕患者有百分之零点一的康复可能，我也要尽百分百的努力，就算我不被个别患者和家属理解，我也永不放弃，永不言败。我听过一句话：从来就没有岁月静好，只是有人在替你负重前行。我一定要站在那个替大家负重前行的队列中！

既坚定了目标，我就一定要奋斗下去。为了了解医生工作，我看了《恩赐妙手》《中国医生》等电影；为了了解医生的历史，我读了《大流感》《瘟疫传》等书；为了了解医生的生活，我阅读了《医生的修炼》《与病对话》《全科医生手记》以及《我是大医生》等相关书籍；为了了解人体，我读了不少如《我们为什么还没有死掉》等介绍病菌细菌如何在人体内生存一类的书。

随着阅读范围的扩大，一扇扇窗户在我眼前打开，我对我的“英雄梦”更有信心了。长大后我一定要成为一名医生，必要时，我就是那逆行者队伍中的一员，虽然防护服隔断了我与外界的视觉传递，但我自己能感受到我发自内心的圣洁光芒。

我喜欢我的英雄梦！

6.29 脸红

南京市马府街小学五年级 成果馨
天马级赏能小作家

我有一个课外班，名字叫赏能。这个班有点怪，它教的也是赏能。赏能的孩子被称为小作家，听说个个都很会背古诗和长篇古文，还经常一起玩辩论、玩无领导小组讨论、玩一站到底、玩飞花令等。总之，他们玩的都是高级项目，不像很多同龄小孩只会玩过家家或捉迷藏。

三年级时，我也成了赏能小作家，老师把我分配到初级的青蛙班。知道他们很厉害，但我也不差，我自信满满进了初级班。第一次参加初级班的“一站到底”，我脸红了：不是初级班吗，这些伙伴怎么都那么厉害？我虽然在台上玩“一站到底”，但心思却一直在台下，我的腿都吓软了，只想赶紧下场坐到观众席里去。我们是彼此出问题考对方，我出问题后，对方队员的回答其实是错的，但我也说是对的，当时我只想赶紧下台。过了一段时间，练习即兴演讲的时候，我又脸红过一次。那次的规矩是不留思考时间，上台后任由同学出题，题目一出完我马上就要开讲。看着其他同学上上下下好像都很轻松，我站到台上后大脑却一片空白，当时我就脸红了。现在的我与那时当然不可同日而语，演讲辩论都能做到收发自如，我眼前再无“害怕”和“困难”两个词，但当时却好像时间停止了，色彩消失了。

我发现老师也会脸红，我就见过我们班主任脸红。有一次，校长来我们班听课，一位姓刘的同学回答问题时讲话慢吞吞，口齿不清楚，校长都要急疯了，班主任蒋老师肯定是觉得尴尬极了，她的脸红了。

写作业、交作业是学生的职责，我从来没缺过，但我们班上却常有几个同学不写作业，课代表常常收不齐作业。有人没写作业的事情只要被蒋老师知道，她一定会来查，查着查着，蒋老师就会生气，有时候她简直气得要发疯。蒋老师怒气冲冲的时候，脸就会红。有时我想，如果允许老师打人，那些没写作业的同学肯定要被蒋老师打成像片了。

我们班的同学当然也会脸红。一次，班里举行联欢会，我们玩击鼓传花。花传到一个男生手中，鼓停了，老师让他表演一个自己擅长的节目，可他说不知道自己擅长什么，也不知道该表演什么，当时他的脸涨得通红。后来，禁不住大家的一再鼓励与催促，他给大家讲了个故事，虽然不是很流畅，但是仍然赢得了热烈掌声。击鼓传花的时候，我一直祈祷着千万别停在我手上，我可是真的什么也不会。很紧张地想着想着，我居然耳根发热，紧接着脸也热了——完了，肯定是脸红了，简直莫名其妙。急促的鼓声中，我不断想着我要表演什么，越急脸越烧。后来我灵机一动：那位同学能讲故事，我为什么不能背文章呢？只要轮到我表演，我就给大家背古文，一篇接一篇，我要背《琵琶行》、《出师表》、《进资治通鉴表》、《左传》、《长短经》等。在赏能小作家中我的背诵可能还排不上号，但在我们班同学面前，我都能想象到自己很厉害的样子。咦！不知何时起，耳朵竟然不烧了。我有点急切地等着鼓声停时那朵人人害怕的花恰好能落在我的手里。

6.30 夜探赏能新家

南京市瑞金路小学五年级 吴思绮
凤凰级赏能小作家

赏能要搬家了。赏能在大行宫很多年，八月末要搬到天润城地铁站了。我还没去过天润城地铁站，九月开学我要去赏能上课，就让妈妈带我先去探探路，妈妈答应今天下班后带我去。

赏能是我们最喜欢的地方，搬家后离家远了，妈妈就不能每次送我了，我已经长大了，以后要自己去上课。这次探路就是要为以后独自来回做准备，所以我有点兴奋。

我们先从妈妈上班的瑞金路店出发到常府街地铁站四号入口，骑电瓶车一共花了十五分钟。比较巧的是，我们正要从四号口进站时，偶遇了教我声乐课的孟老师，我们和孟老师一起进站乘地铁，妈妈和孟老师一直聊天，我就自己背书。到鸡鸣寺站，孟老师下车了，我们继续往天润城去。

我在赏能学到的最大的本领之一是在任何环境中随时随地利用时间做有意义的事，赏能小孩都喜欢在地铁上背书，我当然也不例外。这趟地铁行程中，我背的是语文书上的《古人谈读书》这篇小古文。从上车背到天润城站，基本上背会了，只是还不熟练。

下车时我看手表，从常府街进站算起，到天润城站下车，一共用了四十分钟，这个时间不算远。赏能小作家有的家在江宁，有的家住六合，有的家住禄口机场附近，妈妈说有的小作家来赏能上课乘地铁要花两个多小时，来回就是四五个小时，疫情前还有从上海每周乘高铁来上课的小作家。他们很多都不用家长送，都是自己来上课，这些小作家路上看书和背书的时间都比我多。赏能有很多小朋友把《诗词美文伴赏能》全书都背完了，我要向他们学习。

出了天润城站，眼前出现了一个十字路口，这个十字路口真大呀！我正好奇地东张西望，咦，哪里飘来一股股香香的味道？回头一看，在往赏能新校区入口的位置，居然是一条美食街，一大片美食摊点前人来人往，很是热闹。我和妈妈对视了一眼，决定先忍住美食的诱惑，忽视肚子叽里咕噜的抗议声，先去看看赏能在哪里。

按照赏能老师发在微信里的路线图，我们上了楼。有点黑，我有点害怕。妈妈抓着我的手，带着我绕了一圈，没看到赏能的字样。看到前方走来两个人，妈妈就走过去打问，原来，我们现在站着的地方就是赏能未来的新地址门口，新赏能已经装修好了，只是还没有装饰。果然是“人靠衣装马靠鞍”，装修好的房子，贴上谁的标志就像谁，什么标志都没有，就谁也不像。

既然知道了赏能的地方，也该照顾一下肚子的“意见”了，我和妈妈“飞”下楼，融进了美食街。虽然好吃的很多，但我的肚子太小，转了一圈，我们只选了个普普通通的炒饭，我和妈妈都有点饿，妈妈说炒饭吃起来结实。

返回的路上，又有四十分钟时间，我把《古人谈读书》背完了，背得很熟练，我很开心。

6.31 黑夜里的二重奏

南京市瑞金北村小学三年级 张十一
天马级赏能小作家

"累死我了!"上完辅导班回来，我背着沉重的书包，边爬楼梯边嘟囔。到家后，放下书包，冲进卧室，我把自己扔到床上，四仰八叉放肆地躺着。虽然感觉四肢无力，虽然躺在床上很舒服，不过，该做的事还是要做的，所以，只躺了一会儿，我就强打精神从床上爬起来，到学习桌前做作业。

快十点时，我站起来活动了一下双手，嘴里念叨着开始清点：语文三项，数学两项，英语四项——经过两小时拼搏，终于完成全部作业了。我暗暗庆幸在学校时已提前写好了一半，否则两小时内肯定做不完这些题目。收好铅笔盒，装好书本，又检查了一遍，快速洗漱后我就进了卧室。

今天我和爸爸、弟弟一起睡高低床，他俩一直在下铺边玩边等我睡觉。我爬到上铺，钻进已等了我很久很久的被窝，关灯后就闭上眼睛美美地躺着：终于什么都不用做了。

学校正在举行跑步比赛，我在第一名的位置上，我拼命地跑啊跑，不允许第二名追上我，我要做冠军！突然，一阵连续不断的轰隆声传来，跑道在响声中扭曲变形，我跑得非常吃力。第二名离我越来越近，就要追上来了，我很着急，但不断变化的跑道使我深一脚浅一脚跑得东倒西歪。第二名已经和我跑平了，人家跑得很快很平稳——完了，冠军梦要破灭了！我一着急，眼前顿时一片漆黑。猛地睁开眼睛，迷糊了一阵，才意识到我正躺在床上——原来是做梦，我松了一口气，不过那连续的响声却真的存在。

又大又重的呼噜是爸爸的，又小又轻的呼噜是弟弟的。我仔细听了一会儿，发现他俩此起彼伏的呼噜别有一番韵味。小呼噜比大呼噜略微快一点，过一段时间，两个呼噜就会重合，如果两个呼噜完全同步，那不就成了音乐老师教过的"强－弱－强－弱"的节拍了吗？想到这里，我忍不住笑了一声。对于一个很困的人来说，韵律其实不重要，能入睡才是关键，我被这高一声低一声的呼噜声干扰得一点儿也睡不着，就决定下床去"关上"这单调的音响。我爬下床，借着窗外透来的微光，只见他俩抱在一起，被子早就被弟弟踹到一边去了。我俯下身子仔细看，发现弟弟的鼻子微微抖着，眼睛闭得不紧，好像随时都会睁开，他用手紧紧抓着爸爸的睡衣，可能在做什么让他害怕的梦。爸爸平躺着，四肢自然打开，圆圆的肚子一起一伏，他的呼噜声其实也是有强有弱。爸爸的嘴角亮亮的，有点湿，一定是流口水了。我站在旁边看啊看，越看越觉得他们很可爱。

我把爸爸和弟弟一起抱了抱，抱得有点紧，他俩的呼噜声就都停了。把被子给他们盖上，又站了一会儿，确认弟弟没有把被子再踢开，我才赶紧爬上我的铺位，我要赶在他俩新的二重奏响起之前入睡。

6.32 昆虫王国

南京市瑞金北村小学三年级 刘泽楠
凤凰级赏能小作家

昨晚七点到十点，奶奶陪我去琵琶湖捉昆虫。

到琵琶湖已经七点半了，到处星星点点人来人往，很多人来这里捞鱼或散步，他们是为了休闲，我却有自己的目标和任务。

我们仔细排查身边每棵树上有没有我想要的昆虫，但找了好久却一无所获，什么也没发现。过了很长时间，终于在一棵树上发现了一只螽斯正在吃树枝，我一下就把它捉住了，接着又发现螽斯上面还有一只雌纺织娘，我也很快就捉住了它。低头看看，它们还挺可爱。

又找了很长时间，除了发现三只螽斯和一只死的泰坦天牛外，没有其它收获，我们就准备往回走了。这时，奶奶在树上发现了一只中华大刀螳螂，它的个头比一般的螳螂大很多，这位威风凛凛的大刀将军正虎视眈眈盯着我们。我用网子慢慢把它往下赶，等我能够着它时，这位双刀将军就成了我的俘虏。这是只雄螳螂。巧的是，时间不长我们又抓了一只雌螳螂 A，A 比雄螳螂还大一点，张开前肢和后肢可能要有 20 厘米了。我小心翼翼地把它放回了盒子里，正准备要回家时，我又发现了一只更大的雌螳螂 B，今天晚上，我新拥有了三只螳螂。我和奶奶还专门捉了四只纺织娘准备送给它们做礼物。

回家后，我急切地把一只纺织娘放进装有螳螂家族的罐子，想观察螳螂怎么捕食，令我没想到的是，纺织娘居然和螳螂打了起来——顽强的纺织娘向三只螳螂宣战了。在一本书上我看过一个故事：明朝时，有个叫王朗的人偶然看到螳螂捕蝉时灵巧而又激烈的情形，受到启发，就抓回十几只螳螂观察他们怎么打架，后来他编制了一些拳术攻防组合进行苦练，发明了螳螂拳，王朗成了我国历史上非常著名的一个武术家。螳螂拳一直流传到现在，2011 年还获得了中国国家非物质文化遗产的保护。

难道这只纺织娘要发明昆虫界的螳螂拳吗？

三只螳螂摆开架势，对纺织娘开始了围追堵截。它们飞来跳去打了一会儿，雌螳螂 B 捉住了纺织娘，但纺织娘一下子却把 B 踢飞了，B 重重地摔到了地上。雌螳螂 A 很快就冲上去追杀纺织娘。重重包围中，纺织娘背上被 A 的大刀划了一道口子。纺织娘非常生气，一蹦三尺高，踢到了 A 的前臂，战斗中的雌螳螂 A 也掉下去了。这时雄螳螂趁势腾空而起，一招饿鹰扑食力劈千斤，把纺织娘牢牢控制住。雄螳螂不断咬纺织娘的翅膀，发出咔嚓咔嚓的声音，纺织娘失去了腾挪闪避能力。雄螳螂看准机会，一刀刺进了纺织娘的肚子(此处省略二十四字)。

纺织娘虽然牺牲了，但它虽败犹荣。有时候，不能以失败论英雄。

螳螂是一种可爱的昆虫，对人类来说它是益虫，因为螳螂不吃素，只吃荤，而且不挑食。自然界中螳螂能吃的食物多达四五十种，比如苍蝇、蚊子、蝗虫、蛾子、蝶类、蟋蟀、蚂蚱、地老虎等，这些基本都是人类的害虫。但从昆虫界来看，他是极大的坏蛋，因为他是典型的滥杀无辜者。

我养着很多种动植物，在家里除了读书、背书、做作业等，我一直和这些大大小小、会动和不会动的生灵在一起，观察它们，记录它们，但不打扰它们。这次新捉的昆虫就是这个生命乐园里的、动物天地里的、昆虫王国的新成员。我尊重乐园里的每个生命，它们有的可爱，有的残忍，有的安静，有的闹腾，不管怎样，我都喜欢它们。

6.33 第一次3D打印

南京师大附小六年级 虞梓月
天使级赏能小作家

劳技书上这样介绍3D打印："用3D打印笔或3D打印机直接打印出设计好的立体实物，满足个性化、多元化的产品需求。"上完课后，劳技老师布置了一项很有趣的作业——3D打印，我一听就乐了。早就听说过3D打印机这种神奇机器，知道它能打印建筑物、玩具，模型等，在网上，我经常刷到视频，是某某博主用3D打印给自己弄了个窝，不仅方便快捷，还美观，就是不太舒适。这一类说法听说了很多次，这次总算能见到真面目了。

为了支持我学习，爸爸特意给我买来了3D打印笔。一拿到快递，我就立刻拆包装。当一切展现在面前时才发现，这所谓的"神奇机器"其实用起来很简单：要先把3D打印笔预热，预热完成后，放入PLA材料，一按进料键，原本很硬的材料就以液体的形式从另一头出来了，但没过几秒，液体又很快变回固体，当然固体的形状发生了变化，它变成了操作者想让它成为的样子。

我先按书上的要求在A4白纸上画出架面图案和支撑片，又确定了插接孔的位置和尺寸，至此，基础工作已完成，下面将要进入最激动人心的时刻：打印我设计好的兔子。我胸有成竹地按下进料键，黑色的PLA材料就在透明薄片上展现出了一道线。正兴致勃勃观察时，我突然发现，在一个角的地方我的操作有失误。心一急，正打印的线被我一拉，就出现了细细的一条莫名其妙的线，想改，它却已经变硬了，这一下一切都乱套了。瞬间，我开始烦燥起来。好不容易把兔子的外轮廓打印好了，不用仔细看就能发现，"兔子"的左膀比右膀粗，左耳比右耳细，总之，原本对称的兔子被我打印成了哪儿都不对称，看起来就是一个"四不像"。

不管如何，这个兔子的轮廓总算是做好了，现在，就要涂色了。我先涂了支撑片，它是单色的，涂起来方便一些。开始时，我极有耐心的一点一点来回填涂，但怎么也无法做到书上示范的整齐紧密的样子。慢慢地，我的耐心耗尽了，直接上手乱七八糟涂起来，想涂哪就涂哪。等到最后一笔涂完，我一看，天哪！这个我亲手做的兔子，和书上的差距也太大了吧，只能看出个大概。我真的很想重做一个，但又担心重做会更差。

看着这似是而非的兔子，我沮丧地想起了培根的名言："不管何人，若是失去了耐心，就失去了灵魂。"做人做事一定要有耐心，只要有了耐心，才可能把事情做好，但若没了耐心，任何事情都将很难做好。

6.34 心爱的火焰龟

南京外国语学校仙林分校五年级 程煜琦
天使级赏能小作家

我的心爱之物是一只小火焰龟。

火焰龟是在网上买的。网上有很多卖宠物的店铺，各店都有很多龟，火焰龟能成为我的心爱之物，说明我们有缘。

我给火焰龟取名叫小喷火。之所以叫这个名字，是因为它肚子下面很红——这不是平常的红，是那种熊熊火焰燃烧的红。再浅一点，这红色会变成橘黄，再深一点，仿佛会显得不太真实，小喷火的肚子上是那种恰到好处的红。小喷火的腹甲不是全面的红，红色只聚集在头下面的前部分腹甲上。火焰龟的背上有很多圆圈，越往尾部圆圈越密集，越靠近头部空隙越大，就好像一门大炮在冒着火舌，所以，它是名副其实的“小喷火”。

小喷火有点挑食。喂它龟食，它能一点一点吃完，但如果你喂它番薯叶，它眼部甚至能变出眉毛来皱一皱。只见它眼巴巴地望着那几片叶子，偶尔吃上一口，过了两三天也不见得能吃完一片。你如果没再喂它其它的东西吃，小喷火的两只眼睛就会睁得大大的。可是，你若拿出一个虾干在它面前晃一晃后丢进水里，它就变成了扑食猛虎，就那么几秒钟，虾干被啃的只剩下两个小眼睛了。

有一次，我给它吃了一个星期的番薯叶，小喷火见我丢下了一个虾干，马上就朝虾干扑过去，但这家伙的准头不好，一次次都因抓不住虾干而撞到龟箱墙壁上了，连续两三次重重撞击，看得我都替它头疼。小喷火的头终于碰到虾干了，才一接触，它就用两个小爪子把虾干翻平，抓紧，再把头从壳里伸出来，猛地一口吞过去，虾干的头尾分了家，中间的身体部位被小喷火吃下去了。吃完这一口，当小喷火确认附近没有抢食者时，又恢复了它作为龟的慢吞吞的天性，慢慢享受剩下的食物。

小喷火已成了我家重要的一员，它是我的好朋友，学习之余，和它对视逗乐一番，成了我生活中不可缺少的乐趣之一。

6.35 爱的距离

——写给妈妈的诗

南京东山小学五年级 秦璐
赏能小作家成长夏令营营员

那一次，你病了，
我哭了，因为你不让我靠近你。
后来你告诉我，
是怕把病传染给我。

那一次，我病了，
你哭了，你把我抱在怀里。
后来你告诉我，
是想减轻我生病的痛楚。

那一次，我们都病了，
你哭了，我靠近了你，
因为我不再怕你把病传染给我。
可是，你远离了我，我哭了，
后来你告诉我，
是为了不让我的难受哪怕再增加一分。

远离与靠近，等于你的爱；
远离与靠近，等于你对我的疼惜。
你的远离让我哭，你的靠近让我笑。

妈妈，我深深地爱你。

6.36 蒲公英

南京天妃宫小学三年级　李义如
天马级赏能小作家

蒲公英，我在想，
你将自己本身，
美丽的绒毛，
让风吹去，
自己却只剩，
一根光秃秃的秆子，
这值得吗？

蒲公英，我在想，
你将自己本身，
金黄的花朵，
让它枯萎，
自己只剩下，
一堆枯枝烂叶，
这值得吗？

蒲公英，你觉得你这一生值得吗？

蒲公英回答我：
值得，为了我的孩子，
这一切都值得！

6.37 你要感谢的不是我

南京中山小学四年级　杨奕
天马级赏能小作家

那一次，你有了过错，
大家帮你说好话，
我没有记你的名字。

后来，你感谢我，
我说：你要感谢的不是我，
而是大家，
是大家对你的信任。

那一次，竞选大队委，
面对你的自信，
面对大家的期待，
我选择了你。

后来，你感谢我，
我说：你要感谢的不是我，
而是大家，
是大家的支持。

我知道，你知道这一切，
你说，
大家的信任是你希望的动力。

我笑了，大家都笑了，
你对大家表示了感谢。
大家笑了，
笑得像那满园盛开的鲜花，
花园，是多么美丽。

6.38 假如世界重新开始

南京师范大学附属小学（江宁）四年级 沈烟凝
天使级赏能小作家

假如世界重新开始，
我要给万物重新取名。

我要把人叫“大象”，我要把水叫“猴子”，
我要把浴缸叫“小猪”，我要把沐浴露叫“菠萝”。
我还要把洗澡的过程叫“旅游”。

在装满水的浴缸里洗澡，
你觉得没什么，因为你习惯了。
可如果世界重新开始，你也许会看到：
大象在爬满猴子的小猪里和菠萝一起旅游。

如果世界重新开始，
教室叫空调，老师叫戒尺，
女生叫羽毛，男生叫橡皮，
上课的过程叫吵架。
橡皮和羽毛藏在空调里，他们和戒尺一起吵架。
别意外，
这只是一堂普通的语文课。

如果你看到：
橡皮和羽毛边吵架边用小树枝在地上划拉，
这不奇怪，那是他们在户外上美术课。

如果世界重新开始，我不知道我会叫什么，
其实，谁也不知道会发生多少奇怪的事。
但是我知道，
我们的世界在想象中存在。

附　录

附录1　常礼举要

李炳南居士①

缘起

礼节这件事，在人群中，是绝不能少的。就算是极野蛮的民族，亦有他们的一套礼节。人与人沟通感情，事与事维持秩序，国与国保持常态，皆是礼节从中周旋的力量。

自从一般人，不察实际，好奇务怪，起来反对礼教，硬说礼教是吃人的猛兽，主张把它打倒以后，大家就对礼节，存了轻视的心理，自己不去做，也不肯再去教导子弟。这个问题，并不简单，绝不是中国人单独的问题。行得通，行不通，却也不敢断定了！但是现在还是行不通。

请看今天客来了，明天访客去，这里来馈赠，那里请聚餐，东街庆吊，西街开会。仔细一考查，还是把那些礼节，一套跟着一套地排演。有人说这些事没有学过，谁能晓得。

哪怕你不晓得，你只管不去做，过后请去听吧！七言八语，讪笑讥诮，丝毫不客气的，都发表出来了。什么某人岂有此理、未曾受过教育、没有常识、粗卑不堪、不近人情、没见过场面、真讨厌、极可笑、远着他、少来往，一连串的这些名词，就都给你加在头上。你的前途，一切一切，也怕因此受到影响！

再看那些反对礼教的人，见了比他地位高的人，他也是脱帽鞠躬；见了外国人，也是去握手；不经通报，你直跑进他的房里去，他也是不高兴；他送你东西，你不说谢谢，他也是不痛快。这真矛盾，为什么他嘴里反对礼教，他还去拘泥这些形迹呢？可见他们是空倡怪论，自己也不能实行，专去欺骗他人，尤其是欺骗天真烂漫的青年人。深刻一点说，简直是损害青年人的社会事业

① 李炳南（1889—1986）：山东济南人，名艳，字炳南，号雪庐。为衍圣公孔奉祀官府秘书长。初学唯识于梅光羲，于禅、净、密等皆曾修习，后皈依印光大师，专修净土。此外，亦精中医。抗日战争期间，随孔德成往重庆，并助太虚大师弘法。后卜居台中。除仍任职孔奉祀官府外，兼任中国医药学院及中兴大学教授，业余则致力于佛法之弘扬。于台中讲经说法数十年，以“李老师”之名著称于台湾佛教界。先后创办台中佛教莲社、菩提树杂志社、慈光图书馆、慈光育幼院、菩提医院、菩提救济院等弘法及慈善机构。1986年4月13日逝世，享年98岁。

发展！

我是在社会里碰过壁的人，也是吃过无限亏的人。知道没有礼节，万事行不通。我深恐青年同胞，不懂礼节，也免不了到处碰壁吃亏，特意拣出通常用的几条来，贡献给大家，做个参考。要知礼节是不妨人的美德，是恭敬人的善行，也是自己一种光荣的徽章，是必要通达的！

（子）居家

一、为人子不晏（晚）起，衣被自己整理，晨昏必定省。

二、为人子坐不中席，行不中道。

三、为人子出必告，返必面。

四、长者与物，须两手奉接。

五、徐行后长，不疾行先长。

六、长者立，不可坐；长者来，必起立。

七、不在长者座前踱来踱去。

八、立不中门，过门不践门限。

九、立不一足跛，坐勿展脚如箕，睡眠不仰不伏，右卧如弓。

十、同桌吃饭不另备美食独啖。

十一、不挑剔食之美恶。

十二、食时不叹，不训斥子弟。

（丑）在校

一、升降国旗及唱国歌、校歌时，肃立示敬。

二、师长上下课时，起立致敬。

三、向师长质疑问难，必起立。

四、路遇师长，肃立道旁致敬。

五、听讲时，应端坐或直立；不支颐交股，弯腰，翘足。

六、考试时，不交头接耳，或左顾右盼。

七、安其学而亲其师，乐其友而信其道。

（寅）处世

一、无道人之短，无说己之长。

二、家庭之事，不可向外人言。

三、口为祸福之门，话要经一番考虑再说。

四、见失意人，不说得意语；见老年人，不说衰丧话。
五、交浅不可言深，绝交不出恶声。
六、不侮辱人，不向人开玩笑。
七、与残疾人会面，须格外恭敬。
八、于肩挑小贩苦力，莫讨便宜。
九、施恩求忘，受恩必报；开罪于人须求解，开罪于我应加恕。
十、善人自当亲近，须要久敬；恶人自当敬而远之。
十一、遇事要镇静，做不到的事，莫妄逞能。
十二、瓜田不纳履，李下不整冠。
十三、凡事要合理智，不可偏重感情。
十四、己所不欲，勿施于人。
十五、凡求教他人的事，必须造门请问。

（卯）聚餐

一、座有次序，上座必让长者。
二、入座后不横肱，不伸足。
三、主先举杯敬客，客致谢辞。
四、主人亲自烹调，须向主人礼谢后食。
五、主人敬酒毕，正客须回敬主人。
六、举箸匙，必请大家同举。
七、用箸夹菜，只取向己之一方者，不立起向他角器中取菜。
八、箸匙不向碗盘顶心取菜取汤。
九、公食之器，不用己箸翻搅。
十、匙有余沥必倾尽，方再入公食器中。
十一、自己碗中之肴菜，不可返回公食器中。
十二、箸匙所取肴菜，不倍于他人。
十三、食勿响舌，咽勿鸣喉。
十四、公食以不言为原则，须言亦应避免唾沫入公食器中。
十五、咳嗽必转身向后。
十六、勿叱狗，不投骨于狗。
十七、碗中不留饭粒。
十八、不对人剔牙齿。
十九、客食未毕，主人不先起。
二十、起席，主逊言慢待，客称谢。
二十一、宴毕，主人进巾进茶。

（辰）出门

一、衣冠不求华美，唯须整洁。
二、见长者，必趋致敬。
三、登高不呼，不指，不招呼。
四、路上不吸烟，不嚼食物，不歌唱。
五、乘车见长者必下，见幼者亦须与之颔首为礼。
六、夜必归家，因事不能归时，必先告家人。
七、车马繁杂冲区，不招呼敬礼。
八、不立在路上久谈。
九、不走马路中间，越路须先向左右看清，不可与汽车争路。
十、行走时，步履宜稳重，并宜张胸闭口，目向前视。
十一、遇妇女老弱，应尽先让路让座。
十二、途次有人问路，须详为指示；问路于人，须随即称谢。
十三、一人不入古庙，两人不看深井。
十四、逢桥先下马，过渡莫争船。
十五、在舟车上或飞机上，不探首或伸手出窗，并不得随便涕痰。

（巳）访人

一、先立外轻轻叩门，主人让入方入。
二、入内有他客，主人为介绍，须一一为礼，辞出时亦如之。
三、入内见有他客，不可久坐；有事，须请主人另至他所述说。
四、座谈时见有他客来，即辞出。
五、坐立必正，不倾听，不哗笑。
六、不携一切动物上堂。
七、主人室内之信件文书，概不取看。
八、谈话应答必顾望。
九、将上堂，声必扬。
十、户开亦开，户阖亦阖；有后入者，阖而勿遂。
十一、主人欠伸，或看钟表，即须辞出。
十二、饭及眠时不访客。
十三、晋谒长官尊长，应先鞠躬敬礼，然后就座；及退，亦然。
十四、与长官尊长，及妇女行握手礼时，应俟其先行伸手，然后敬谨与握。
十五、访公教人员，必先问明其上班钟点，不可久坐闲谈。
十六、访客不遇，或留片，或写字登留言牌。

（午）会客

一、见先致敬，熟客道寒暄，生客请姓字住址。

二、及门先趋，为客启阖。

三、每门必让客先行。

四、入门必为客安座。

五、室内有他客，应与介绍，先介幼于长，介卑于尊，介近于远，同伦则介前于后。

六、敬茶果先长后幼，先生后熟。

七、主人必下座，举杯让茶。

八、客去必送致敬，远方客必送至村外或路口。

九、远方客专来，须备饮食、寝室，导厕所，导沐浴。

十、远方客去，必送至驿站，望车开远，始返。

（未）旅行

一、将远行，必辞亲友，祭祖辞亲。

二、远到目的地，必先拜访有关人士。

三、归来必谒亲友，或略送土物。

四、远行之亲友辞行，必往送行，事前或赠物，或宴饯。

五、远方客来拜访，须往答拜，或设宴接风。

六、旅人归来拜，须诣回拜，或设宴洗尘。

七、受人之送行及饯别，达到所在地，须一一函谢。

八、人之接风或洗尘毕，须还席。

九、入境问禁，入国问俗，入门问讳。

十、入国不驰，入村里必下车马。

（申）对众

一、他人正谈话，不在中间插言。

二、两人对谈，不向中间穿走。

三、不高声喧哗扰乱他人视听。

四、不横坐，不横腿，不扪脚。

五、不隔席谈话。

六、坐不掀起椅凳之后方。

七、衣帽不加于他人之衣帽上。

八、不向人喷水吐痰。

九、不向人呵欠，舒伸，嚏喷。

（酉）馈赠

一、礼尚往来，来而不往，往而不来，皆非礼也。

二、赐人不曰来取，与人不问所欲。

三、赠人物品，必谦必敬。

四、赠人物品，外必用包裹，婚丧庆寿例外。

五、平素赠物，座有他客，须避观听，远来及初晤，可不避。

六、受赠先略谦辞后受，称谢，逾日须往拜。

七、长者赐，不敢辞。

（戌）庆吊

一、参加吉礼，不谈衰丧话，不戚容，不啼泣。

二、居丧不参加吉礼，只送仪物。

三、丧服不入公门，不观吉礼。

四、贺婚在众宾前，辞不谐谑。

五、临丧不笑。

六、里有殡，不巷歌。

七、饭于丧家，酒不赭颜。

八、佩会葬徽章者，礼终即卸去，不佩带他往。

（亥）称呼

一、初见面之人问姓，曰贵姓；问名，曰台甫。自说姓曰敝姓某，说名曰草字某某。

二、有亲戚世交者，应各以其名分彼此相称。普通称人曰先生或某兄，自称曰弟。老者长者，称曰老先生，自称曰后学，或称自名。

三、称人之父曰令尊，母曰令堂。向人称自父、母，曰家严，曰家慈。见朋友之父，称老伯，母称伯母，自称晚或侄。

四、称人之祖，曰令祖公，祖母曰令祖太夫人。向人称自祖曰家祖。祖母曰家祖母。见人之祖父祖母，称太老伯，太伯母。自称己名即可。

五、称人之兄弟，曰令兄，曰令弟。向人称自兄弟，曰家兄舍弟。称人之姊妹，曰令姊令妹。向人称自姊妹，曰家姊舍妹。见人之兄弟，称几先生，或

几兄，自称小弟。见人之姊妹，统称几姐，称自曰小弟。（书款则称侍）

六、称人之妻，曰令正或尊夫人，向人称自妻，曰拙荆或贱内。见人之妻称嫂，自称己名。（女子可自称妹）

七、女子称人之夫，曰尊府某先生，向人称自夫，曰外子。见人之夫称某先生，自以避免称呼为佳，如必要时，只称本人即可。

八、称人之子，曰令郎或公子，称人女曰令爱，或女公子。向人称自子，曰小儿，女曰小女。见人子称世兄，自称弟，称女曰世姐，自不称。

九、称人之孙及孙女，曰令孙、曰令女孙。向人称自孙，及女孙，曰小孙，曰小女孙。见人之孙及女孙，称几公子、几小姐。

十、称人或称自之已故上辈，统加一先字。如称人之故父母，曰令先尊令太夫人；称自之故父母，曰先严先慈之类。称人已故下辈不必另加字，只云以前某兄即可，称自故下辈，但加一亡字，或云以前某某亦可。

十一、称人之姑丈姑母，曰令姑丈令姑母。向人称自姑丈姑母，曰家姑丈姑母。见人之姑丈姑母，称老先生老太太；交厚者，可称老伯及老伯母。

十二、称人之舅父舅母，曰令母舅令舅母。向人称自舅父舅母，曰家母舅家舅母。见人之舅父舅母，称谓仿前。

十三、称人之岳父岳母，曰令岳令岳母。向人称岳父母，曰家岳家岳母。见人之岳父母，称谓仿前。

十四、称人之内侄，曰令内侄。称人之甥，曰令甥。称人之婿，曰令婿。向人称自内侄，甥，婿，曰敝内侄，曰舍甥，曰小婿。

十五、称人之亲友，曰令亲曰贵友。向人称自亲友，曰舍亲敝友。

十六、称人之师，曰令师，生，曰令高足。向人称自师，曰敝业师。称自生曰敝徒。自称师，曰夫子或吾师。称自曰受业，或曰门生。

十七、称人之长官，曰贵某长（院部厅局等）。称人之属员，曰贵部下或贵属。向人称自长官，曰敝某长，称自属员，曰敝同事或敝属，称其某姓某职亦可。

十八、称人之主人，曰贵上，称人之仆，曰尊纪。向人称自主人，曰敝上；称自仆，曰小价。

（附说）

一、称呼一事，本甚繁杂，各地习惯，直接见面之称，尤多不同，故难备载。本编仅录其对外交际通常用者。

二、亲戚之间，称呼甚为微细，每有错一字而贻笑者。兹编本为举要，专为常用，故不详载。

附录2　学生仪节

陈裕光教授①

个人事项：个人清洁，乃君子之表。衣当净，发当短，面当常修，耳牙与指甲当洁净，切不可用生发油、香水、香粉等件。卧室当清洁而有秩序。起时须铺床，睡时当关窗。帽子除绒锻帽外均须进门时脱去。公共地点切忌吐痰、咳嗽、唾涕、按骨、食杂食或抛弃废纸、废物。当常常用手帕做唾涕之用。咳嗽或伸欠如于不能忍时，须用手或手帕掩口或掉首其他方作之。不可于群众中撞挤，如大意碰人须即时谢罪；途窄或门狭当让他人先行。

好奇心：对于他人私事，切勿动好奇心。他人耳语不可偷听，他人房间不可窥探。私信不能拆，他人读信或写信时不能看。非知己切勿询以衣值几何，帽值几何，年龄若干及其他私事。不可凝睛注视生客，须预备引导或帮助之，然不可由是而生好奇心。

公共聚会：于公共聚会时，无论坐立不可垂头，不可伸手，逾时不可看书，不可开表，不可睡觉，不可猛力，放读美诗或圣经不可作怪声，因诸事均系示于无礼于演讲者。于礼堂或其他会集时，切不可回首窥后面声响，因此事，不但对于尔所窥探者为无礼，即对于演讲者亦不敬。

运动比赛：如尔系运动员者之一，当竭诚竭力运动以致终结。如尔系旁观者，当做入汝队之后盾，胜勿骄败勿馁。敌对失败切勿喝彩或鼓掌，敌对违法不可做声嗤之。比赛中精美须鼓掌，但不必拘于任何方面。切勿与公正人争闹，当听其判断。于母校常居人为客，于友校毋欺人为主。

尊重妇女：妇女须格外尊重，无论何事当与以选择权。与相识之妇女相遇，需脱帽以示敬。于拥挤之室内，当让座妇女，进门当起立，时时需存扶助的意念。

称呼：平时与友人相值，当呼其名，请早安和晚安，不然则鞠躬。教员进课堂，当起立；非教员点头，不得坐下。与人谈话，如不甚了解其所说，当请

---

① 陈裕光（1893—1989）：号景唐，中国化学家、教育家。1893年3月7日出生于浙江宁波，自幼随家迁居南京。毕生致力于教育事业，是中国担任大学校长最早、时间最长的元老之一。他为金陵大学建立了优良的校风，使该校成为国内外知名的学府，培养了大批人才。他曾连续当选为中国化学会第一至第四届理事会会长，为学术团体工作做出了贡献。还曾任上海轻工业研究所化学顾问、南京大学校务委员会顾问等职，1989年4月19日病逝于南京。该《学生仪节》是陈裕光先生当年任金陵大学校长时，糅合中国传统礼教和西方文明习惯，亲自为金陵大学学生制定的融中西文明为一体的学生礼仪规范。该《学生仪节》值得赏能小作家日常学习与生活中参照遵守。

其解释。在课堂答书，如不能答，可直说，切勿站立不言。

介绍：朋友相遇，如有不认识者，当为之介绍。介绍时，可说某某先生，请允许我介绍某某先生。或说某先生，我很愿意你认识我的朋友某某先生，或简单说某某先生。年幼者须介绍与年长者，男子须介绍与女子，但须先得年长者或妇女之允许。经介绍后，当说几句钦仰的话。如被介绍与妇女，须先候其伸手，然后方可与人握手，不然只需鞠躬。如戴呢帽，当于被介绍时脱去；如戴手套，当于握手前除去。

拜访：拜访有两种：一为公务拜访，一为酬酢拜访。若因公而访教授，须先叩门或按铃，不奉召不得遽进；如无答复，非教员不在房内，即有事不欲召见，可即回，俟第二次之拜访。晤面时，即将公务简单说明，事毕可即告辞，无需客套。拜访时，当站立，如请坐则坐，但坐时不可以身倚桌。私人造访，当于午后 4 时至 6 时行之。造访时，亦须叩门或按铃，如仆役开门，即询以所欲拜访之人在家否。如在家，即将己之名片与之，或将己之姓名告之，随时将帽子、大衣、手套等件，放于前厅或甬道，即至仆役所指定之房间。无论何人进房时，当起立。接谈时，须竭力使谈话有趣。若敬茶，当将匙子放于碟内，须俟搅茶时，方能用之。饮茶须举杯就口，但不可做声。面包与饼干等，须放手旁盘子内。酬酢拜访，多不得过半点钟。如有事，亦不妨延长，出表看时刻之习惯须除去。于告辞时，当出自天然，不可露局促态。

宴会：入席即就主人所指定之地位而坐，不必客气。坐时不可以手扶桌，或坐椅边，或离桌太远，须加入群众谈话。饮汤时，以右手持匙，不可有声，更不可以匙深探盘底。割肉时，用左手持叉，右手持刀（吃肉，美人多用右手持叉，英人多用左手持叉）。割肉须碎，然后以叉送肉入口。食毕，即将刀叉做平行线，放于盘内，刀叉须向右手。手巾须放在膝上，只可用揩口与手指。离席时将手巾置盘边。如于仪节有疑惑时，可仿主人而行之。

参考文献

［1］俞平伯等著：《唐诗鉴赏辞典（新一版）》，上海：上海辞书出版社2013年版。

［2］上海辞书出版社文学鉴赏辞典编纂中心编：《唐宋词鉴赏辞典》，上海：上海辞书出版社2016年版。

［3］吴小如等撰写：《汉魏六朝诗鉴赏辞典》，上海：上海辞书出版社2016年版。

［4］缪钺等著：《宋诗鉴赏辞典（新一版）》，上海：上海辞书出版社2015年版。

［5］教育部制定：《义务教育课程标准（2011年版）》（10种），北京：北京师范大学出版社2012年版。

［6］丁帆、杨九俊主编《普通高中课程标准实验教科书·语文（必修1～5）》，杭州：江苏凤凰教育出版社2016年版。

［7］《十三经译注》（儒家经典13种），上海：上海古籍出版社。

［8］《中华经典名著全本全注全译丛书》（经典名著74种），北京：中华书局。

［9］李浩、阎琦等选注：《唐文选》，北京：人民文学出版社2011年版。

［10］丁放、武道房等选注：《宋文选》，北京：人民文学出版社2014年版。

［11］赵伯陶选注：《明文选》，北京：人民文学出版社2006年版。

［12］钱钟书选注：《宋诗选注》，北京：生活·读书·新知三联书店2002年版。

［13］吴楚材、吴调侯编，钱素洲译：《古文观止》，杭州：浙江教育出版社2016年版。

［14］姚鼐编：《古文辞类纂》，武汉：崇文书局2017年版。

［15］曾国藩编：《十八家诗钞》，长沙：岳麓书社2015年版。

［16］曾国藩纂：《经史百家杂钞》，长沙：岳麓书社2015年版。

［17］朱彝尊、汪森编，民辉校点：《词综》，长沙：岳麓书社1995年版。

［18］张文治编，陈恕重校：《国学治要》，海口：南海出版公司2015年版。

［19］《宋十大名家词》，长沙：岳麓书社1990年版。

［20］蒋凡、汪涌豪编：《古代十大散文流派》，长沙：湖南文艺出版社1997年版。

［21］周振甫选注：《李商隐选集》，上海：上海古籍出版社1986年版。

［22］北岛、叶嘉莹、李陀等选编：《给孩子系列》（诗词和散文），北京：中信出版社。

［23］季世昌编著：《毛泽东诗词鉴赏大全》，南京：南京出版社1994年版。

［24］徐宁主编：《南京历代经典诗词》，南京：南京出版社2016年版。

［25］朱剑心选注：《乐府诗选注》，杭州：浙江人民美术出版社2016年版。

［26］中外名人研究中心编：《白话先秦诸子》，合肥：黄山书社1992年版。

后 记

这不是一本单纯而阳春白雪的诗词选本，更不是作文选和诗选，它是我八年教育实验中常用的诗文。所以，它可能谈不上权威，也没有追求深邃，但它适合孩子阶段性成长中的循序渐进，且与优秀孩子的心智契合度较高。形成本书时，我加重了古诗文中名言警句之来源的篇目选用，并对易读错的字注了音。

这些文字伴随了诸多孩子走向卓越。赏能小作家大多为普通孩子，只是这些孩子的骨子里被我们植入了智慧、诚信、仁德、勇敢、自律等“底层代码”。他们已记诵了相当量的诗文，大多孩子也了解这些文字背后深厚的内涵。他们能自觉做到温、良、谦、恭、让，他们是具备更高精神层次的普通孩子。

青少年阶段如能遇到好的老师，乃终生之大幸。所谓好老师，不是说他一定要教给孩子多少特别的知识，而是他的高度使其自然而然具备了宽广的视野。好老师能看到常人看不到、看不懂的存在，普通老师难以企及。

季羡林先生晚年说：“我本来是个上不得台面的人，新育小学毕业就没有勇气报考一中。但是，高中一年级时碰巧受到了王寿彭状元的奖励。于是虚荣心起了作用：既然上去了，就不能下来！结果三年高中，六次考试，我考了六个第一名。心中不禁‘狂’了起来。我到了北平，只报了两个学校：北大与清华。结果两校都录取了我①。”在谈到自己从胸无大志到立志好学的过程时，季先生怀念他的语文老师董秋芳先生：“他出作文题目，非常奇特，往往在黑板上写上四个大字：随便写来，意思是让学生愿意写什么，就写什么……我之所以能毕生在研究方向迥异的情况下始终不忘舞笔弄墨，到了今天还被人称作一个作家，这是与董老师的影响和鼓励分不开的。恩师大德，我终生难忘②。”布莱德·科恩的传记电影《叫我第一名》中，作者描述了自己幼时受尽歧视的无奈，直到初中校长迈尔在一次音乐会上用平和的方式让全校师生知道了布莱德的病症，让布莱德感到无比温暖，他为布莱德拨开了乌云，使得患有先天

① 季羡林：《风雨百年：季羡林自传》，上海：华东师范大学出版社，2016 年版，第 24 页。
② 季羡林：《风雨百年：季羡林自传》，上海：华东师范大学出版社，2016 年版，第 19 页。

疾病的布莱德后来的学生生涯充满阳光。布莱德以校长为榜样，最终成长为优秀的老师。杨振宁先生回忆父亲时说，父亲发现他有数学天分时，并没有在数学方面拔苗助长，而是找人给他补古文，他初中时可把《孟子》从头到尾背诵出来①。杨振宁的父亲杨武之先生是中国第一代数学博士，当时任教于清华大学数学系。

这些老师或因寥寥数语，或因非同寻常的教法和教育理念，能改写学生的人生轨迹，只缘于老师自身高度非同一般，他们能看到普通老师看不到的地方，他们的教法可能会让有的教育者看不懂。但他们的教育结果，都能让学生兴趣盎然地主动投入到学习目标中去。好的老师都不会强迫孩子去学某样知识。

孩子出生时并无二致，但不同的成长环境使孩子间有了第一次的高度差别；父母学养之差又导致了孩子的第二轮分层；后期所遇老师的不同促使孩子的人生之路再拉开距离；第四次分高下则取决于各自的努力。不过大多人的努力方式和程度由造成前三次分层的原因所制约。如此层层累积，不同的人出现在了不同高度的人生舞台上（这里仅指统计上的分级）。这四次分级中，第二次起主导作用。父母的人生观、世界观、价值观以及是非观等都左右着孩子当前的成长和未来的高度。可困难的是，人不易自知，每个人都在按自认为正确的方式做各种事情（包括教育），所以，有的父母即使开明，也往往不知如何教导孩子突破自我来演出“鲤鱼跃龙门”这场大戏，此时，聪明的父母会读书，以自己读书来带动孩子的读书。多读、常读、读名家、读名著，是最简单有效的“弯道超车”式自我突破成长的捷径。

实验结果表明，青少年成长中，不同阶段更适合做不同的事情。比如小学阶段的记忆力好，此时背会的内容往往终生难忘。至于背诵的是什么，是外语单词，是文言经典，或者圆周率等，对孩子而言并无分别，只要他有兴趣去背诵，其难易度是一样的。且背诵一事，背的越多，记忆力越好，就越爱背诵。本书所录诗文，就是我们常用来验证并锻炼孩子记忆力和背诵热情的工具。通过这些诗文，孩子们找到了自信和学习兴趣，读书、学习、探索、研究等进入了自由王国，优秀与卓越都是水到渠成。

书后所列参考文献是我多年常翻阅的相关书目（因原书破旧而重买了新书的，记录新书版本），本书所选诗文实则大多来源于我的记忆，是我背过或读过的篇目。一些常识性内容，如五行八卦、太岁纪年、历史朝代歌等，是我在课堂上讲过且受孩子们欢迎的知识。第五卷中所荐书目和版本全部来自我的

---

① 江才健：《规范与对称之美：杨振宁传》，广州：广东经济出版社，2011 年版，第 25 页。

书橱收藏，这些书我都读过或翻阅过。所荐视频中，纪录片《舌尖上的中国》《宇宙》这类大系列没全部看完，其他内容我全看过且常用于课堂教学。第六卷所选小作家的作品，除了它们原创于赏能外，每一篇都对其他孩子的写作产生了积极的影响。也就是说，本书所荐内容，全部是我们经验的积累，没有任何仅源于道听途说而未经验证的信息。

这些篇目集成本书进行选校时，我力争让每一篇文章更权威一些，但查阅不同文献版本，还是出现了诸多差异。比如王勃《滕王阁序》（4.78）中“酌贪泉而觉爽”的下句就有“处涸辙以犹欢①”“处涸辙而相欢②”“处涸辙而犹欢③”三种版本，李清照《声声慢·寻寻觅觅》（4.26）中“三杯两盏淡酒”后就有“怎敌他晚来风急④”“怎敌他晓来风急⑤”及“怎敌他晚（晓）来风急⑥”三个版本。杨万里《过松源晨炊漆公店（其五）》（3.08）第二句在数种版本中为“赚得行人错喜欢⑦”，但在中学语文课本中为“赚得行人空喜欢”。针对不同版本间的差异，为方便赏能小作家学习，本书对版本的选择顺序是：首选语文课本所用版本，其次为商务印书馆、中华书局、上海辞书出版社、上海古籍出版社、岳麓书社、人民文学出版社等版本，再次为其他版本。我对某些版本有不同偏向时，做了注释说明，但仍会按以上顺序选择。需要说明的是，在赏能教育探索过程中，我确实曾用这些文章引导了部分赏能小作家以更快的速度走向了优秀与卓越，但我对祖国丰富的文化积淀所知有限，勉强凑成本书只为了配合赏能教育，故知书中错漏一定在所难免，我诚恳地恭迎各位朋友的批评指正。

不管是哪种知识，不管来源于何处的知识，能理解能应用的才是自己的知

---

① 蒋凡、汪涌豪编：《古代十大散文流派（第五卷）》，长沙：湖南文艺出版社，1997年版，第1208页；张文治编：《国学治要·古文治要》，海口：南海出版公司，2015年版，第305页；吴楚材、吴调侯编，钱素洲译：《古文观止》，杭州：浙江教育出版社，2016年版，第288页；吴楚材、吴调侯编，阙勋吾等译注，陈蒲清校订：《古文观止》，长沙：岳麓书社，1988年版，第454页。

② 高文、何法周主编：《唐文选》，北京：人民文学出版社，1987年版，第43页；丁凡、杨九俊编：《普通高中课程标准实验教科书·语文（必修五）》，杭州：江苏凤凰教育出版社，2014年版，第93页。

③ 李浩选，阎琦、李浩、李芳民注释：《唐文选》，北京：人民文学出版社，2011年版，第44页。

④ 丁凡、杨九俊编：《普通高中课程标准实验教科书·语文（必修四）》，杭州：江苏凤凰教育出版社，2014年版，第71页。柯宝成：《李清照全集》，武汉：崇文书局出版，2010年版，第58页；鞠菟：《宋词一阕话古今（下册）》，北京：清华大学出版社，2017年版，第34页。

⑤ 唐圭璋、缪钺等撰：《唐宋词鉴赏辞典（新一版）》，上海：上海辞书出版社，2016年版，第1292页；朱彝尊、汪森编，民辉校点：《词综》，长沙：岳麓书社，1995年版，第530页。

⑥ 《宋十大名家词》，长沙：岳麓书社，1990年版，第349页。

⑦ 钱钟书：《宋诗选注》，北京：生活·读书·新知三联书店，2002年版，第269页；缪钺、霍松林等撰：《宋诗鉴赏辞典》，上海：上海辞书出版社，2015年版，第1185页。

识。只有自己的知识才能得心应手用于实战，教育亦然。每个孩子都应有美好的未来，也都会有更美好的未来。但是，除非您已了解和消化了相关知识，否则请勿囫囵吞枣完全照搬我们的模式。虽然本书所荐的这些篇目确能促使每个孩子优秀与卓越，我们也实实在在做到了，却还是希望读者能先对赏能教育①理解后再加以应用，这世上原本就没有放之四海而皆准的教育方法，适合你的，才是最好的。

王立宏

2018 年 6 月

① 理解赏能教育法请参照暨南大学出版社出版的《赏能：青少年核心素养养成的理论与方法》一书。